누구세요, 당신? vol.1

vol. 1
누구세요, 당신?
이종호

황금가지

차례

vol. 1

마른하늘에 날벼락 7 ● 임신 23
스타의 여자 친구로 사는 법 1 29 ● 스타의 여자 친구로 사는 법 2 39
마누라는 역도 선수 43 ● 사람을 패더라도 먹여 가며 패고! 59
스타의 여자 친구로 사는 법 3 67 ● 희진의 생일 75
옥탑방 87 ● 괜찮아, 아무 일도 없었다잖아 93
옥탑방에도 비가 와요 105 ● 세상은 넓고 귀신은 많다 115
친구들 129 ● 운명엔 가끔 반전이 숨어 있다 141
취객 조심 159 ● 희진을 부르는 소리 169
쥐구멍에도 볕들 날이 있을까? 187 ● 항상 손해 보는 남자 215
운명의 수 227 ● 영수네 241 ● 양희진, 귀신으로 돌아오다! 255
귀신보다 무서운 조폭 273

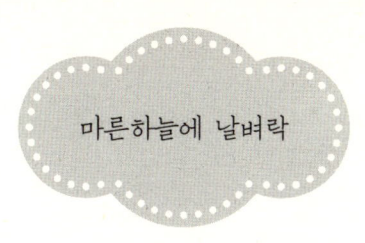

마른하늘에 날벼락

고층 건물이 즐비한 지하철역 인근의 공원.

점심 식사를 마친 직장인들이 테이크아웃 커피를 들고 삼삼오오 모여 있었다. 부챗살 같은 가을볕이 공원의 푸른 잔디 위로 싱그럽게 펼쳐졌다. 어디를 보나 파스텔 톤의 화사하고 투명한 색조가 사람들의 마음을 편안하게 만들었다.

딱! 한 곳만 제외하고.

공원 한편에 하늘에서 뚝 떨어진 것처럼 주변 풍경과 전혀 어울리지 않는 남루한 천막 하나가 보였다. 텐트 입구에는 '귀신 점 — 혼수, 궁합, 관상, 퇴마' 등의 붉은 글자가 적힌 깃발이 푸르스름하게 칠이 벗겨진 무거운 지지대 위에 꽂혀 있었다. 어디선가 불어온 작은 돌풍이 깃발을 휘감자 마른하늘에 벼락이 치며 폭우가 쏟아지기 시작했다.

"쏴아아아……!"

갑작스런 폭우에 한껏 여유를 즐기던 사람들이 전쟁이라도 난듯 비명을 지르며 사방으로 흩어져 달리기 시작했다. 신문으로 머리를 덮은 사람, 양복 윗도리를 벗어 뒤집어쓴 사람, 빗줄기를 피하는 용한 재수라도 있는 듯 갈지자로 달리는 사람.

승우, 혜선 커플은 공원 한가운데 서서 어느 쪽으로도 달리지 못한 채 어정쩡한 자세로 발만 동동 굴렀다. 어느 방향으로 달려도 공원을 벗어날 때쯤엔 폭우에 옷이 흠뻑 젖을 게 뻔했기 때문이었다. 혜선이 비명에 가까운 소리를 질렀다.

"아악…… 어떡해! 이 옷 얼마짜린데!"

보다 못한 승우가 나름 로맨틱하게 양복을 벗어 넓게 펴들고는 소리쳤다.

"자기야, 이 밑으로 들어와. 어서!"

혜선이 그런 승우를 짜증스럽게 흘겨보다가 갑자기 반대편으로 후다닥 달렸다.

"자기야, 어디 가?"

혜선이 달려 들어간 곳은 귀신 점 깃발이 휘날리던 천막이었다. 승우가 뒤늦게 막 천막 안으로 사라지는 혜선의 옷자락을 간신히 붙잡았다. 승우가 "야, 여기는……." 하고 소리쳤지만 천막 안에서 나온 혜선의 손이 그의 외침을 매몰차게 뿌리쳤다. 결국 승우도 에라 모르겠다는 표정으로 혜선을 따라 천막으로 들어갔다.

안으로 들어서자마자 승우는 가자미 같은 실눈으로 노려보는 40대 초중반의 남자와 눈길이 마주쳤다. 개량 한복을 입은 날카로운 눈매의 남자는 정체를 알 수 없는 묘한 기운을 풍기며 두 사람을 번갈아 쳐다봤다.

아무 생각 없이 뛰어들 땐 누구보다 용감하던 혜선이 쭈뼛거리며 승우를 돌아봤다. 그녀는 어떻게든 해 보라는 눈빛으로 계속 눈을 찡긋거리고 압력을 넣었다. 언제나 그랬던 것처럼 이번에도 승우는 보이지 않는 힘에 떠밀리듯 어색하게 입을 열었다.

"저기……."

승우가 말끝을 흐리는 순간 남자는 기다렸다는 듯 탁자를 탁 치고 소리쳤다.

"궁합!"

승우가 깜짝 놀라 뒤로 주저앉자 남자가 은근한 목소리로 말했다.

"맞지? 궁합 보러 온 거."

그제야 혜선과 승우가 서로 마주보고는 난감하게 웃자 남자의 눈매가 다시 가늘어졌다.

"궁합이 아니라면…… 사주! 그래 맞다, 사주!"

혜선이 어색하게 고개를 흔들었다. 남자가 자존심이 상한 얼굴로 소심하게 말했다.

"그럼 혹시…… 관상?"

혜선과 승우의 표정에 변화가 없자 남자의 얼굴에 굴욕적인 모멸감이 서렸다. 혜선이 너무나 죄송하다는 듯 애교가 듬뿍 묻어나는 목소리로 말했다.

"실은 아저씨, 저희는 그게 아니구요. 갑자기 비가 쏟아져서 비를 좀 피하려……."

순간 남자가 조용히 하라는 듯 손가락을 입술에 대고는 오른쪽 팔의 한복을 둘둘 걷어 붙였다. 한복 안에서 뱀의 문신이 어지럽게 새겨진 가느다란 팔뚝이 드러났다. 남자가 문신이 새겨진 팔을 앞으로 내밀고는 혜선을 노려보며 은근하게 말했다.

"방금 뭐라 했소?"

혜선이 다시 말을 하려는 순간 승우가 슬라이딩이라도 하는 것처럼 엎어지며 앞으로 끼어들었다.

"예! 맞습니다! 구, 궁합요!"

그제야 일그러졌던 남자의 표정이 환하게 풀어졌다.

"그렇지? 둘이 딱 들어설 때 내가 알아봤어."

남자가 씩 웃더니 주섬주섬 필기구를 꺼내들며 말했다.

"궁합이라. 먼저 남친부터 할까? 사주가 어떻게 되시나?"

승우가 대답을 하려는데 기분이 상한 혜선이 새침하게 물었다.

"궁합 보는 데 얼만데요?"

남자가 잔기침을 하고는 떨떠름한 표정으로 손가락 다섯 개를 펴 보였다.

"5만 원?"

혜선이 놀라는 표정을 짓더니 승우의 귀에 대고 재빨리 귓속말을 했다.

"완전 바가지다. 다른 덴 3만 원이야."

승우가 그럼 어떡하느냐고 난처한 표정을 지었다. 그러면서 눈짓으로 남자의 팔뚝에 새겨진 문신을 가리켰다. 혜선이 천막을 살짝 걷고 밖을 내다보았다. 밖은 여전히 세찬 폭우가 내리고 있었다. 혜선이 물었다.

"아저씨, 여기서 제일 싼 건 뭐예요?"

혜선의 질문에 남자의 눈꼬리가 올라갔다.

"궁합 보러 왔다며?"

이번에도 승우가 나서려하자 혜선이 제지하며 하이힐로 발등을 밟았다. 승우가 비명을 참으며 몸을 배배 꼬았다. 혜선이 교태가 잔뜩 묻어나는 목소리로 말했다.

"아저씨이…… 실은 밖에 갑자기 폭우가 쏟아져서 비 피하느라고 얼떨결에 들어온 거거든요. 잠깐 비만 피하고 가면 안 될까요?"

남자가 인상을 팍 쓰더니 들고 있던 노트를 상 위로 집어던졌다. 순간 깜짝 놀란 승우의 표정이 사색으로 변했다. 남자가 오만상을 찡그리며 협박하듯 말했다.

"이런 제길! 이봐 아가씨! 지금 나하고 장난 하자는 거야, 뭐야? 내가 댁들 같은 사람들 비 피하라고 여기서 하루 종일 천막치고 앉아 있는 줄 알아? 아가씨 눈에는 내 면상이 그렇게 마음 좋은 자선 사업가로 보이나?"

그러면서 남자는 다시 한 번 팔뚝의 문신을 앞으로 내밀며 위협하듯 말했다.

"이런 젠장맞을! 모처럼 맘 잡고 한번 제대로 살아 보려고 했더니만 어우…… 세상이 안 도와주네!"

뒤에서 안절부절 못하고 있던 승우가 얼른 끼어들었다.

"아니, 그게 아니라 혜, 혜선아. 장사하시는 분한테 우리가 이러면 안 되지."

혜선이 그런 승우를 옆으로 확 밀쳤다. 승우가 바닥에 쓰러졌지만 혜선은 거들떠보지도 않고 따지는 것처럼 물었다.

"좋아요, 아저씨. 그럼 여기서 제일 싼 게 뭐예요?"

남자가 탐탁지 않은 표정으로 대답했다.

"굳이 가격이 저렴한 것만으로 따진다면 관상이라고나 할까?"

"그건 얼만데요?"

남자가 손가락 두 개를 펼쳐 보였다.

"커플로 하면 둘이 요걸로 해 줄게."

남자가 손가락을 하나 더 펴서 세 개를 펼쳐 보였다. 혜선이 못마땅한 얼굴로 쳐다보다가 마지못해 지갑을 열었다.

"커플은 됐고요!"

혜선이 지갑에서 2만 원을 꺼내 탁자 위에 탁 내려놓았다. 남자가 얼른 돈을 챙기고는 둘의 얼굴을 번갈아 보다가 혜선의 앞으로 스윽 다가왔다. 그가 능글맞게 웃으며 말했다.

"누구 관상을 봐 줄까? 색시 꺼?"

혜선이 콧방귀를 끼고는 남자를 쩨려보며 말했다.

"저희들은 됐고요. 그 돈 받으셨으니 이제 거울 들고 아저씨 관상이나 좀 보세요."

남자가 무슨 소리냐는 듯 손으로 얼굴을 더듬으며 말했다.

"내가 왜 내 관상을 봐?"

혜선이 승우의 손을 잡고 일어나더니 쏘아붙이는 것처럼 말했다.

"그런 얼굴을 누가 믿고 점을 보겠어요? 딱 사기꾼 같이 생겨 가지고."

순간 남자의 표정이 확 일그러졌다.

"뭐? 사, 사기꾼!"

혜선이 재빠르게 말했다.

"어머, 그 사이에 비가 그쳤네? 자기야, 점심시간 끝났겠다, 얼른 가자! 어우…… 재수 없어!"

남자가 뭐라 말할 사이도 없이 두 사람이 후다닥 도망치듯 천막을 빠져나갔다. 남자가 얼굴이 벌겋게 변해 둘의 등에 대고 소리를 질렀다.

"야! 거기 안 서? 이 못된 기집애야, 에라이…… 십 리도 못가서 발병이나 나라!"

그때 천막 밖에서 뭔가가 다다다 하고 달려오는 소리가 났다. 얼결에 남자가 피하는 순간 분노에 찬 여자의 기합 소리와 함께 천막이 반쯤 무너지며 발길질이 들어왔다.

"으아아아아! 이 나쁜 사기꾼 놈아!"

뾰족한 하이힐이 천막의 안쪽 면을 누르며 웅크린 남자의 눈앞까지 밀고 들어왔다 빠져나갔다. 남자가 정신을 차렸을 땐 빠르게 멀어지는 남녀의 깔깔거리는 웃음소리와 하이힐 소리가 귓전을 때리고 있었다.

"내 이 연놈들을 그냥!"

선일이 식식거리며 천막 밖으로 달려 나갔을 땐 이미 두 커플이 공원의 끄트머리까지 멀어진 다음이었다. 선일은 약이 바짝 올라 발을 동동 구르다 커플이 사라진 곳을 향해 냅다 소리를 질렀다.

"아이고, 이놈아. 니 인생도 좆 났다. 여자 보는 눈이 그렇게 없냐? 그런 불여시 같은 기집애랑 살다간 제명에 못 죽어! 어디 니들이 잘 살면 내 손에 장을 지진다. 이런 젠장맞을!"

그래도 성이 덜 풀렸는지 선일은 아까 혜선의 목소리를 흉내 내며 혼자 화풀이를 했다.

"여기서 제일 싼 게 뭐예요? 여기가 무슨 물건 파는 슈퍼마켓이냐? 천박하게시리. 에이, 한 맺힌 처녀 귀신이나 달라붙어라. 에이, 재수 없어."

선일은 천막에 이상이 없는지 살피면서도 연신 고개를 설레설레 흔들었다.

"고놈의 기집애, 생각할수록 성깔 한번 더럽네. 아무튼 요즘 젊은 것들은……."

혼잣말을 중얼거리며 돌아서던 선일이 "으억!" 비명을 지르며 뒤로 물러났다. 그의 앞에 언제 나타났는지 덩치가 산만 한 남자가 떡 버티고 서 있었던 것이다.

"아이고, 깜짝이야! 거참, 인기척도 없이."

선일이 다시 눈에 힘을 주고는 짐짓 목소리에 힘을 불어넣으며 물었다.

"뭐, 뭐요?"

남자가 음산한 눈길로 선일을 지그시 노려보더니 허스키한 목소리로 말했다.

"정말 퇴마를 해 주시나요?"

"퇴, 퇴마?"

남자는 약간 맛이 간 것처럼 눈동자도 풀려 있고 어딘지 모르게 음산한 기운이 감도는 게 영 예감이 좋지 않았다. 게다가 남자는 방금 전 폭우를 고스란히 다 맞은 듯 온몸에서 물을 줄줄 흘리며 입까지 헤벌리고 선일을 쳐다보고 있었다. 볼수록 꺼림칙한 기분이 들게 만드는 인상이었지만 모처럼 찾아온 고객이니 놓칠 수는 없었다.

"일단 안으로 들어와 보슈."

선일이 먼저 천막 안으로 들어가자 남자가 유령처럼 스르르 따라 들어왔다. 남자는 여전히 뻐딱한 시선에다 약간 맛이 간 표정으로 선일을, 아니 엄격히 말하면 선일의 얼굴에서 오른쪽으로 15도쯤 엇나간 허공을 뚫어지게 쳐다보고 있었다. 눈을 맞추지 않고 얘기를 하려니 은근히 불편한 기분이 들었다. 선일은 에라 모르겠다는 심정으로 거만하게 말했다.

"미리 말하지만 퇴마는 복채가 좀 비싼 편인데."

그러면서 이번에도 팔뚝의 문신을 드러낸 다음 양 손가락 열 개를 모두 펼쳐 보였다. 알아듣고 하는 행동인지 맛이 간 상태에서 반사적으로 하는 행동인지 남자는 말없이 고개만 끄덕였다. 선일이 팔짱을 끼고는 말했다.

"퇴마를 해 달라. 그렇다면 귀신이 괴롭힌다는 얘긴데. 혹시 몸속에 귀신이 들어갔나? 빙의 같은 거?"

남자가 선일을 가만히 노려보다가 불쑥 말했다.

"퇴마를 한다면서 저한테 붙은 귀신이 안 보이세요?"

순간 하늘에서 벼락이 치더니 시퍼런 섬광과 함께 그쳤던 폭우가 쏴아아 하고 쏟아졌다. 깜짝 놀란 선일이 움찔하면서 주위를 두리번거렸다. 왠지 점점 불길하면서도 음산한 기운이 몰려드는 것만 같았다. 하지만 이내 그는 애써 웃음을 머금고 말했다.
 "에이, 사람 놀라게시리 장난을 치고 있어. 귀신이 그렇게 쉽게 모습을 드러내나? 우선 복채부터 내쇼."
 남자가 주머니에서 꼬깃꼬깃하게 접힌 만 원짜리 묶음을 꺼냈다. 남자는 기름 때가 낀 시커먼 손으로 빗물에 젖어 잘 떨어지지도 않는 만 원짜리를 한 장씩 떼어 내서 탁자 위에 올려놓았다. 선일이 꺼림칙한 표정으로 지켜보다가 손가락 끝으로 만 원짜리들을 집어 옆으로 내려놓았다. 가만 보니 남자의 얼굴이 생각보다 어려 보였다. 기껏 20대 초반이나 되었을까. 남자가 어눌한 목소리로 말했다.
 "복채도 줬으니까 이제 귀신 쫓아 줘요!"
 "걱정 붙들어 매라니깐!"
 선일이 천막 구석 박스 속에서 노란 띠를 꺼내 머리에 질끈 동여맸다. 머리띠에는 의미를 알 수 없는 이상한 문자들이 붉은 글씨로 적혀 있었다. 사실 선일도 그 글자들의 의미를 전혀 알지 못했다.
 선일이 가부좌를 틀고 앉아 엄지와 검지를 동그랗게 마주잡아 무릎 위에 올려놓았다. 그러곤 게슴츠레한 눈으로 남자를 보며 지금까지와는 다른 엄숙한 목소리로 말했다.
 "지금부터 내가 진언(眞言)을 외울 텐데 아마 그 진언이 발산하는 퇴마의 기운이 여기 공기 중으로 퍼져나가면 귀신이 견디지 못하고 달아날 거야. 세상에 그 어떤 악독하고 질긴 귀신이라도 배겨나질 못하지, 암!"
 말을 마친 선일이 눈을 감더니 나름 위엄이 느껴지는 음성으로 진언을 외우기 시작했다.

"아이금강삼등방편, 신승금강반월풍륜, 단상구방남자광명, 소여무명소적지신……."

한참 진언을 외우던 선일이 슬쩍 실눈을 뜨고 남자를 봤다. 남자의 표정엔 변함이 없었다. 여전히 몽롱한 시선으로 선일의 오른쪽 15도를 보고 있을 뿐이었다.

아무래도 진언 말고 추가적인 서비스가 필요할 것 같았다. 진언을 모두 외운 선일이 자리에서 일어나 남자의 등 뒤로 돌아갔다. 그러고는 남자의 머리카락을 양손으로 움켜쥐고 몸을 떨면서 새로운 진언을 세 차례 힘차게 외쳤다.

"옴 바아라 바다리 훔 바탁. 이얍! 옴 바아라 바다리 훔 바탁. 이얍! 옴 바아라 바다리 훔 바탁! 이얍! 얍! 얍!"

다시 남자의 앞으로 돌아온 선일이 이마를 가린 머리카락을 젖히더니 손바닥을 딱 마주친 후 선언하는 것처럼 말했다.

"끝!"

남자가 역시나 게슴츠레 쳐다보며 물었다.

"끝이라니요?"

선일이 시원한 미소를 날리며 대답했다.

"퇴마 끝. 귀신 갔다고!"

남자가 선일의 오른쪽을 다시 흘깃거리다가 말했다.

"아저씨, 사기꾼이죠?"

"뭐? 사……?"

선일이 한숨을 푹푹 내쉬더니 말했다.

"아이구야, 오늘 무슨 삼재가 꼈나? 사기꾼이란 말을 두 번씩이나 듣고!"

"귀신은 가지도 않았는데 갔다고 거짓말했잖아요."

참다못한 선일이 버럭 소리를 질렀다.

"이거, 어린놈이 보자보자 하니까 어른을 갖고 놀려고 그러네. 그럼, 니 말은 지금 니 눈엔 귀신이 보인다 이 말이냐?"

남자가 고개를 끄덕였다. 선일이 남자가 쳐다보는 자신의 오른쪽 허공을 꺼림칙한 표정으로 쳐다보고 나서는 손가락으로 가리키며 말했다.

"니가 말하는 귀신, 지금 여기 있지?"

남자가 크게 고개를 끄덕였다.

"내가 그럴 줄 알았다. 귀신이 어떻게 생겼냐?"

"머리를 산발한 여자 귀신이요."

"그렇지. 암. 우리나라 모든 귀신은 머리 산발한 여자 귀신이지. 그리고 사람들이 잘 몰라서 그러는 건데 원래 귀신은 여러 명이 아니고 한 명이야. 한 명인데 귀신이라서 동에 번쩍, 서에 번쩍 나타나는 거야. 그러니까 이 귀신이 그 귀신이고 저 귀신도 그 귀신인데 여기저기서 귀신 나타났다고 난리를 치는 거지."

남자가 말했다.

"한 명 아니고 두 명인데요."

선일이 남자를 노려보다가 버럭 소리를 질렀다.

"아까는 한 명이라며? 머리 산발한 여자 귀신!"

"둘 다 머리 산발했고 여자 귀신이라서."

선일이 피곤한 표정으로 남자를 보다가 말했다.

"그래. 아무튼 좋다. 한 명이면 어떻고 두 명이면 어떠냐? 너 이름이 뭐냐?"

"진만이에요, 오진만!"

"오진만? 내가 전에 알던 놈하고 이름이 비슷하네. 생긴 것도 그렇고. 아무튼 진만이 너 혹시 그 귀신하고 통하냐? 일테면 대화를 나눈다거나."

진만이 말했다.

"간단한 건 조금 해요. 10년도 넘게 알고 지냈기 때문에 친한 편이에요."

선일이 기가 막힌 표정으로 지그시 진만을 노려보다가 말했다.

"그럼 너, 눈 감아 봐."

진만이 순진한 어린아이처럼 순순히 말을 들었다. 선일은 손가락으로 진만의 옆머리에 대고 뱅글뱅글 원을 그리며 물었다.

"내가 지금 뭐하는지 귀신한테 물어봐 줄래?"

진만이 말했다.

"저 안 미쳤거든요!"

선일이 얼른 손가락을 거둬들이고 어쭈 하는 표정으로 진만을 보다가 노트에 '미친 거 맞거든.' 하고 써서 눈을 감고 있는 진만의 얼굴 앞에 갖다 댔다. 이번에도 진만이 태연히 말했다.

"진짜 안 미쳤다니깐요?"

그제야 선일이 얼른 노트를 내렸다. 그러고는 진만이 바라보던 허공을 돌아보더니 찜찜한 얼굴로 목을 움츠렸다. 선일이 다시 노트에 '너 지금 나한테 속임수 쓰는 거지?'라고 적고 노트를 들려고 하는데 진만이 먼저 대답했다.

"속임수 같은 거 안 써요. 그냥 귀신이 가르쳐 줘서 아는 건데요."

순간 선일의 얼굴이 사색으로 변했다. 선일이 자기 오른쪽을 흘낏거리며 슬금슬금 진만의 쪽으로 다가가자 진만이 눈을 번쩍 뜨고는 물었다.

"귀신을 보여 주면 쫓아 줄 수 있나요?"

"그건 또 무슨 소리야?"

"귀신을 볼 수 있는 거울이 있거든요!"

선일이 뜨악한 표정으로 쳐다보자 진만이 안주머니를 뒤적이더니 누런 청동 거울을 꺼냈다. 한눈에 봐도 오랜 세월을 건너온 흔적이 배어 있는 물건이었다. 진만이 선일에게 거울을 건네며 말했다.

"저희 10대조 할아버지가 요괴를 잡는 퇴마사였거든요."

만약 진만이 처음부터 이런 얘기를 했으면 정말 미친놈이라고 생각했을 것이다. 하지만 지금은 무조건 부정하기가 쉽지 않았다. 청동 거울은 얼마나 정성들여 닦았는지 윤이 반짝반짝 났다. 선일이 청동 거울을 손에 들고 얼굴을 비춰보자 진만이 말했다.

"그 할아버지가 쓰던 물건이에요. 지금 아저씨 어깨 뒤쪽에 귀신이 있으니까 그걸로 한번 비춰 보세요."

선일은 왠지 모르게 오싹한 기분에 사로잡혀 뒤쪽 허공을 노려보았다. 물론 아직은 거기에 그 어떤 이상한 것도 보이지 않았다. 진만이 어서 해 보라고 재촉을 했다. 그는 반신반의하면서 청동 거울을 들고 조심스럽게 자신의 어깨너머를 비춰봤다. 선명하진 않았지만 청동 거울 속에 천막 내부의 모습이 어렴풋이 비쳤다. 그는 천천히 거울을 옆으로 돌렸다. 돌리다가 어느 한 지점에서 감전이 된 것처럼 얼어붙었다. 거울을 든 선일의 손이 사시나무처럼 바들바들 떨렸다. 말을 하고 싶은데 목구멍이 얼어붙은 것처럼 소리가 새나오지 않았다.

"귀, 귀, 귀······."

선일이 말을 더듬자 진만이 반갑게 물었다.

"제 말 맞죠? 정말 보이죠?"

진만의 말처럼 청동 거울 속에 정말로 이상한 형체가 비쳤다. 피로 물든 흰 소복을 입고 머리를 산발한 처녀 귀신 둘이 무섭게 선일의 뒤통수를 노려보고 있었던 것이다. 선일의 동공이 바깥으로 튀어나올 것처럼 부풀어 오르는가 싶더니 이내 그의 입에서 비명이 터져 나왔다.

"으아아아······! 귀신이닷······!"

임신

"임신 맞습니다. 4주 됐어요."

의사의 말에 희진은 손으로 이마를 짚고 자기도 모르게 중얼거렸다.

"아, 짜증나."

"네? 뭐라고 하셨어요?"

"아무것도 아니에요."

신경질적으로 생긴 여자 의사가 안경 너머로 노려보다가 말을 이었다.

"그럼 다음 검진일은……."

희진은 의사의 말이 끝나기도 전에 자리에서 벌떡 일어났다. 그녀는 눈을 동그랗게 뜨고 쳐다보는 의사를 본체만체하며 진료실 문을 박차고 나갔다. 황당해하는 의사의 눈길이 등 뒤로 날아와 꽂히는 게 느껴졌지만 지금 그런 건 안중에도 없을 정도로 속이 부글거렸다. 몇 걸음 내딛는데 어지럼증이 밀려와 벽에 손을 짚었다. 그녀는 대기실 의자에 주저앉아 머리를 벽에 기대고 눈을 감았다.

'양희진, 너 정말 가지가지 한다, 진짜!'

그녀는 어지럼증이 가실 때까지 양손으로 얼굴을 감싼 채 치밀어 오르는 짜증을 억누르느라 안간힘을 써야만 했다.

임신.

맙소사, 임신이라니. 머릿속이 뒤죽박죽이 되어 누구에게든 마구 화를 퍼붓고 싶은 충동이 용광로처럼 활활 타올랐다. 어지럼증이 가시고 눈을 뜨자 산부인과 진료실 앞 대기 의자에 앉아 있는 다른 여자들의 모습이 시야에 들어왔다.

시폰 소재의 넉넉한 꽃무늬 원피스를 입은 여자 하나가 희진과 눈길이 마주치자 환하게 눈인사를 건네 왔다. 여자는 출산이 임박했는지 배가 만삭에 가까웠다. 희진이 싸늘한 표정으로 노려보자 여자는 얼른 웃음기를 지우고 고개를 돌렸다.

'어휴, 저게 뭐야? 저런 몸매를 보면서 남자들이 무슨 생각을 하겠어? 안고 싶은 마음이 싹 달아나겠지. 섹시함 따위 없는 여자라니, 상상만 해도 끔찍해! 아, 몰라. 진짜!'

만삭의 여자는 양손으로 부드럽게 배를 감싸 안고 행복한 미소를 짓고 있었다.

'지금이야 저렇게 행복한 표정을 짓고 있지만 곧 저 미소가 눈물로 바뀌게 될걸?'

희진은 출산을 앞둔 여자들이 행복해하는 모습을 보면 도무지 이해가 가지 않았다. 일찍 결혼해 육아의 덫에 걸려 몸 망치고 정신까지 황폐해져 뒤늦게 후회하는 친구들을 주변에서 수도 없이 봐 왔기 때문이다. 그야말로 행복 끝, 불행 시작이었다.

희진은 자기도 모르게 건너편 여자가 하는 것처럼 배를 손으로 어루만져 봤다. 그러나 태아의 어떤 신호도 느낄 수가 없었다. 아직은 그런 신호를 느낄 수 있는 때가 아니지만 그녀에게는 어쩐지 태아가 이미 자기 운명을 알고 그녀의 손길을 피해 숨을 죽이고 있는 것만 같았다. 그녀는 태아에게 속삭이는 것처럼 중얼거렸다.

"너도 이미 알고 있구나, 네 운명을! 그래, 난 절대로 널 낳지 않을 거야! 내가 애 엄마가 된다니, 너무 끔찍해서 상상조차 할 수가 없어. 미안하지만 넌 엄마를 잘못 고른 거야."

희진은 성우에게 전화를 걸었다. 이 모든 끔찍한 악몽을 안겨 준 장본인이 바로 그였다. 평소에도 콘돔은 꼭 끼라고 귀에 못이 박히도록 말하곤 했는데 단 한 번의 실수가 이런 최악의 결과를 초래했다. 성우가 2집 앨범을 출시한 그날, 둘 다 너무 술에 취한 데다 기분이 들떠 긴장이 풀어진 탓이었다. 아니 긴장이 풀어진 건 성우가 아니라 희진 자신이었다. 성우는 평소에도 콘돔 끼는 걸 싫어했다. 그날도 그는 알면서 그냥 했을 것이다.

개자식.

아무리 신호가 가도 성우는 휴대폰을 받지 않았다. 그녀는 성우의 친형이자 매니저인 태진에게 전화를 걸었다. 태진이 전화를 받는데 음악 소리가 시끌시끌했다.

"성우 왜 전화 안 받아요?"

태진이 소리를 죽여 말했다.

"지금 인기 가요 생방이야. 나중에 전화하라고 할게."

태진이 전화를 끊자 어디선가 귀에 익은 목소리가 들려왔다. 희진은 저도 모르게 자리에서 일어났다. 병원 중앙 홀에 설치된 대형 텔레비전에서 흘러나오는 소리였다. 희진은 무엇에 이끌리듯 소리를 따라갔다. 인기 가요 생방송이 진행되고 있었는데 1위곡 발표만을 남겨 두고 있었다. 가요 생방송 시간대에 하는 산부인과가 있을까요?

낯익은 음악 프로 MC가 대본을 보고 1위를 발표했다.

"두두두두두…… 1위는…… 새롭게 댄스 가수로 변신해 돌아온 박! 성! 우!"

순간 환호성이 터졌고 성우에게 동료 가수들의 꽃다발 세례가 이어졌다. 성우는 상기된 표정으로 동료들의 축하 인사를 받은 후 카메라 앞에 섰다. MC가 마이크를 들이대고 인터뷰를 했다.

"컴백한 지 얼마 되지 않아 「기억해」로 1위를 차지했습니다. 발라드 가수에서 댄스 가수로 성공적인 변신을 하셨는데 기분이 어떠십니까, 소감 한마디 해 주시죠."

카메라가 잘생긴 성우의 얼굴을 화면 가득 잡자 병원 대기실에서도 어느 여학생의 짧은 함성이 터져 나왔다. 성우가 떨리는 목소리로 말했다.

"무엇보다 팬들께 감사드립니다. 그리고 그동안 물심양면으로 도와주신 저희 소속사 대표이자 매니저 태진 형, 그리고 저희 회사 여러분들께 감사드립니다. 저는 여기에 만족하지 않고 아시아 시장, 더 나아가 세계 무대에서 인정받을 수 있는 가수가 되도록 노력하겠습니다!"

"저희도 박성우 씨가 월드 스타로 세계 무대에 우뚝 설 수 있는 날을 고대하겠습니다. 그럼 앵콜 곡 듣도록 하겠습니다!「기억해」입니다!"

MC의 클로징 멘트가 끝나자 무대 조명이 바뀌며 앙코르 무대가 이어졌다. 화려한 사이키 조명이 무대를 뒤덮자 환호성과 함께 강렬한 비트의 댄스 음악이 흘러나왔다. 성우가 늘씬한 백댄서들과 함께 펄쩍 뛰어 날듯이 달려 나왔다. 객석에서 소녀 부대들이 열광하며 악을 썼고 무대 분위기는 절정에 이르렀다. 그는 백댄서는 물론 음악과 완벽하게 하나가 되어 몸을 움직였고 노래를 토해 냈다. 카메라를 향한 애절하면서도 카리스마 넘치는 표정과 눈빛은 소녀 팬들의 마음을 흔들고도 남았다. 무대에만 올라서면 그는 완전히 다른 사람으로 변신했다.

희진이 중얼거렸다.

"절대로 나한테 고맙다는 소리는 안 하지. 아니, 못하겠지. 그놈의 스캔들 때문에!"

그러면서도 희진은 화려한 율동과 박진감 넘치는 노래로 무대를 사로잡는 성우에게서 눈을 떼지 못하고 있었다. 평소 화가 났다가도 저런 모습을 보면 속상한 모든 감정들이 눈녹듯 사라지곤 했다. 그녀도 한때는 가수 지망생이었다. 어쩌면 그녀는 자신이 못다 이룬 꿈을 성우를 통해 대리만족하고 있는지도 몰랐다. 성우를 좋아하게 된 것도 그가 가수이기 때문이었다.

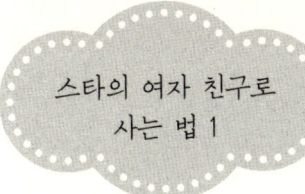

스타의 여자 친구로 사는 법 1

　성우가 탄 밴이 방송국 주차장을 빠져나오자 앞에서 진을 치고 있던 여학생들이 와아아 하고 달려들었다. 경비원이 여학생들의 접근을 막는 사이 밴은 빠른 속도로 방송국을 빠져나갔다. 방송국 앞 도로에서 대기하고 있던 희진도 곧바로 차를 출발시켜 밴의 뒤쪽으로 따라붙었다.
　밴은 도로로 나서자마자 빠른 속도로 질주했다. 희진은 성우의 차를 따라잡느라 운전대를 움켜쥐고 눈을 부릅떠야만 했다. 운전을 하면서도 이제나저제나 성우의 전화가 오지 않을까 기대했지만 끝내 휴대폰은 울리지 않았다. 희진은 앞서가는 밴의 뒤꽁무니를 노려보면서 투덜거렸다.
　"생방 끝나고 차에서 쉬고 있을 텐데 왜 전화를 하지 않는 거야? 아까 태진 오빠한테 분명히 전화해 달라고 했는데!"

꼭 그런 말이 없었더라도 오늘 같은 날엔 자신에게 제일 먼저 전화해 기쁨을 나눠야 하는 것 아닌가. 지난 2년 동안 재기할 수 있도록 물심양면으로 옆에서 도운 사람이 누군데.

그동안 성우가 잘되기를 누구보다 바랐지만 지금은 달랐다. 정상에 우뚝 서서 모든 사람의 관심을 한 몸에 받는 모습을 보고는 묘하게도 마음이 편치가 않았다. 게다가 오늘 병원 다녀온 일을 생각하면 더더욱 그랬다.

차가 신호 대기에 걸리자 희진은 결국 참지 못하고 전화를 걸었다. 공교롭게도 성우의 휴대폰은 통화 중이었다. 신호가 바뀌어 차가 출발한 후에 다시 전화를 걸었지만 여전히 통화 중이라는 메시지만 흘러나왔다. 통화 중이라는 메시지는 이후로도 10여 분이나 계속됐다.

"대체 뭐야, 진짜! 나한텐 안 하고 누구랑 이렇게 오래 통화하는 거야!"

희진은 성우의 차를 세울까 고민하다 마음을 고쳐먹었다. 확인해 보고 싶은 게 있었다. 다시 전화를 하자 이번에는 신호가 가더니 성우가 받았다.

"어, 희진아. 네 전화 부재 중 찍힌 거 확인하고 지금 막 하려고 그랬는데."

성우의 변명을 듣자 더욱 짜증이 일었다. 희진은 성우에게 다그쳐 물었다.

"아까 태진 오빠한테 생방 끝나면 전화해 달라고 했는데 얘기 못 들었어?"

성우가 우물거리는 소리로 반문했다.
"응? 그래? 형이 아무 말도 안 하던데? 아마 오늘 워낙 정신이 없어서 잊어버린 모양이지, 뭐."
희진이 비꼬는 것처럼 말했다.
"그래? 아주 작은 일도 안 잊어버리는 사람이 참 별일이네. 지금 어디야?"
"어? 아, 지금 케이블 녹화 있어서 막 리허설 들어가려던 참이야."
순간 희진의 심장에서 얼음 덩어리가 출렁하고 움직였다.
"리허설? 그럼 지금 방송국이야?"
"어? 그, 그래. 참, 너 오늘 내 무대 봤어?"
희진은 당장이라도 경적을 빵빵 울려 대고 싶은 충동을 간신히 억눌렀다.
"그래. 봤어!"
"어디서?"
"병원 대기실에서."
성우의 음성이 금방 조심스러워졌다.
"병원? 병원은…… 왜?"
가슴에서 부글거리던 원망과 분노가 한꺼번에 밀고 올라왔다. 희진의 목소리가 가파르게 치솟았다.
"몰라서 물어? 그날 아침에 내가 그랬잖아. 아무래도 임신했을 거 같다고!"
잠시 숨을 죽이고 있던 성우가 한숨과 함께 피곤한 목소리로 물었다.

"미치겠네. 그럼 어떡하냐?"

성우의 무책임한 말에 결국 참고 있던 화가 폭발했다.

"뭐? 미치겠네? 그럼 어떻게 하냐고? 너, 나한테 할 말이 그것밖에 없어? 그런 식으로밖에 말 못해?"

"……."

"지금 만나서 얘기 좀 해!"

"지금 어떻게 만나? 말했잖아. 나 지금 리허설……."

"리허설 같은 소리하고 있네. 나 지금 네 차 바로 뒤에서 따라가고 있거든? 당장 차 세우고 내려! 지금 당장!"

잠시 아무런 대답도 않던 성우가 풀죽은 음성으로 말했다.

"알았어. 근데 여기 도로라서 보는 사람도 많은데."

"또 그놈의 스캔들? 다른 계집애하고 스캔들 나는 건 괜찮고 진짜 여자 친구하고는 절대로 스캔들 나면 안 된다 이거야? 걱정하지 마! 내가 밴으로 올라갈 테니까! 설마 대한민국 모든 사람들이 네 밴 번호까지 기억한다는 착각을 하는 건 아니겠지?"

"알았어. 그렇게 해."

밴이 도로변에 서자 희진도 뒤에 차를 붙이고 세웠다. 희진이 식식대며 차에서 내려 밴으로 다가갔다. 그녀가 차에 올라타자 운전석의 태진이 눈치를 보곤 차에서 내리며 말했다.

"난 담배 한 대 피우고 있을게."

성우가 어색한 표정으로 말했다.

"미안. 거짓말하려던 건 아니고. 지금 진짜로 케이블 녹화 뜨러 가던 중이야."

희진이 손을 내밀며 말했다.
"그건 됐고. 이리 줘 봐!"
"뭘?"
"핸드폰!"
"핸드폰은 왜?"
희진이 성우가 손에 들고 있던 휴대폰을 낚아채듯 빼앗았다.
"야, 뭐하는 거야?"
뒤늦게 성우가 휴대폰을 다시 빼앗았지만 희진은 이미 통화 목록을 확인한 다음이었다.
"아까 계속 통화 중이던 사람이 소라 그 계집애였니?"
성우가 얼버무리는 것처럼 말했다.
"별거 아냐. 잠깐 뭐 좀 물어본 것뿐이야. 근데 너 오늘따라 왜 이렇게 까칠해?"
"잠깐? 잠깐이라고? 내가 너한테 전화했을 때 거의 20분 동안 계속 통화 중이었거든? 그게 잠깐이야? 지난번에 그 계집애랑 스캔들 기사난 거, 그거 혹시 진짜 아니었어?"
성우가 어이가 없다는 표정으로 희진을 노려봤다.
"야, 지난번에도 얘기했듯이 걔는 우리 회사 후배 가수야. 이번에 데뷔해서 아무것도 모르니까 이것저것 물어보는 것뿐이라고. 태진이 형도 신경 써서 도와주라고 당부했고."
"나하고도 그렇게 만났잖아. 내가 가수한다고 멋모르고 설치고 다닐 때 태진 오빠가 같은 소속사라고 너보고 나 도와주ㄴ라고 해서 매일같이 붙어 다니다가 정분난 거 아니었어? 너 소속사 신인 가수하고 연애하는 거, 상습범이니?"

"그거랑 이거랑…… 제발 말이 되는 소리를 해라."

희진이 눈물이 왈칵 쏟아지려는 걸 가까스로 참고 말했다.

"좋아. 말이 안 된다고 쳐. 하지만 오늘 같은 날은 적어도 그 계집애랑 시시덕거리기 전에 나한테 먼저 전화해야 하는 거 아냐? 그게 여자 친구에 대한 최소한의 배려 아니냐고!"

"그건 미안해. 그렇잖아도 사실은 전화하려고 했는데."

"미안해! 사실은! 제발 그놈의 미안하다는 말과 핑계 좀 그만 댈수 없니? 이제 다시 인기 얻으니까 마음이 예전 같지 않은 거야? 그런 거니?"

희진이 성우를 노려보다가 차분한 음성으로 물었다.

"아기, 어떡할 건데?"

성우가 희진을 빤히 쳐다보다가 반문했다.

"그걸 왜 자꾸 나한테 물어?"

희진이 황당한 표정으로 보다가 물었다.

"그럼 누구한테 물어?"

"네가 알아서 해야지. 내가 애를 가지라고 한 것도 아니고."

"너 지금 그걸 말이라고 해?"

"너도 애를 낳겠다는 생각은 아니잖아. 이건 우리 계획에 없던 거라고."

"아니! 나 낳을 거야. 원래는 지우려고 했는데 너 보니까 꼭 낳아야겠어. 성우 네가 그랬잖아. 올해 안에는 반드시 결혼식 올리자고. 컴백해서 성공하면 꼭 그렇게 하자고. 그래서 지난 2년을 기다린 거야! 그런데……."

등 뒤에서 소리가 났다.

"그건 안 돼!"

희진이 돌아보자 어느새 태진이 운전석에 올라앉는 중이었다.

"방금 뭐라고 했어요?"

희진이 의아하게 묻자 태진이 룸미러를 보며 특유의 사무적인 음성으로 대답했다.

"성우, 지난 2년간 어떻게 지냈는지 잘 알잖아. 회사도 많이 힘들었고. 쟤 이제 막 다시 시작하려는 애야. 그런데 지금 결혼과 함께 애 아빠 된다는 발표를 하라는 거야?"

"그럼, 오빠 말은 성우 인기 때문에 결혼도 하지 말고 아기도 지우라는 소리예요?"

"연애는 너희 둘이 하는 거지만 회사는 입장이 달라. 성우, 쟤 재기시키려고 회사에서 돈을 얼마나 들였는지 알아? 우리 회사 아직도 조그만 기획사야. 물론 금전적으로 희진이 너희 아버지 도움이 컸지. 그러니 더더욱 성우의 성공이 중요한 거야. 성우가 잘못되면 회사는 물론이고 너희 아버지한테도 타격이 될 수 있어. 성우 말대로 아기는 지워. 지금은 선택의 여지가 없어."

순간 희진은 너무 어이가 없어 말문이 막혔다. 물론 태진은 성우의 친형일 뿐만 아니라 매니저이자 소속사의 대표이기도 하다. 따라서 희진을 동생의 여자 친구 혹은 예전의 가수지망생 정도로 여기는 마음이 아직 남아 있는지 모른다.

하지만 그걸 감안하더라도 태진이 직접 나서서 아기를 지우라고 명령하듯이 말하는 건 도저히 참을 수가 없었다. 희진은 눈물이 쏟아지려는 걸 참으며 이를 악물고 말했다.

"지금 태진 오빠가 우리 아기를 지우라 마라 하는 건 너무 지나치지 않아요?"

"네가 너무 철없이 구니까."

희진이 돌아보자 성우가 얼른 시선을 피했다.

"이런 얘기 듣고도 아무런 할 말이 없어? 네가 아기 아빠잖아."

"성우는 그냥 놔둬. 너도 알겠지만 걘 지금 음악만 생각하기에도 시간이 부족해."

성우가 자신 없는 소리로 말했다.

"애는 형이 말하는 대로 했으면 좋겠어."

성우 말로는 부모님이 일찍 돌아가신 후 태진이 부모님 역할을 하며 자신을 키웠다고 했다. 그래서인지 성우는 태진 앞에서 지나치리만치 의존적이었다. 반대로 태진은 승부욕이 강하고 완벽주의를 추구하는 사람이었다. 가끔은 너무 집요하고 성공에 대한 집념이 강해 두려울 때도 있었다.

사실 성우를 가수로 만든 것도, 성공을 시킨 것도 모두 그의 집념 덕분이라 해도 과언이 아니었다. 태진은 성우의 앞길을 방해하는 건 자신의 앞길을 방해한다고 여겼으며 그게 무엇이 되었든 용서하지 않을 사람이었다. 덕분에 소속사 가수나 직원들에게도 태진은 공포의 대상이었다.

오직 희진만 예외였다. 그녀가 성우와 결혼할 사이라서가 아니라 그녀의 아버지가 회사에 적지 않은 자금을 투자한 때문이었다. 희진이 더 이상 참지 못하고 따졌다.

"오빠한테는 내가 아직도 소속사 가수로 보여요? 동생과 결혼할 사람한테, 그리고 어쩌면 제 뱃속에 아기가 조카가 될지도 모르는데 그렇게 막말해도 되는 거예요?"

희진이 정색을 하고 나오자 태진의 태도가 누그러졌다. 그가 이전보다 한결 조심스런 말투로 대답했다.

"기분 나빴다면 사과할게. 내가 표현이 좀 직설적이잖아. 지금 녹화하러 가야 하는데 성우 기분이 저러면 곤란해. 지금 성우한테 얼마나 중요한 시기인지 잘 알잖아. 차라리 이따 밤에 만나서 조용히 얘기해."

스타의 여자 친구로 사는 법 2

희진의 오피스텔은 강남대로 변에 위치하고 있었다. 여자 혼자 생활하기엔 과하다싶게 넓고 고급스러운 공간이었다. 순전히 부자 아빠를 둔 덕분이었다. 벽면엔 성우의 대형 브로마이드가 걸려 있고 창밖으로 강남의 야경이 내려다보였다.

오피스텔 바로 건너편엔 희진이 운영하는 피트니스 센터가 똑바로 보였다. 실질적인 운영은 실장과 코치들이 하지만 희진도 거의 매일 들러 운동을 했다. 희진을 포함해 스스로를 청담동 4인방이라 칭하는 효주나 미주, 미영도 가끔 한 번씩 괜찮은 남자가 없는지 살피러 와서는 몸을 풀다 가곤 하는 공간이었다. 지금은 늦은 시간이라 피트니스도 문을 닫아 까만 어둠만 거울에 비쳤다.

희진은 우울한 기분으로 창가 티 테이블에 앉아 창밖을 내다보고 있었다. 새벽 1시가 넘어서야 애타게 기다리던 휴대폰이 울렸다. 성우의 조심스러운 목소리가 들려왔다.

"문 앞이야."

희진은 얼른 일어나 문을 열었다. 모자를 푹 눌러쓰고 선글라스를 쓴 성우가 주변을 살피다가 재빨리 안으로 들어섰다. 비밀 임무를 수행하는 스파이라도 그처럼 조심스럽진 않을 것 같았다. 그런저런 불편함 때문에 평소 성우와 오피스텔에서 만나는 경우는 드문 일이었다. 그는 분장도 지우지 않은 얼굴로 말했다.

"늦어서 미안해."

희진도 낮에 다툰 일 때문에 어색하게 대답했다.

"괜찮아. 녹화는 잘했어?"

성우가 고개를 끄덕이곤 희진을 와락 끌어안았다. 성우의 갑작스런 행동에 어색하고 서운하던 마음이 스르르 녹아내렸다. 그에게서 기분 좋은 땀 냄새가 났다. 이렇게 둘만의 시간을 가져보는 게 얼마만인가.

최근 둘이 거의 만나지 못한 데다 오늘은 특히 하루 종일 마음고생을 한 탓인지 성우의 예기치 않은 포옹에 감동해 눈물이 날 지경이었다. 성우가 재기를 준비할 때만 해도 두 사람은 거의 매일 붙어지냈다.

성우가 희진의 귀에 대고 속삭였다.

"사랑해. 내 주위에 아무리 많은 여자들이 있어도 내겐 너만 보여. 희진이 네가 흔들리면 나도 힘들어. 그러니까 쓸데없는 오해로 나 힘들게 하지 마."

성우의 달콤한 속삭임 한마디에 사랑을 불러온다는 호르몬, 옥시

토신의 수치가 급격하게 높아졌다. 그녀가 몽롱한 음성으로 중얼거렸다.

"그래. 알아. 낮에는 내가 미안했어. 정말 그러려고 그랬던 게 아닌데."

"아냐. 내 잘못이야. 내가 좀 더 신경 썼어야 하는데. 사랑해."

성우가 그 감미로운 음성으로 사랑한다고 속삭인 후 입술을 겹쳐왔다. 희진은 노래 부를 때 성우의 섹시한 입술을 가장 좋아했다. 희진은 그 어느 때보다도 더 열정적으로 키스에 답하며 성우를 끌어안았다. 그녀의 뇌에서 오르가즘보다 강력하다는 도파민 수치가 무한하게 치솟았다.

희진이 자연스럽게 성우의 바지를 벗기려 할 때였다.

"잠깐만!"

성우가 숨결을 토해 내듯 몸을 빼내며 말했다. 희진이 의아한 얼굴로 쳐다보자 성우가 주저하다가 입을 열었다.

"미안해. 희진아. 나 아직 일이 안 끝났어."

"뭐라구?"

"아직 스케줄이 남아 있다고. 원래는 지금도 못 오는 건데 너한테 미안해서 어떻게든 시간을 낸 거야. 실은 지금 밑에서 태진 형이 기다리고 있거든."

순간 희진의 몸에서 용솟음치던 신경호르몬들이 순식간에 눅눅한 버터로 변해 굳어졌다.

"그럼 지금 다시 가야 한다는 얘기야?"

"그래. 어쩔 수가 없어. 나만 그런 거 아냐. 연예인들 이렇게 반짝

하고 떴을 때 정신없이 뛰어야 되는 거 알잖아. 잠도 줄이고 먹을 시간도 줄이고 미친 듯이 뛰어야 한다고. 태진 형, 나 때문에 고생 많이 했는데 보답해야지. 그러니까 희진아, 네가 좀 봐줘. 나도 너무 힘들어."

희진은 할 말이 없었다. 뭐라고 할 것인가. 잠도 못자고 먹을 시간도 없이 일한다는 사람에게. 희진이 기운 없이 말했다.

"그래, 알았어. 가 봐. 건강 챙기고."

성우가 다정하게 희진을 끌어안더니 말했다.

"미안해 희진아. 너한테 자꾸 미안하다는 말만 해서. 그리고 아기한테도. 정말 미안해. 우리 조금만 참자. 조금만 참으면 내가 우리 사이 세상에 다 밝힐게. 그땐 떳떳하게 만나. 약속할게. 나 믿지?"

희진이 고개를 끄덕이자 성우가 조심스럽게 말했다.

"지금은 상황이 정말 그래. 이번에만 네가 양보해."

희진이 무슨 소리냐는 듯 올려다보자 성우가 비굴함이 느껴지는 목소리로 말했다.

"아기 말이야. 아무리 생각해도 지금은 어려울 것 같아."

희진이 성우의 눈을 똑바로 쳐다보며 말했다.

"결국은 아기 지우라는 얘기였어?"

성우가 곤혹스러운 표정으로 고개를 끄덕였다.

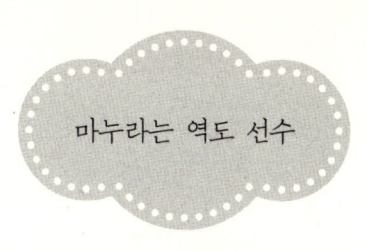

마누라는 역도 선수

선일이 2층 다가구 주택 안마당으로 조심스레 발을 들여 놓았다. 그가 뒤를 돌아보더니 진만에게 주의를 줬다.

"아무 말도 하지 말고 조용히 따라오기만 해! 알았어?"

덩치가 선일의 두 배쯤 되는 진만이 미련한 곰처럼 연신 고개를 끄덕이곤 토끼발로 그의 뒤를 따랐다. 다가구 뒤쪽으로 돌아가자 작은 방문이 하나 나왔다. 철재로 된 방문에는 굵은 자물쇠가 매달려 있었다.

선일이 주머니를 뒤적거려 열쇠를 꺼내더니 방문을 열고 안으로 들어갔다. 방은 밖에서 보기보다 넓었다. 한쪽 구석엔 간이 주방이 있고 냉장고와 비키니 옷장 그리고 텔레비전과 좌식 책상, 컴퓨터 등의 물건이 차례로 시야에 들어왔다.

진만이 방 입구에서 코를 부여잡고는 말했다.

"어휴, 이게 무슨 냄새에요? 환기 좀 해야 할 것 같은데요."

선일은 벌써 방바닥에 주저앉아 익숙한 몸짓으로 양말을 벗어던지는 중이었다.

"냄새는 무슨 냄새. 그냥 홀아비 냄새지. 짜식이, 니가 지금 찬밥 더운 밥 가리게 생겼냐? 공짜로 재워 준다고 하면 얼씨구나 하고 들어올 일이지."

진만이 문을 활짝 열어 놓고는 인상을 찡그리며 방 안으로 들어서자 옷을 홀러덩 벗어 던진 선일이 팬티 차림으로 말했다.

"앉어, 인마! 그렇게 서 있으니까 천정 무너질까 겁난다!"

진만이 앉으면서 물었다.

"여기서 사시는 거예요?"

"왜? 실망했냐? 니가 스승으로 모시기에 지금 내 생활공간이 너무 초라해 보이냐?"

"아뇨, 그게 아니고. 근데 들어올 때 왜 그렇게 조심조심 들어오셨어요? 꼭 남의 집에 몰래 들어오는 것처럼."

"남의 집이라니! 짜식이, 사람을 어떻게 보고? 다 말 못할 사정이 있는 것이니 너무 많은 걸 알려고 하지 마라. 내 비록 가진 건 없어도 부족함은 없다 이거야. 자고로 진정한 도인은 물욕이 없는 법이니. 자, 그럼 슬슬 시작해 볼까?"

선일이 비키니 옷장을 열더니 예전 홍콩 강시 영화에나 나오던 노란색의 퇴마사 옷을 꺼냈다. 한복 두루마기를 연상시키는 옷에는 가슴 양편에 태극 무늬가 그려져 있었고 허리에는 복주머니 같은 주머니가 매달려 있었다. 그가 옷을 입고는 자못 자랑스러운 얼굴로 말했다.

"어떠냐? 그럴듯하냐?"

진만이 와아 하는 표정으로 고개를 끄덕였다. 선일이 자리에 앉으며 말했다.

"남대문에서 산거야. 태극 무늬는 내가 달았고."

"정말 퇴마사 같아요."

"이 자식이. '같아요'가 뭐야, '같아요'가? 그럼 내가 퇴마사가 아니란 소리야?"

"아직 귀신을 쫓지는 못하셨잖아요."

선일이 방 안을 찬찬히 둘러보며 속삭이는 것처럼 말했다.

"귀신이 독하면 원래 단번에 쫓기가 어려운 법이야. 지금 이 방에도 그 귀신들이 있냐?"

진만이 서슴없이 고개를 끄덕였다. 선일이 찜찜한 표정으로 방을 두리번거렸다.

"지금 어느 쪽에 있냐?"

진만이 손으로 선일의 왼쪽 허공을 가리켰다. 선일이 인상을 찡그리며 진만의 옆으로 자리를 옮기고는 속삭이듯 물었다.

"귀신들이 왜 꼭 내 왼쪽에만 있는 거냐?"

"그냥 습관인 것 같은데요. 저한테는 항상 오른쪽에만 있거든요."

"젠장맞을! 그럼 귀신들은 언제 없어지냐?"

"안 없어지는데요? 제가 열세 살 때 처음 나타나서는 지금까지 한순간도 제 곁을 떠난 적이 없어요."

"그럼, 귀신들이 24시간, 1년 365일 동안 너한테서 한시도 떨어지지 않는다고?"

"그러니까 죽을 맛이죠."

선일이 난감한 듯 말했다.

"너도 참 기구한 팔자다. 어떻게 그러고 지금까지 살았냐? 그런데도 먹는 걸 잘 먹은 모양이네. 피둥피둥 살찐 것 보면."

"살은 스트레스 때문에 찐 것 같아요."

"근데 거리에서 노숙자처럼 살게 된 이유는 뭐야?"

"제가 가까이 있으면 식구들은 물론이고 근처에 있는 사람들한테도 자꾸 이상한 일이 생기니까 다들 불안해하고 결국은 절 멀리하더라고요. 그래서 그냥 속 편하게 혼자 살려고 거리로 나섰죠, 뭐."

"혹시 귀신들이 원하는 게 뭔지 얘기를 한 적은 없냐? 해코지한 적도 없고?"

"그냥 계속 지켜보기만 해요. 그리고 해코지한 적도 없는 것 같은데 사람들이 나쁜 일만 생기면 꼭 귀신들 때문이라면서 절 구박하더라고요."

선일이 심각하게 고민하는 것 같더니 말했다.

"그거 줘 봐. 청동 거울!"

진만이 거울을 꺼내 건넸다. 선일이 옷소매로 거울을 쓱쓱 문질러서 닦은 후 마른 침을 삼키고는 조심스럽게 자기 왼편 뒤쪽을 비췄다. 거울 속으로 긴 머리를 산발한 처녀 귀신 둘이 나란히 서서 그를 노려보고 있는 모습이 보였다. 선일이 진저리를 치면서 너스레를 떨었다.

"으이그…… 무시라…… 쟤네는 어떻게 된 게 아무리 봐도 왜 적

응이 안 되냐?"

 선일이 얼른 거울을 내리곤 진만에게 확인하듯 물었다.

 "해코지 한 적은 없었다, 이거지?"

 진만이 고개를 끄덕였다. 선일이 진만의 옆으로 바싹 다가앉더니 귀에 대고 속삭였다.

 "지금부터 너하고 나는 저 귀신이 무서워하는 게 뭔지 찾아내는 거다. 그것만 찾으면 돈방석에 앉는 건 시간문제야."

 "돈방석요?"

 "넌 귀신을 볼 수 있고 난 귀신 쫓는 법을 알고. 지금 세상에 귀신 때문에 고통 받는 사람들이 얼마나 많은 줄 아냐? 당장 너도 그렇잖냐? 그런 사람들 도와주고 돈도 벌고. 이거야 말로 일석이조 일거양득이 아니냐."

 "아까는 도사가 물욕을 부리면 안 된다고 하셨잖아요."

 "그럼 도사는 뭘 먹고 살란 거냐? 땅 파먹고 사냐? 그렇게 버는 돈은 괜찮아. 사람들이 교회나 절에 갖다 주는 돈 있지? 그런 걸로 생각하면 돼. 아무튼 넌 내 말만 잘 듣고 따라하면 팔자가 피는 거다. 알았냐?"

 "저는 그냥 귀신만 쫓아 주시면 되는데."

 "'예. 스승님.' 해 봐!"

 "예. 스승님!"

 "자, 그럼 딴 말 말고 먼저 부적부터 시험해 보자."

 그러면서 선일이 퇴마사 옷에 매달려 있는 주머니를 열어 부적을 몇 장 꺼내들었다. 진만이 신기한 듯 넘겨다보면서 말했다.

"와. 그거 전부 다 직접 쓰신 거예요?"

선일이 좌식 책상 위에 놓인 컴퓨터와 프린터를 턱으로 가리키며 말했다.

"저걸로 뽑은 거야. 인터넷에 들어가면 무지하게 많아. 부적이란 게 그림이 중요한 게 아니야. 부적을 사용하는 사람의 마음가짐이 얼마나 절실한가가 중요한 거지."

"제가 본 책에선 안 그렇던데요? 목욕재계하고 때와 장소를 잘 정해서 부적을 써야 효과가 있다고 하고 또 종이도 보통 종이에 쓰면 안 되고……."

선일의 주먹이 번개처럼 움직이더니 진만의 머리통을 야무지게 쥐어박았다.

"너 지금부터 내가 하는 말 잘 들어. 스승님의 말은 곧 법이다! 어떤 의심이나 반항도 해선 안 돼. 특히 이런 영적인 영역을 다루는 사람은 믿음이 가장 중요한 거다. 알았냐?"

진만이 고개를 끄덕이자 다시 주먹이 머리를 쥐어박았다. 이번에는 진만이 머리를 움켜쥐고 죽는 소리를 했다.

"왜 자꾸 때리세요?"

"'예, 스승님!'이라고 하랬지?"

"알았……."

선일의 주먹이 들썩이는 걸 본 진만이 얼른 말을 고쳐서 답했다.

"예, 스승님!"

선일이 그제야 만족한 얼굴로 가부좌(결가부좌의 약어로 연화좌라고도 한다. 결가부좌는 앉는 법의 한 가지로서 가는 발의 안, 부는 발의 등을 말하며, 오른쪽 발을 우선 왼쪽 허벅지 위에 얹고 다음에 왼쪽 발을 오른쪽 위에 얹어 앉는 법이다. 선종에서는 결가부좌를 좌선의 바른 자세로 정하고 있다.)를 틀더니 부적을 한 장 꺼내 손에 들었다. 진만이 흥미로운 표정으로 그런 선일을 지켜봤다. 선일이 초롱초롱한 눈으로 지켜보는 진만을 보고 결연한 표정으로 말했다.

"지금 귀신이 아직도 내 왼쪽에 있냐?"

진만이 고개를 끄덕였다. 선일이 부적을 들고는 이상한 수인(手印, 모든 불보살과 제천선신의 깨달음의 내용이나 활동을 상징적으로 나타내는 표시 가운데, 양쪽 손가락으로 나타내는 모양.)을 맺으며 손동작을 현란하게 하더니 갑자기 왼쪽 뒤로 몸을 틀어 부적을 허공에 딱 갖다 대고는 강하게 소리쳤다.

"금귀부!"(禁鬼符, 이 부적을 집안에 붙여 놓으면 일체의 사귀, 요귀, 잡귀들이 접근을 못하여 가택이 평안해진다고 알려진 부적.)

순간 정적이 흐르는가 싶더니 선일의 손바닥에서 부적이 너풀거리며 힘없이 바닥으로 떨어졌다. 선일이 고개를 갸우뚱하며 물었다.

"니가 말해 준 귀신 위치 정확한 거야?"

"예?"

"부적이란 게 정확하게 귀신의 이마에 붙여야 효용이 있는 것인데 니가 귀신의 위치를 나한테 정확하게 가르쳐 줬냐?"

"그게 이마에 붙인다는 그런 말씀은 없으셔서……."

"이런 젠장맞을! 아마추어 데리고 일 하려니깐 답답해서 원."

선일이 부적을 다시 집어 들고는 말했다.

"야, 어디야? 귀신 이마가! 손을 갖다대 봐!"

진만이 허공에 가만히 손을 대자 선일이 이번에는 가부좌도 틀지 않은 채 부적을 진만의 손 위로 가져가더니 말했다.
"내가 하나, 둘, 셋 하면 재빨리 니 손 치워라. 알았지?"
 진만이 고개를 끄덕였다. 선일이 마른 침을 삼키며 긴장된 음성으로 말했다.
"하나, 둘, 셋!"
 진만이 허공에서 손 떼는 순간 선일이 그 자리에 잽싸게 부적을 갖다 대며 외쳤다.
"금귀부!"
 다음 순간 허공에서 손을 뗀 선일의 눈이 휘둥그레졌다. 진만도 마찬가지였다. 선일이 부들부들 떨리는 손으로 허공에 매달려 있는 부적을 가리켰다.
"저, 저거! 봤지? 너도 봤지?"
 그랬다. 부적이 저 혼자 허공에 매달려 있었다. 진만이 말했다.
"스, 스승님! 부적이 귀신의 이마에 붙어 있어요!"
"오…… 이런 젠장맞을! 내가 드디어 해냈어. 이 손으로 퇴마를 한 거야!"
 하지만 다음 순간 뜻밖의 상황이 벌어졌다. 허공에 매달려 있던 부적이 스윽 하고 움직인 것이다.
"으헉……!"
 갑자기 부적이 앞으로 다가오자 깜짝 놀란 선일이 후다닥 뒤로 물러났다.
"야, 어떻게 된 거야? 부적이 왜 저래?"

진만도 겁먹은 표정으로 말했다.

"그걸 저한테 물으시면 어떡해요? 아무래도 귀신이 부적 때문에 잔뜩 화가 난 것 같은데요?"

"뭐? 도망가는 게 아니라 화가 났다고?"

"예. 표정이 많이 화가 난 것 같은데요!"

선일이 점점 다가오는 부적을 향해 양손을 휘저으며 중얼거렸다.

"오, 오지 마! 저리 가!"

하지만 부적은 점점 더 가까이 다가왔고 이내 선일의 코앞까지 다가왔다. 선일이 조심스럽게 손을 뻗어서는 허공에 매달린 부적을 싹 떼어내곤 눈을 질끈 감았다.

"스승님?"

진만의 소리에 선일이 살며시 눈을 뜨더니 조심스럽게 물었다.

"귀, 귀신은?"

"스승님 왼쪽 뒤에 있는데요?"

선일이 화들짝 놀라며 진만의 옆으로 옮겨 앉았다. 선일이 창백한 표정으로 진만의 귀에 대고 물었다.

"귀신이 화를 좀 푼 것 같냐?"

진만이 고개를 끄덕이며 말했다.

"예. 그런 것 같아요."

선일이 "휴우……." 하고 긴 한숨을 내쉬고는 손에 들고 있던 부적을 살피며 중얼거렸다.

"젠장맞을! 이게 잘되는 것 같더니 왜 그랬지? 야, 아까 귀신이 고통스러워한다거나 힘들어하는 기색은 없었어?"

"아뇨. 그냥 무지하게 화가 난 표정이던데요."

"이게 귀신을 쫓는 부적이 아니고 화나게 하는 부적인가?"

그때 밖에서 발소리가 들려왔다. 선일의 표정이 사색으로 변하더니 후다닥 방문을 닫아걸고는 불을 껐다. 진만이 어둠 속에서 놀란 목소리로 물었다.

"왜요?"

선일이 검지를 입술에 대고 속삭였다.

"쉬잇······!"

그때 발소리가 바로 방문 앞까지 오더니 딱 멎었다. 누군가의 그림자가 뚫어지게 방문을 노려보며 서 있었다. 선일도, 진만도 마른침을 삼키며 숨을 죽였다. 방문 밖에 있던 그림자가 갑자기 방문을 확 잡아당겼지만 이미 방문은 안에서 단단히 잠긴 뒤였다. 뜻밖에도 방문 밖에서 걸걸한 여자의 목소리가 들려왔다.

"안에 있는 거 다 알아! 장선일, 이 화상아! 당장 안 나오면 내가 지금 망치로 부수고 들어간다? 당장 안 나와!"

선일이 오만상을 찡그리며 중얼거렸다.

"젠장 할! 지금이 몇 신데 아직도 안 자고."

진만이 말했다.

"스승님, 무슨 일인지는 모르지만 저한테 말씀하세요. 제가 이래 봬도 힘깨나 쓴다구요! 스승님을 위해서라면!"

선일이 다시 "쉬잇······." 하고 소리를 냈다. 방문 밖에서 다시 여자 목소리가 들려왔다.

"니가 무슨 낯짝으로 여길 기어들어와? 바람을 피웠으면 그 여우 같은 년 품에서 천년만년 살 것이지 뭐 하러 쥐새끼처럼 기어 들어와서 남의 속을 뒤집어 놓느냐고! 여기 들어올 때는 내 손에 죽을 각오하고 들어온 거지? 좋게 말할 때 어서 방문 열어! 이 호랑이 먹이로 던져도 아까울 잡놈아!"

숨을 죽이고 있던 선일이 고개를 번쩍 치켜들었다.

"뭐? 호, 호랑이 먹이? 잡놈? 저놈의 여편네가 진짜 보자보자 하니깐!"

선일이 금방이라도 뛰쳐나갈 것처럼 폼을 잡다가 이내 주저앉으며 말했다.

"내가 참아야지. 저 무식한 여편네가 말이 통하는 상대도 아니고."

진만이 돌아보고는 선일을 노려보며 물었다.

"바람 피셨어요?"

"눈초리가 왜 그래? 스승을 쳐다보는 눈길이 왜 그렇게 불손하냐? 니가 아직은 어려서 잘 모르는 모양인데 살면서 바람 한 번 안 피는 놈 있으면 나와 보라 그래!"

그때 뭔가가 방문에 쾅 하고 부딪히자 선일이 움찔하고 목을 움츠렸다. 이어서 험상궂은 소리가 들려왔다.

"당장 문 안 열어, 이 잡놈아!"

"야, 저거 봐라. 저게 어디 여자 입에서 나올 소리냐? 도무지 여자라는 생각이 안 드는데 난들 어떡하리? 에이…… 쯧쯧쯧."

연신 혀를 차던 선일이 갑자기 무슨 생각이 들었는지 키득거리며 웃기 시작했다.

"저 여편네가 예전에 역도 선수였거든. 전국 체전 때는 경기도 대표로 나가서 은메달도 따고 그랬다니깐. 처음엔 그래봐야 어차피 여자지 싶었는데 웬걸. 얼마나 힘이 좋은지 나 같은 건 한 손으로 들었다 놨다 한다니깐. 한번은 내가 저 여편네랑 등산 갔다가 발목을 다쳤는데 세상에! 날 번쩍 들쳐 엎더니 그 높은 산꼭대기에서 꼬박 두 시간을 그냥 달려서 내려오는 거야. 등에 업혀서도 넘어져 구를까 봐 얼마나 오금이 저리던지. 날 얼마나 사랑했으면 그렇게 죽을 둥 살 둥 뛰었겠어? 그때 알아봤지. 사랑이 큰 만큼 미움도 크겠구나. 잘못 걸렸다간 뼈도 못 추리겠구나 하고 말이야."

"그걸 알면서도 바람을 피셨단 말이에요?"

"사랑이 어디 머리로 하는 거냐? 이 심장으로 하는 거지. 머리에선 이러다 죽는다, 이러다 죽는다 계속 경고가 오는데 이놈의 심장은 죽어도 좋아, 죽어도 좋아 하는데 낸들 어떡하냐고. 너 김유신 장군 얘기 알지? 김유신이 맨날 기생집에 드나들다가 이래선 안 되겠다 싶어 독하게 마음먹고 발길을 딱 끊었는데 하루는 잠깐 졸다가 눈을 떠보니까 말이 기생집 앞에 가 있었다잖아."

"그래서 김유신 장군이 말의 목을 쳤다고 하잖아요."

"내 말이 바로 그 말이야. 김유신은 말이니까 그렇게라도 했지. 난 어떡하냐? 이 다리를 자르랴, 아니면 맨날 전화질하는 이 손가락을 자르랴?"

다시 밖에서 소리가 들려왔다.

"이제 진짜 부수고 들어간다! 정말 부순다!"

"차라리 그냥 문 여세요. 부수고 들어온다잖아요."

"미쳤냐? 니가 아직 우리 여편네를 몰라서 그러는 모양인데 문 열면 죽어!"

"어차피 문 부수고 들어온다잖아요!"

"걱정 말어. 절대 그런 일은 안 일어날 테니까. 에라…… 모르겠다! 잠이나 자자!"

선일이 팔자 좋게 방바닥에 벌러덩 드러눕자 이번에는 좀 더 험악한 소리가 들려왔다.

"좋다. 이 잡것이 한번 해 보자 이거지? 나 지금 진짜로 문 부수고 들어간다! 손에 야구방망이 들고 있는 거 보이지?"

방문 밖에서 정말로 야구방망이의 그림자가 어른거렸다.

"하나, 둘, 셋! 들어간다! 이얏!"

진만이 두 눈을 질끈 감았지만 아무리 기다려도 와장창 문 부서지는 소리는 들려오지 않았다. 누워 있던 선일이 갑자기 낄낄거리며 말했다.

"우리 마누라, 아니 우리 애숙 씨가 가장 싫어하는 게 뭔지 알아? 돈 쓰는 거야. 완전 자린고비거든. 그런데 자기 손으로 저 방문을 부수고 다시 돈 들여서 고친다고? 흥, 말이 되는 소릴 해야지. 그런 정도만 됐어도 내가 바람 같은 거 안 피웠을 거다. 남자가 사람 구실 할 정도는 봐줘야지. 한 달 용돈은커녕 이 방도 지금 방세 내고 있는 거야. 내가 두 번째 바람 피웠을 때……."

진만이 싸늘한 음성으로 반문했다.

"처음이 아니었어요?"

"실은 이번이 세 번째야. 헤헤."

그때 갑자기 밖에서 통곡하는 소리가 들려왔다.

"아니고, 내 팔자야. 부모 복 없는 년은 남편 복도 없다더니 내가 어쩌다가 저런 난봉꾼 같은 놈하고 결혼을 했을까? 일만 저질러 놓고는 나 몰라라 하는 저런 하이에나만도 못한 인간을 뭐가 좋다고 눈에 콩깍지가 씌어서는…… 아이고…….”

여자의 곡소리를 들으며 선일이 투덜거렸다.

"여편네가 지 남편 허물을 덮어주는지 못할망정 동네방네 소문이나 내고. 남자가 한 번 실수 좀 했기로서니 잘못을 인정하고 빌면 못 이기는 척 받아주는 맛이라도 있던가.”

진만이 힐끗 선일을 노려보고는 말했다.

"한 번도 아니고 세 번이라면서요? 그게 어디 사람이에요?”

"뭐 인마? 이 자식이 스승한테 하는 말버릇 좀 봐? 자고로 귀신도 음양의 조화가 만들어내는 법이야. 사람이 양이면 귀신은 음이지. 음양의 이치를 알려면 여자도 잘 알아야 하는 법! 음양의 남녀가 결합하면서 오행이 생겨나고 그 오행이 세상만물을 생성하게 하는 근본이라 했느니라. 나는 바람을 피운 게 아니라 음양의 이치를 깨닫기 위해…….”

그때 밖에서 야수와 같은 괴성이 들려오더니 거대한 뭔가가 쿵 소리를 내며 문에 부딪혔다. 문을 잠가 놓은 자물쇠가 통째로 뜯기며 날아가자 누워 있던 선일이 벌떡 일어났다. 선일의 표정이 귀신이라도 본 것처럼 얼어붙었다. 부서져서 간신히 매달려 있는 방문 앞에 야구방망이를 든 덩치 큰 여자가 머리를 휘날리며 서 있었다. 여자가 두 사람의 모습을 보더니 분노에 찬 목소리로 소리쳤다.

"어우, 이런 잡것이…… 이젠 남자하고?”

선일이 다급하게 소리쳤다.

"애숙 씨 그게 아니라, 잠깐 내 말 좀…… 애숙 씨…… 흥분하지 말고 제발…… 플리이즈……!"

여자가 방망이를 치켜들더니 괴성을 지르며 달려들었다.

"차라리 죽엇!"

여자는 어둠 속에서 윙윙 소리를 내며 야구방망이를 휘둘렀고 공포에 질린 선일의 비명 소리가 밤하늘을 갈랐다.

"으아아아악! 애숙아, 잘못했어, 용서해 줘……!"

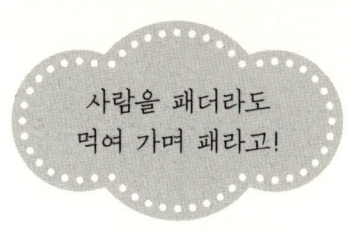

사람을 패더라도
먹여 가며 패라고!

  애숙의 눈치를 살피며 선일과 진만은 김치찌개와 달걀 프라이를 얹은 밥에 참기름까지 넣고 비벼서는 연신 입안으로 밀어 넣었다. 밤새도록 전쟁 아닌 전쟁을 치르느라 배가 등짝에 달라붙어 아사 직전이었다.
  사람을 패더라도 먹여 가며 패야 할 것 아니냐는 선일의 애원에 애숙이 어쩔 수 없이 2층집으로 불러들여 아침상을 차려 준 것이다. 쫓겨난 지 근 반년 만에 들어와 본 집이지만 안을 둘러볼 겨를도 없었다. 이마가 깨진 선일은 머리에 붕대를 감았고 진만은 눈두덩에 시커먼 멍이 자리 잡고 있었다. 정신없이 밥을 먹던 둘은 눈길이 마주치자 서로의 모습을 보고는 배시시 웃었다. 애숙이 어이가 없다는 표정으로 말했다.
  "자기들이 봐도 한심한 모양이지?"

웃음을 참지 못한 선일이 밥풀을 튀겨 가며 말했다.

"간밤에 이 녀석, 당신 야구방망이에 맞고 비명을 지르는데 영락없이 돼지 먹따는 소리더라니깐. 야, 진만아, 너 그 소리 다시 한 번만 내 봐라. 꽤액 꽤애액 그거 말이야!"

"참나, 스승님도……. 제가 언제 그런 식으로 소리를 냈다고 그러세요?"

"너 솔직히 말해 봐. 우리 마누라 주먹이 그렇게 셀지는 몰랐지?"

진만이 애숙의 눈치를 보면서 고개를 크게 끄덕였다. 애숙이 불편한 심기를 드러내며 말했다.

"그냥 조용히 밥이나 처먹던지. 무슨 무용담 늘어놓는 것도 아니고 뭐 좋은 얘기라고 맞은 얘기를 그렇게 신나게 떠들어?"

"생각해 봐. 웃기지 안 웃겨? 아닌 밤중에 홍두깨라고 이놈은 아무 죄도 없는데 영문도 모르고 당신한테 막 두들겨 맞았잖아."

그래도 진만에겐 다소 미안한 감정이 있는지 애숙의 목소리가 잦아들었다.

"굳이 따지자면 죄라기보다는 재수가 없었던 거지. 두 눈 멀쩡하게 뜨고 왜 이런 불량 인간하고 어울려 다녀? 순 사기꾼에 난봉꾼인데. 그러고 다니니깐 좋은 일은 안 생기고 재수 없는 일만 생기지."

밥숟가락을 내려놓은 선일이 물 한 사발을 들이켠 후 꺼억 트림을 하고는 말했다.

"거참, 말끝마다 사기꾼이니 난봉꾼이니. 그래도 명색이 남편인데 너무 심한 거 아냐? 아무리 바람 좀 피웠기로서니……."

애숙이 방문 옆에 기대 놓았던 야구방망이로 손을 뻗자 선일의 얼굴에 금방 웃음기가 사라지며 목소리가 변했다.

"난봉꾼 맞지. 아니, 잡놈이지. 멀쩡한 마누라 놔두고 바람 피운 놈이 무슨 할 말이 있겠어? 당신이 부르고 싶은 대로 불러. 난봉꾼이든 잡놈이든."

애숙이 식식거리며 말했다.

"조금만 잘해 주면 금방 정신 못 차리고 기어오르는 저놈의 병은 진짜 약도 없다니깐. 대체 저 인간이 얼마를 더 맞아야 저놈의 고질병을 고칠려나? 입에 밥 들어가는 것만 봐도 속이 뒤집히는데 깐죽거리긴. 이참에 이빨을 몽창 부러뜨려 버릴까? 아니면 고자를 만들어 버릴까?"

선일이 비굴한 음성으로 말했다.

"애숙 씨, 아니 장군 엄마! 나 지금도 머리가 욱신거려. 무섭게 왜 그래? 사람이 한번 폭력을 휘두르면 폭력에 맛 들려서 모든 걸 폭력으로만 해결하려 한다고 그러잖아. 툭하면 주먹 휘두르고 그러지 마. 앞으로 잘할게. 아니, 당신 마음이 풀어질 때까지 골방에서 정말 성실하게 사는 모습 보여 줄게. 응?"

너무나 애절한 눈빛으로 호소하는 선일의 말에 애숙은 결국 한숨을 내쉬며 고개를 돌렸다. 진만이 선일의 귀에 대고 물었다.

"아들 이름이 장군이에요?"

선일이 키득 웃더니 말했다.

"아들은 무슨? 무자식이 상팔자라고 행여 나 같은 자식 나올까 무서워서 아예 자식은 안 낳았어. 장군이는 쟤야."

선일이 턱짓으로 가리킨 곳에 주름투성이 퍼그가 개집에 웅크리고 있었다. 애숙이 진만을 가리키며 물었다.

"얘는 누구야? 누군데 집까지 데려와서 잠을 재워?"

애숙의 질문에 선일의 표정이 갑자기 밝아지더니 목소리에 다시 생기가 돌아왔다.

"얘? 크크크. 우리 복덩이야, 복덩이!"

"전혀 복덩이처럼 안 생겼는데? 밥만 많이 먹게 생겼는데?"

"얘가 생긴 건 좀 미련스럽게 보여도 특별한 능력이 있는 애거든. 야, 진만아, 그 처녀 귀신들 지금 어디 있냐?"

"지금도 스승님 왼쪽 뒤에 있는데요."

선일이 애숙을 돌아보고 물었다.

"당신 들었어?"

"뭘?"

"얘가 그랬잖아. 내 왼쪽 뒤에 귀신이 있다고."

애숙이 한숨을 푹푹 내쉬더니 말했다.

"맨날 퇴마니 뭐니 하며 사기치고 다니더니 이젠 나한테도 사기치려고 그러냐? 왜? 또 돈 필요하니?"

"진짜 사람 말을 못 믿네. 야, 진만아! 그거 좀 줘 봐. 청동 거울!"

진만이 품에서 청동 거울을 꺼내 줬다.

"장군 엄마, 이게 뭔지 알아? 놀라지 마. 이게 바로 귀신을 볼 수 있는 청동 거울이야. 안 믿기지? 그럴 줄 알았어. 표정 보니까 또 무슨 생각하는지 알겠다. 하지만 이번만큼은 날 믿어 봐. 아니, 곧 믿게 될 거야. 지금 이 방에, 그러니까 여기 이쪽 내 왼쪽 뒤편에 처녀 귀신이, 그것도 둘씩이나 서 있다 이 말씀이야."

애숙이 기가 막힌 듯 아예 대꾸도 하지 않자 선일이 은근하게 웃으며 말했다.

"알아, 안다고. 당신이 지금 무슨 생각하는지. 하지만 이 거울을 보는 순간 당신은 날 다시 보게 될 걸? 자, 이걸로 내 등 뒤를 비춰 봐. 뭐가 있는지."

선일은 애숙에게 청동 거울을 넘겨줬다. 애숙은 마지못해 거울을 받아들었다. 거울의 테두리에 적힌 이상한 문자를 보니 선일이 이제 본격적으로 사기를 치려고 이렇게 치밀한 소품까지 준비했나 보다 싶었다. 이제는 정말로 서로 갈라서야 할 때가 왔다는 생각이 들었다. 바람피우는 것까진 참아도 사기꾼 남편은 도저히 용납할 수 없었다.

애숙은 건성으로 거울을 방 안 이곳저곳에 비췄다. 청동으로 된 거울이라 흐릿해서 상이 선명하진 않았지만 사물의 형태를 알아보는 데는 문제가 없었다. 특별히 이상한 건 없었다. 아니, 없는 게 당연했다. 선일이 왜 자신까지 속이려 드는지 그 점이 의아할 뿐이었다.

애숙이 거울을 선일에게 돌려주려는 순간 언뜻 거울에 이상한 게 나타났다 사라졌다. 묘하게도 선일이 말한 바로 그 왼쪽 뒤편이었다. 그녀는 거울로 천천히 선일의 왼편 어깨너머를 비춰 보았다. 핏빛에 물든 하얀 소복이 먼저 보였고 위로 올라가면서 가슴 양쪽으로 늘어진 길고 검은 머리카락과 그 머리카락 사이에서 번뜩이는 창백한 시선이 청동 거울 속에서 그녀를 노려보고 있었다.

거울을 든 애숙의 손이 파르르 떨렸다. 게다가 소복을 입은 정체불명의 존재는 한 명이 아닌 두 명이었다. 마치 쌍둥이가 나란히 서 있는 것처럼 똑같은 모습의 처녀 귀신이 나란히 서 있었던 것이다. 애숙은 황급히 거울을 내리고 귀신이 서 있던 공간을 봤다. 아무것도 없는 빈 공간만 보였다.

뭔가 헛것을 본 것이 분명했다. 절대 귀신 따위가 있을 리가 없었다. 그녀는 다시 뭔가에 홀린 것처럼 거울을 비췄다. 두 명의 처녀 귀신이 동시에 애숙을 향해 고개를 돌렸다. 그녀의 뇌가 공포로 인한 충격을 상쇄시키기 위해 어마어마한 양의 호르몬을 쏟아냈다. 애숙은 비명 한번 지르지 못하고 의식이 흐려지며 그대로 혼절하고 말았다. 쓰러지는 애숙을 예상이나 하고 있던 것처럼 선일이 얼른 부축해 바닥에 눕혔다.

진만이 걱정스런 얼굴로 물었다.

"어떡하죠? 괜찮으실까요? 스승님의 사모님인데."

선일이 혀를 차며 말했다.

"아무리 천하의 역도 선수라도 여자는 남자의 보호가 필요한 거야. 사실은 우리 애숙 씨가 세상에서 가장 무서워하는 게 귀신이거든. 텔레비전에서 공포 영화만 나와도 갑자기 몸이 뻣뻣해진다니깐. 내가 유일하게 큰소리치고 이길 수 있는 게 바로 그런 때란 말야. 퇴마사를 직업으로 택한 것도 그것 때문이고!"

"그런 걸 알면서 거울을 주셨단 말이에요?"

"그럼 어떡하냐? 어떤 말을 해도 믿지를 않는데. 어쩔 수가 없어. 이런 일을 한번 겪어 봐야 남편 귀한 것도 알지."

선일이 입에 한가득 물을 머금고는 애숙의 얼굴에 뿜었다. 애숙이 막힌 숨을 토해 내며 커다란 눈을 번쩍 떴다. 그녀가 자신을 내려다

보는 두 사람을 멍하니 보더니 갑자기 자리에서 벌떡 일어나 부들부들 떨며 흐느꼈다. 선일이 그런 애숙을 엉거주춤 끌어안고 말했다.

"괜찮아, 괜찮아! 남편이 퇴마산데 뭐가 무섭다고 그래?"

이전의 당당하던 여장부의 모습은 이미 온데간데없어졌다. 그녀가 말까지 더듬으며 어린애처럼 말했다.

"자, 장군 아빠…… 난 시려. 귀신 시려."

"알았어. 걱정하지 마. 내가 다 해결해 줄게."

선일이 수인을 맺더니 주문을 외우기 시작했다.

"아이금강삼등방편, 신승금강반월풍류, 단상구방남자광명……."

주문 소리에 개집에 있던 장군이가 튀어나오더니 선일을 보고 으르렁거리며 마구 짖어 댔다.

'저 똥개가 귀신 보고는 안 짖고 사람 괄시하는 거야, 뭐야!'

선일이 쬐려보면서 발로 걷어차자 개가 깽 소리와 함께 집으로 들어갔다. 선일이 눈짓을 하자 진만이 얼른 말했다.

"스승님, 됐어요. 이제 귀신 도망갔어요."

선일이 짐짓 목소리를 깔면서 말했다.

"그, 그래? 생전에 한을 품고 죽은 영가(靈駕)인 모양인데 왜 구천에 들지 못하고 이승을 떠돌까? 그것 참. 한번 나타났으니 앞으로도 종종 나타날 텐데. 내가 없으면 우리 애숙 씨는 누가 지켜주지? 내 몸보다 그게 더 걱정이군."

그때 갑자기 애숙이 선일의 목을 힘껏 끌어안고는 벌벌 떨면서 말했다.

"장군 아빠, 미안해. 내가 잘못했어. 가면 안 돼. 나 혼자 있을 때 그 귀신 나타나면 난 죽어."

"그럼 골방에 내려가지 말고 여기서 살까?"

"그래. 여기서 살아. 대신 바람은 피지 말고."

"내 앞에서 바람의 비읍자도 꺼내지 마. 내가 다시 바람 피우면 진짜 개의 아들이다. 맹세코!"

"그래. 고마워. 맨날 당신이 귀신점을 본다느니 퇴마를 한다느니 할 때 솔직히 사기 친다고 생각했는데 그거 사과할게. 정말로 귀신이 있을 줄은 몰랐어."

선일이 그의 목에 두른 두툼한 애숙의 팔을 두드리며 말했다.

"애숙 씨, 아니 애숙아. 이것 좀…… 숨이 막혀서."

애숙이 팔을 풀자 선일이 긴 숨을 토해 내며 말했다.

"솔직히 난 귀신보다 당신이 더 무서울 때가 있어. 그러니까 앞으로 제발 말로 하자, 말로!"

선일이 머리에 두른 붕대를 가리키며 말했다.

"이거 봐. 비껴 맞았으니 이 정도지 제대로 맞았으면 골로 갔어. 나 잘못되면 누가 당신을 지켜줄 것 같아?"

애숙이 아직도 불안한지 연신 주위를 두리번거리며 말했다.

"알았어. 앞으론 말로 할게. 아무리 화가 나도 말로 할 거야. 정말이야."

"그럼, 약속!"

선일이 손가락을 내밀자 애숙의 굵은 손가락이 거기에 와서 척 하고 감겼다.

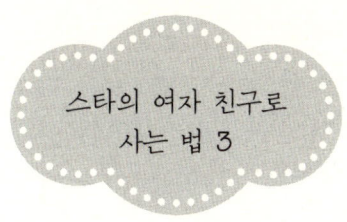

스타의 여자 친구로
사는 법 3

미영이 오피스텔 창가 티 테이블에 자신이 사 온 케이크를 올려놓고 포장을 풀었다. 그녀가 희진의 눈치를 살피며 말했다.
"성우 씨가 못 오는 거야? 네가 안 부른 거야?"
"둘 다야!"
희진의 대답에 미영이 호들갑을 떨었다.
"어우, 야! 그래도 이건 좀 아니다. 어떻게 대한민국 최고의 스타, 박성우의 여친 양희진이 생일을 이렇게 썰렁하게 보낼 수가 있냐? 그냥 지금이라도 밖에 나가서 우리끼리 신나게 놀지 않을래? 효정이하고 미주도 부르고. 걔네들, 네가 전화 한 통만 하면 득달같이 달려 나올 텐데."
희진이 창밖에 시선을 고정시킨 채 힘없이 말했다.
"그냥 촛불이나 켜."

"왜 성우 씨랑 싸웠어? 무슨 일인데? 나한테만 얘기해 봐."

성가신 게 싫어 혼자 조용히 보내고 싶었는데 미영이 막무가내로 들이닥친 거였다. 다른 사람이라면 그냥 돌려보냈을 테지만 미영이라면 불가능했다. 고등학교 때 시녀란 소리까지 들을 정도로 희진을 쫓아다녀 결국 단짝이 된 미영이었다. 다른 친구들은 까다로운 희진의 성격을 견디지 못하고 떠났지만 미영은 달랐다. 그녀는 어떤 경우에도 희진의 기분에 자신을 맞췄다.

"희진아……!"

희진이 창밖으로 향하고 있던 시선을 미영에게 던지고 말했다.

"나 솔직히 지금 귀찮은 데다 짜증까지 좀 나 있거든? 그냥 나 혼자 축하할까?"

희진이 정색을 하자 미영이 금방 안색을 바꿨다.

"응? 아, 아냐. 아니야! 그러고 보니까 이것도 나름 분위기 있고 괜찮네. 헤헤."

미영은 특유의 비굴한 웃음을 보이며 손에 잔뜩 들고 있던 초를 케이크에 하나씩 꽂기 시작했다. 그 모습을 물끄러미 지켜보던 희진이 말했다.

"스물일곱 개 다 꽂으려고?"

미영이 희진의 눈치를 살피더니 얼른 말을 바꿨다.

"하긴 많으니까 좀 징그럽긴 하다, 그치? 어우, 우리가 언제 이렇게 나이를 많이 먹었냐? 그냥 세 개만 꽂을까?"

"왜 또 세 개야?"

"10년짜리 두 개. 7년짜리 한 개. 오케이?"

희진이 황당한 표정으로 쳐다보자 미영이 히죽 웃으며 초 세 개를 꽂았다. 미영이 초에 불을 붙인 후 실내등을 모두 껐다. 그녀가 희진의 앞으로 돌아와 앉더니 과장된 제스처로 말했다.

"그럼 지금으로부터 최고의 발라드 가수 박성우의, 아니지 이젠 댄스 가수지? 아무튼 대한민국 최고의 인기 가수, 박성우의 여친 양희진 양의 스물일곱 번째 생일을 축하하면서…… 가만, 이건 좀 촌스러운 동남아 스타일인데? 헤헤. 괜히 오버하지 말고 그냥 노래나 불러야겠다. 생일 축하합니다…… 생일 축하합니다…… 사랑하는 우리 희진이…… 생일 축하합니다……."

희진은 눈물이 쏟아질 것 같은 기분을 간신히 참았다.

"뭐해? 안 끄고?"

미영의 재촉에 희진이 촛불을 껐고 얼른 눈가를 훔쳤다. 다시 실내등을 켠 미영이 물었다.

"소원 빌었어?"

희진이 고개를 저었다.

"뭐야? 소원도 안 빌고."

"소원 빈다고 이루어지는 것도 아니잖아."

"그거야 뭐……."

미영이 무슨 말인가를 하려다가 한숨을 내쉬며 말끝을 흐렸다.

"일단 먹자. 달콤한 거 먹으면 기분이 좋아진다잖아."

미영은 자르는 게 아까울 정도로 예쁜 수제 케이크 한 조각을 앞 접시에 올려 희진의 앞으로 밀었다.

"너하고 이렇게 단 둘이 생일 보낼 줄 알았으면 와인도 한 병 사올 걸 그랬다. 지금이라도 나가서 사 올까?"

"됐어, 그냥 앉아. 다 귀찮아."

희진이 케이크를 입에 넣고는 음미하다가 환하게 웃으며 말했다.

"케이크 정말 맛있네? 이거 어디 거야?"

"맛있지? 저번에 미주 오빠 결혼식 때 사람들이 맛있다고 난리친 그 집 거야. 내가 그 집 파티쉐한테 일부러 신신당부했거든. 기절할 만큼 맛있어야 한다고. 거 봐, 넌 맛있는 걸 먹어야 얼굴이 예쁘게 풀어진다니깐. 헤헤."

우울하던 분위기가 미영의 너스레에 나름 유쾌해졌다. 그때 초인종이 울렸다. 미영이 눈을 반짝이며 물었다.

"혹시 성우 씨 아닐까?"

"아니야. 지금 지방에 행사 다니느라 정신없을 텐데 뭐."

희진이 나가서 문을 열었다. 눈앞으로 붉은 장미가 하나 가득 밀고 들어왔다. 순간 혹시 하는 마음이 들었지만 장미 다발 사이로 얼굴을 내민 사람은 단정한 근무복을 차려입은 젊은 남자였다. 남자는 꽃다발을 들고 환하게 웃으며 희진을 위해 생일 축하 노래를 부르곤 쇼핑백과 꽃다발을 내밀며 말했다.

"세상에서 희진 씨를 가장 사랑하는 분이 보내는 선물입니다!"

희진이 쇼핑백과 꽃다발을 받아들고 돌아서자 어느새 미영이 쪼르르 달려와 호들갑을 떨었다.

"성우 씨가 보낸 거지, 맞지?"

"그렇겠지 뭐."

희진은 꽃다발에 꽂힌 카드를 펼쳤다. 카드에는 큰 글씨로 '생일 축하해. 그리고 사랑해.'라고 적혀 있었고 '성우'라고 적혀 있었다. 희진이 테이블 위에 카드를 내려놓자 미영이 얼른 집어 들어서 읽더니 꽃다발과 번갈아 보며 느끼하게 소리쳤다.

"오우, 판타스틱……!"

그녀가 꽃다발을 들고 우왕좌왕하면서 말했다.

"이 꽃다발은 꽃병에 꽂는 게 나을까? 드라이플라워로 말리는 게 나을까? 꽃병에 꽂으면 모양이 망가지니까 그래, 말리는 게 좋겠다. 아아, 이 그윽한 향기. 음, 판타스틱, 판타스틱이에요……!"

미영이 연신 감탄사를 연발하며 꽃다발을 들고 주방으로 달려가면서 소리쳤다.

"쇼핑백에 뭐 들었나 얼른 열어 봐! 궁금해 죽겠다!"

희진이 쇼핑백을 열자 고급스런 종이 박스가 나왔다. 박스 안엔 최근 명품으로 이름을 날리는 유명 디자이너의 구두가 들어 있었다. 블랙 톤에 호피 무늬를 덧댄, 굽이 손가락 굵기보다도 가는, 여성스러운 느낌이 물씬 나는 하이힐이었다. 주방에서부터 구두를 본 미영이 탄성을 연발하며 다가왔다.

"오 마이 갓! 멀리서도 눈이 부시게 만드는 저 황홀한 광채!"

희진이 미영을 보곤 어이가 없다는 듯 말했다.

"구두보다 어째 네 눈이 더 번쩍거리는 것 같은데?"

미영이 구두를 집어 들면서 말했다.

"내가 만져 봐도 돼? 오, 그래. 내 눈은 절대 못 속이지. 이 물건은 마돈나가 섹스보다 좋다고 극찬을 한 마놀로 블라닉 구두, 맞지? 오, 마이 갓! 이 가느다란 굽 좀 봐. 나는 부러질까 봐 신을 수도 없겠어.

오…… 이런 안 돼."

미영이 넋을 빼앗긴 사람처럼 구두에 시선을 박고 몽롱한 목소리로 중얼거렸다.

"역시! 성우 씨도 뜨더니 통이 확 커졌네? 희진아, 내가 살짝 발가락만 걸쳐 보면 안될까? 엄지발가락만 걸쳐 볼게. 응? 제발!"

희진이 마지못해 말했다.

"신어 봐. 설마 엄지발가락 걸친다고 굽이 부러지기야 하겠니?"

미영은 신주단지 모시듯 구두를 몇 번이나 발에 갖다 댔다 빼더니 살며시 발가락을 집어넣었다. 희진은 그런 미영을 쳐다보다가 왠지 답답한 기분이 들어 자리에서 일어났다. 얼음물을 마시려고 주방으로 가는데 휴대폰이 울렸다. 성우였다.

"꽃다발 받았어?"

어딘지 시끄러운 음악 소리가 쿵쿵거렸다.

"응. 방금."

"혼자 있는 거야?"

"아니. 미영이 와 있어."

"다행이네. 오늘 함께 못 있어서 어떡하나 했는데."

"그럼 밤에도 못 오는 거야?"

"그럴 것 같아! 워낙 스케줄이 빡빡해서."

지난 번 오피스텔에서 잠깐 본 후로 며칠 동안 만나지 못해 오늘은 내심 기대하고 있었던 것이다. 희진이 아무 말도 없자 성우가 조심스럽게 물었다.

"참, 그거는 어떻게 됐어? 했어?"

희진은 그게 아기 지웠는지 묻는 소리라는 걸 알고 있었다. 요즘 성우가 전화할 때마다 빠트리지 않고 묻는 레퍼토리였기 때문이다. 희진이 그럴 줄 알았다는 듯 목소리를 높였다.

"솔직히 그거 궁금해서 전화한 거지?"

"무슨 소리야. 겸사겸사 궁금해서."

희진이 소리를 질렀다.

"계속 그런 식으로 네 생각만 할래?"

구두에 발을 넣던 미영이 자기보고 그러는 줄 알고 얼음처럼 굳은 표정으로 돌아봤다.

성우가 한숨을 섞으며 말했다.

"나중에 다시 전화할게."

"됐어. 며칠 전에 소라 그 계집애랑 단둘이 밥 먹다가 기자한테 또 걸렸다며? 계속 그렇게 놀아 봐!"

"스케줄이 같은데 그럼 어떻게 해?"

"지금 누굴 바보로 알아? 신인 가수하고 너하고 어떻게 스케줄이 똑같니?"

"태진 형이 내 스케줄에 걔를 꼭 끼워 넣어서 그래. 원래 소속사에서 그러잖아. 신인 끼워 넣기."

"그럼, 앞으로도 계속 그렇게 붙어 다니겠다는 얘기네. 알았어!"

희진은 신경질적으로 휴대폰을 끊고 배터리까지 빼 버렸다. 가슴이 터질 것 같았다. 처음부터 이럴 생각은 아니었는데 울컥한 감정이 목구멍 아래까지 치고 올라왔다. 고개를 돌려보니 눈을 동그랗게 뜬 미영이 발에 신고 있던 신발을 조심스레 다시 벗고 있었다.

희진이 신경질적으로 소리쳤다.

"야! 신발 벗어 놓고 당장 미주하고 효정이 불러. 오늘 내가 쏜다 그래!"

순간 미영의 얼굴이 활짝 펴졌다.

"정말? 오케이! 어디로 오라 그럴까?"

희진은 청담동에서 가장 물이 좋다는 회원제 KM 클럽과 자주 가는 미용실 예약까지 미영에게 시킨 후 자신은 옷장을 열어젖혔다. 온갖 명품 브랜드의 옷과 가방, 액세서리가 가득했다. 그녀는 그중에서 비교적 신상들 위주로 몸에 걸칠 것들을 골라냈다. 물론 마무리는 성우가 선물로 준 마놀로 블라닉 구두여야만 했다.

희진의 생일

 희진의 꼬불꼬불한 발롱펌 단발머리를 본 미주와 효정은 약속이나 한듯 경악에 가까운 외침을 쏟아냈다.
 "야! 너, 너! 머리가 왜 그래? 머리에다 무슨 짓을 한 거야?"
 덕분에 클럽 안에 있던 사람들의 시선이 일제히 그들의 테이블로 쏠렸다. 희진이 억지로 생글생글 웃어 보이며 말했다.
 "양희진 머리 촌스럽다고 언제까지 그렇게 동네방네 광고하고 서 있을래? 일단 좀 앉지 그래?"
 머릿속으로 생각하기도 전에 입이 먼저 움직이는 미주가 자리에 앉으며 호들갑을 떨었다.
 "뭐야? 생일날 대형 사고를 친 이유가 뭔데. 대체 무슨 일이 있었던 거야?"
 희진이 짐짓 태연한 얼굴로 말했다.

"왜 내 머리가 어때서? 귀엽고 러블리하잖아? 난 마음에 드는데, 이상해?"

효정이 나공주라는 별명에 어울리는 앵앵거리는 말투로 말했다.

"안 어울린다는 소리가 아니라 평소 네 스타일이 아니잖아. 너 귀여운 거 딱 질색이잖아. 네 모토는 죽어도 섹시…… 아니었니?"

"인생관이 바뀌었어."

미주와 효정이 믿어야 할지 말아야 할지 모르겠다는 표정으로 서로의 얼굴을 마주봤다. 미주가 말했다.

"아니. 분명히 뭔가 있는 거야."

미주가 턱짓으로 희진의 옆에 앉아 입을 헤벌리고 있는 미영을 가리켰다. 미영은 2시 방향 테이블의 연한 블루 셔츠를 입은 훈남에게 넋을 잃고 있었다. 남자도 무슨 생각인지 그녀들의 테이블을 주시하고 있었다.

미영은 회원제 사교 클럽이 생전 처음이었다. 사방에 명품으로 치장한 모델 뺨치는 선남선녀들이 득실거리는 건 물론 진짜 연예인들도 많았으니 정신을 못 차리는 것도 무리는 아니었다.

"야, 김미영!"

미주의 소리에 미영이 화들짝 놀라 고개를 돌렸다.

"응? 왜, 왜?"

"촌빨 날리게 처음 온 티내지 말고 쟤 머리 왜 저런지 네가 설명 좀 해 봐."

미주에 이어 효정이 다그쳤다.

"분명히 무슨 일 있는 거지? 오늘이 보통 날이야? 희진이 생일인데다 성우 씨도 요즘 완전히 떴지. 결혼 발표 기자 회견은 못할망정 이런 경사스런 날에 저런 만행을 저지른 거 보면 뭔가 큰일이 있는 거야. 그렇지?"

희진이 인상을 찡그리고 말했다.

"너희들 그만 좀 해. 그냥 헤어스타일 한번 바꿔 본 건데 왜들 호들갑이야?"

미주가 희진의 말을 잘랐다.

"넌 가만있어. 우리가 너 한두 해 보니?"

미영이 희진의 눈치를 살피더니 바보처럼 웃으며 대답했다.

"나도 이유는 모르는데. 아까 미용실에서 갑자기 김소연이 검사로 나왔던 드라마가 있는데 그 머리로 해 달라고 하던데."

효정이 쌀쌀맞은 음성으로 말했다.

"우리가 김소연 머린지 몰라서 묻니? 넌 맨날 희진이 뒤만 졸졸 따라다니면서 대체 아는 게 뭐야?"

보다 못한 희진이 끼어들었다.

"너희들 내 생일 축하하러 온 거 아니니? 짜증나게 계속 그럴래? 지금부터 내 머리 얘기랑 성우 얘기는 절대 꺼내지 마! 안 그러면……."

그때 미주가 소리쳤다.

"아, 생각났다!"

모두의 시선이 미주에게 쏠렸다.

"저 머리, 김소연 머리가 아니라 요즘 성우 씨하고 스캔들 기사 났던 신인 가수 소라! 그 계집애 머리 맞지?"

그제야 효정도 맞장구를 쳤다.

"맞다! 그러네. 어머, 웬일이니? 양희진! 너 성우 씨한테 열 받았구나! 뭐야, 그 스캔들 기사 때문에 그런 거야? 아니면 우리가 모르는 뭐가 더 있는 거야? 스캔들 아니고 정말 뭔가 있는 거야?"

미주가 말했다.

"솔직히 기분 나쁘지. 아무리 근거 없는 기사라고 해도 열 받을 텐데 그게 꼭 근거가 없다고 장담할 수도 없는 일이고. 하지만 그게 바로 스타의 여자 친구로 살아가기 위해 감내해야 할 숙명 같은 거 아니겠어?"

참다못한 희진이 자리를 박차고 일어났다. 미주와 효정의 따발총 같던 수다도 그제야 겨우 멎었다. 희진이 날카롭게 친구들을 쏘아보며 말했다.

"내가 하지 말랬지? 경고했어, 안 했어? 너희들 내 친구 맞아? 오늘 내 생일인 거 잊었어?"

희진이 자리를 박차고 나갈 기세로 확 돌아서는데 그녀의 바로 앞에 누군가 버티고 서 있었다.

"악!"

희진이 부딪히는 줄 알고 비명을 질렀지만 남자는 놀라울 정도의 빠른 운동 신경으로 몸을 틀었다. 비틀거리는 희진의 가냘픈 어깨를 남자의 커다란 손이 감싸듯 붙잡았다.

"어머, 죄송해요."

희진이 인사를 하고 고개를 들었다. 뜻밖에도 남자는 미영이 넋을 잃고 쳐다보던 2시 방향의 블루 셔츠였다. 남자가 어깨에서 손을 떼고 말했다.

"혹시 두원 기업 양기훈 사장님의……?"

희진은 눈을 크게 뜨고 남자를 똑바로 바라봤다. 두원 기업 양기훈 사장은 희진의 아버지였다. 그러고 보니 남자의 얼굴이 눈에 익었다.

호기심 가득한 미주와 효정의 눈이 이글이글 광채를 뿜으며 둘을 지켜봤다. 미영은 아예 동공이 밖으로 튀어나올 것처럼 흥분했다. 희진이 기억을 더듬는 사이 남자가 말했다.

"지난번 '드림 컬쳐' 런칭 파티 때."

순간 시야를 가리고 있던 안개가 걷혔다. 드림 컬쳐라고 국내 명품 의류 브랜드를 출시하는 파티였다. 당시 아빠 앞으로 초대장이 와서 희진이 대신 참석했던 것이다. 거기서 블루 셔츠하고 잠깐 인사를 나눴는데 무슨 얘기를 했는지는 기억이 나지 않았다.

"아, 기억나네요. 사람 얼굴을 잘 기억하시는 편인가 봐요? 그때 사람들이 무척 많았는데."

"아뇨. 오히려 사람 얼굴은 잘 기억 못하는 편입니다. 특별한 경우를 제외하곤."

희진은 무슨 소린지 모르겠다는 듯 어깨를 으쓱했다. 당시 파티엔 그런 장소에서 늘 마주치곤 하는 재벌가 자제들은 물론 연예인들도 많았기 때문이다.

"제가 특별했다는 얘긴가요?"

"그때 제가 했던 말 기억 안 나세요?"

희진이 멋쩍게 웃으며 대답했다.

"전혀."

"저하고 가까운 어떤 사람과 희진 씨가 많이 닮았다고 했는데."

남자가 정말 그런 얘기를 했는지는 기억에 없다. 희진은 비로소 남자를 찬찬히 살폈다. 운동으로 다져진 단단한 역삼각형의 어깨와 허리 라인, 잘 그을린 피부, 단단해 보이는 가슴과 감각적인 회색 펄이 들어간 아르마니 넥타이와 셔츠에 이르기까지.

청담동에서 꽤 놀았다는 희진의 눈에도 지금 눈앞의 남자는 상당히 그럴듯했다. 어쩌면 성우에 대한 반감 때문인지도 몰랐다. 희진은 모처럼 자신의 마음이 설레고 있다는 걸 알았다.

"예전에 사랑하던 여자를 닮았다느니 하는 얘기라면 됐어요. 솔직히 그런 식으로 비교되는 거 별로거든요."

남자의 눈길에서 초조함보다는 여유가 묻어났다.

"그때도 그런 식으로 얘기하시더군요. 저, 예전에 만나던 여자 못 잊고 마음에 담아두는 못난 남자 아닙니다. 나름 쿨하다고 생각하며 살아 왔는데."

"이런 말 못 들어봤어요? 진짜 쿨한 사람은 난 쿨하지 않아 하고 자신 있게 말하는 사람이라는 거."

"그런가요? 그럼, 전 확실히 쿨하지 않은 사람이군요."

"순서는 바뀌었지만 아무튼 쿨하지 않다고 자백했으니 쿨하다고 봐줄게요."

남자는 한방 먹었다는 표정으로 여자라면 누구든 기분 좋게 만들어줄 환한 웃음으로 어색함을 모면했다.

"방금 전엔 그냥 지나던 길이었어요?"

"아뇨. 일부러 찾아온 겁니다. 멀리서 보니까 아무래도 희진 씨 같아서."

"어머, 제 이름도 아세요?"

"제가 특별하다고 했던 말 잊으셨습니까? 머리 모양만 바뀌지 않았다면 단번에 알아봤을 겁니다."

머리 얘기가 나오자 그때까지 당당하던 희진의 얼굴이 순식간에 달아올랐다.

"오늘, 그러니까 이 머리가. 아니 아까 머리를 했거든요. 근데 아직 퍼머기가 가시지 않아서. 아니, 제가 그런 게 아니라 친구가 한번 해 보라고 권해 줬는데."

희진은 자기도 모르게 꼬불꼬불한 머리카락을 손가락으로 배배 꼬면서 횡설수설 변명을 늘어놓았다. 그러다가 문득 자기가 무척 바보 같다는 생각이 들었다. 그녀는 자포자기의 심정으로 물었다.

"완전 이상하죠?"

남자가 환하게 웃으며 답했다.

"지난번엔 섹시한 느낌이었다면 오늘은 귀엽고 러블리해요. 머리뿐만 아니라 희진 씨의 말투나 표정까지도."

남자의 말에 희진은 '잉?' 하는 표정으로 고개를 갸웃했다. 남자가 어색한 상황을 수습하려는 듯 얼른 말했다.

"늘 정체된 사람보단 끊임없이 변하는 사람이 훨씬 생동감 있고 매력적이죠. 저도 일행이 있는데 괜찮으시면 서로 합석을 하면 어떨까요."

그가 2시 방향 테이블을 가리켰다. 그쪽은 블루 셔츠를 포함해 일행이 모두 세 명이었다. 이쪽을 주시하고 있는 나머지 둘도 스타일이 꽤 근사해 보였다. 블루 셔츠가 말했다.

"괜찮은 친구들입니다. 지난 번 런칭 파티에도 참석했던 친구들이고 함께 시간 보내면 후회하진 않으실 겁니다."

적어도 시시한 쭉정이들은 아니란 소리였다. 상황이 묘하게 돌아갔다. 희진이 난감한 얼굴로 미주와 효정, 미영을 돌아봤다. 셋의 표정이 가관이었다. 미주와 효정은 애써 표정 관리를 하면서도 눈빛만큼은 레이저에 필적할 만한 강한 메시지를 보내고 있었다. 물론 메시지는 이런 것이었다.

'니가 진정한 친구라면 얼른 합석해, 얼른!'

미영은 쳐다보기가 민망할 정도였다. 그녀는 사막에서 오아시스를 발견하고 주인님의 처분만 기다리는 낙타의 눈망울을 하고 있었다. 입에서는 금방이라도 침이 한 방울 떨어질 것 같았다.

"친구들과 얘기해 볼게요."

희진의 말에 남자는 알았다며 테이블로 돌아갔다. 남자가 가자마자 미영이 거품을 물고 매달렸다.

"어떻게 연예인보다 잘생길 수가 있니? 희진아, 만약 오늘 저 남자들하고 부킹해서 놀 수만 있다면 난 오늘 여기서 죽어도 여한이 없다. 오, 마이…… 갓! 이게 꿈이니, 생시니? 내 생애 이런 봄날이 오다니!"

희진이 미주와 효정을 쩨려보며 말했다.

"너희들 정말 내 생일 축하하러 나온 애들 맞니?"

미주가 얄밉게 쏘아붙였다.

"그러는 넌, 그 머리를 우리가 권했다고?"

"아악, 짜증나!"

희진이 신경질적으로 퍼머기로 뽀글뽀글한 머리카락을 움켜쥐고 말했다.

"내가 미쳤지. 그 순간에 왜 갑자기 그 계집애 머리가 하고 싶었을까?"

효정이 얄밉게 물었다.

"맞지? 소라?"

"됐어. 너희들 어떡할 거야?"

"우리가 하루 이틀 아는 사이니? 눈빛 보면 몰라?"

"아무튼!"

희진이 못 이기는 척 손을 들어 신호를 보냈고 남자들이 다가왔다. 미주가 재빨리 물었다.

"근데 너, 성우 씨 괜찮겠어?"

"됐어. 박성우만 스캔들 내라는 법 있어?"

미주가 말했다.

"오호라, 세게 나오는데? 하긴 지금 모습이 더 양희진답다! 지금 워낙 떠서 그렇지 예전엔 성우 씨, 네 앞에서 쩔쩔 맸잖아. 어디 성우 씨만 그랬나? 웬만한 남자들은 '다 죽었어'였지."

효정이 눈을 빛내며 말했다.

"오케이! 그럼 오늘 오랜만에 화끈하게 노는 거야!"

미주와 희진이 동시에 고개를 끄덕였다. 마침 블루 셔츠와 남자들이 다가왔다. 블루 셔츠가 먼저 인사를 했다.

"정식으로 인사하죠. 민찬기라고 합니다. 드림 컬쳐라고 이번에 의류 브랜드 회사를 하나 만들었어요. 한국에도 세계가 알아주는 명품 의류 브랜드 하나쯤 있었으면 좋겠다는 생각 하나로 무모하게 시작했습니다. 많이 도와주십시오."

순간 희진은 말문이 막혔다. 왜 그 생각을 못했을까. 그날 런칭 파티에서 하객들마다 찾아다니며 인사를 나누던 이 사람이 바로 드림 컬쳐의 주인일 것이란 당연한 사실을. 그렇다면 남자의 어머니는 의상 디자이너 조혜숙이란 소리가 아닌가. 조혜숙은 최고의 모델이 아니면 결코 자신의 패션쇼 런웨이에 세우지 않는다는 명실공히 국내 최고의 디자이너다.

희진은 자기도 모르게 지금 입고 있는 의상과 문제의 머리를 재빨리 떠올리곤 울상을 지었다. 찬기가 촌스럽다고 자신을 얼마나 비웃었을지 생각하면 쥐구멍이라도 숨고 싶은 심정이었다.

그런 희진의 심정에 아랑곳하지 않고 민주와 효정, 미영은 가히 물 만난 고기가 따로 없었다. 찬기의 친구들도 만만치 않았다. 한 명은 또 다른 명품 숍을 운영하고 있었고 나머지 한 명은 이름만 대면 알만한 중견 기업의 자제였다.

선수는 선수를 알아보는 법.

잠시 탐색전을 벌이는 듯싶던 분위기는 이내 후끈하게 달아올랐다. 민주와 효정은 바로 이런 날을 위해 이틀에 한번 전신 아로마 마사지를 하고 한 달에 100만 원이 넘는 화장품과 고가의 명품 구입을 투자로 여기며 질러양과 지름군을 남자보다 더 가까이 두고 총애하는 여인들이었다.

술기운이 발그레하게 달아올랐을 때쯤 기분 좋은 땀 냄새를 풍기며 민찬기가 그녀 쪽으로 몸을 기울였다.

"저하고 가까운 어떤 사람과 닮았다고 했던 말 생각나죠? 그 사람이 누군지 궁금하지 않아요?"

이번에는 무척 호기심이 동했다.

"네. 궁금해요. 누구예요?"

"바로 우리 어머니요."

그의 말에 희진은 깜짝 놀랐다. 희진도 조혜숙의 패션쇼엔 몇 번가 본 적이 있다. 모델보다 더 아름다운 디자이너. 50대인 그녀는 30대 못지않은 몸매와 얼굴로 텔레비전 광고에도 출연할 정도였다. 찬기가 말을 이었다.

"런칭 파티에서 희진 씨를 처음 봤을 때 어머니 젊은 시절을 보는 것 같아서 깜짝 놀랐습니다."

희진은 너무 뜻밖의 얘기를 듣고 얼떨떨한 기분에 취해 바보 같은 질문을 하고 말았다.

"그럼, 제가 어머니로 느껴진다는 말인가요?"

찬기가 크게 웃음을 터뜨린 후 갑자기 정색을 했다. 그의 눈동자에 이전과 전혀 다른 종류의 열기가 이글거리고 있어서 희진은 자기도 모르게 침을 꿀꺽 삼켰다. 마냥 부드럽기만 하던 이전과 달리 지금 그의 눈빛은 야수와 같은 강렬한 카리스마를 뿜어내고 있었다. 희진은 바로 앞에서 뚫어지게 쳐다보는 그에게서 시선을 돌리기가 힘들었다. 그가 얼음처럼 차분한 목소리로 말했다.

"제가 어릴 때부터 입버릇처럼 한 말이 있어요. 어머니 같은 여자와 결혼하겠다고."

 희진은 자기도 모르게 훅하고 숨을 들이켰다. 물론 처음 만나서 그런 식으로 프러포즈를 하는 건 아니겠지만 찬기의 눈빛이 너무 진지하고 간절해 보였기 때문이다.

 이 남자 정말 진심을 담아서 하는 말일까. 설마. 그래도 아무한테나 이런 식의 고백을 하지는 않겠지. 어머니 이름까지 팔아 가면서.

 휴대폰이 진동을 해서 보니 성우의 이름이 떠 있었다. 희진이 휴대폰을 보며 어떻게 할까 고민하는 사이 찬기의 얼굴이 다가왔고 그의 입술이 그녀의 부드러운 입술을 살며시 눌렀다. 그의 입술에서 쌉싸래한 와인 맛이 났다. 희진은 테이블 아래서 휴대폰의 전원을 껐다.

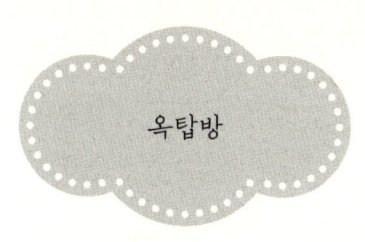

옥탑방

높지도 그렇다고 낮지도 않은 3층 건물의 옥상.

옥상에서 내려다보이는 도시의 불빛들이 제법 낭만적인 분위기를 자아냈다. 널찍한 옥상 안쪽 구석엔 옥탑방이 자리했다. 며칠 전 옥탑방으로 이사 온 지호네가 사는 집이다. 옥탑방에서 노란 불빛과 함께 노랫소리가 정겹게 흘러나왔다.

"생일 축하합니다아! 생일 축하합니다아! 사랑하는 우리 엄마의 (지영 씨의) 생일 축하합니다아!"

지호가 영수를 돌아보고는 잔뜩 성이 난 얼굴로 말했다.

"난 엄마라고 노래했는데 아빠는 지영 씨라고 하면 엄마가 헷갈리잖아!"

그러자 영수도 지지 않고 응수했다.

"아빠한테는 엄마가 아니고 지영 씨가 맞거든!"

"내년부터 아빠는 노래하지 마!"

"싫거든!"

"하지 말라니깐!"

부자가 케이크를 앞에 놓고 옥신각신하는 사이 지영은 초점 없는 눈을 천정으로 향한 채 침대에 반듯하게 누워 있었다. 어두운 얼굴로 둘의 모습을 지켜보던 경옥이 말했다.

"아이고, 이 서방. 어떻게 지호하고 그렇게 똑같이 구는가? 지호야, 니가 엄마 대신 어여 촛불 꺼. 촛농 떨어지면 케이크 못 먹어."

지호가 미동도 하지 않고 누워 있는 지영의 귀에 대고 속삭였다.

"엄마, 내가 대신 촛불 끌 테니까 마음속으로 소원 빌어. 알았지?"

촛불을 끄려던 지호가 초를 세더니 감탄사를 쏟아냈다.

"우와아! 우리 엄마 나이가 이렇게 많아? 초가 스물일곱 개네?"

경옥이 입술을 깨물고는 지호의 머리를 쓰다듬으며 말했다.

"그래. 얼른 불이나 꺼."

그녀의 목소리가 금방이라도 울음을 쏟아낼 것처럼 가늘게 떨렸지만 지호와 영수는 알아차리지 못했다.

지호가 촛불을 끄자 경옥이 끝내 울음을 참지 못하고 얼른 고개를 돌렸다. 환하게 웃던 영수의 표정이 어두워졌다.

"에이, 울지 마세요, 장모님. 지영이 생일인데. 좋은 날이잖아요."

경옥이 눈물을 훔치며 말했다.

"그래. 내가 주책이지. 매일 보는 자네하고 지호도 잘 견디는데 에미라고 모처럼 와서는."

영수가 힘주어 말했다.

"저희들 괜찮아요. 지영이가 이렇게 곁에 남아 있다는 것만으로도 얼마나 행복한지 몰라요. 그리고 지영이 반드시 일어날 거예요. 꼭이요!"

옆에 있던 지호도 거들었다.

"네, 할머니. 엄마 곧 깨어날 거예요. 아빠하고 지호가 매일 기도하거든요."

경옥이 지호의 얼굴을 품에 꼭 끌어안더니 옷깃으로 눈물을 찍고는 말했다.

"그래. 그래야지. 하지만 하루 이틀도 아니고 벌써 1년이 넘었는데 앞으로 언제까지 이렇게 계속 살 거야?"

하지만 슬픔에 잠긴 사람은 경옥 한 사람뿐인 듯했다. 이제 일곱 살인 지호는 물론 영수한테서도 그늘 한 점을 찾아볼 수가 없었다. 둘의 표정만 본다면 여느 행복한 가정과 다를 바가 없었다. 영수에겐 아내이고 지호에겐 엄마인, 눈 한번 깜빡이지 못하는 지영이 1년이 넘도록 식물인간으로 누워 있다는 사실이 믿기지 않을 정도였.

경옥이 케이크를 자른 후 한 조각씩 앞 접시에 담아 영수와 지호에게 내밀었다. 환하게 웃던 지호의 표정이 갑자기 어두워졌다. 지호가 케이크를 받아들고는 풀죽은 음성으로 말했다.

"다른 때는 괜찮은데 맛있는 거 먹을 때는 엄마한테 미안해 죽겠어요. 엄마는 영양액밖에 먹지 못하잖아요. 케이크 맛이 나는 영양액이 있으면 얼마나 좋을까. 그치 엄마?"

지호가 건조한 지영의 얼굴에 뺨을 비볐다. 지영의 코에는 위장까지 연결된 비위관이라는 튜브가 연결되어 있었다. 그곳을 통해 물은 물론 음식물까지 공급이 되는 것이다. 경옥이 다시 눈물을 보일 기미를 보이자 영수가 밝게 말했다.

"지호야, 우리 엄마한테 선물 보여 주자."

영수가 지영에게 말했다.

"자기야, 오늘 낮에 나하고 지호하고 계속 밖에 나가 있었잖아. 뭐 했는지 궁금하지?"

지호가 재촉했다.

"아빠, 빨리! 빨리!"

"알았어, 좀 기다려!"

영수가 병원식 이동 침대를 밀려고 하자 경옥이 놀라서 물었다.

"아니, 침대는 왜? 이런 야밤에 갈 데가 어디 있다고?"

지호가 경옥의 팔에 매달리며 말했다.

"외할머니 잠깐만요. 아빠하고 엄마 생일 선물 준비했다니깐요."

경옥은 도무지 영문을 알 수가 없었다. 듣지도 보지도 못하는 딸에게 무슨 선물을 준비했다는 것인지. 그리고 지금 딸의 침대를 어디로 데려가려는 것인지.

영수가 말했다.

"자, 그럼 스물일곱 번째 한지영의 생일을 축하하는 퍼레이드를 시작하겠습니다!"

영수와 지호는 신나는 팡파르를 울리며 침대를 밀고 방을 나섰다. 침대는 문턱이 없는 옥탑방을 매끄럽게 미끄러져 나갔다. 방을 나서자 바로 옥상이었다. 텅 빈 옥상엔 텅 빈 어둠 너머로 도심의 야경이 펼쳐져 있었다.

경옥이 대체 이곳에 무슨 선물이 있다는 소린지 의아한 눈으로 주변을 두리번거렸다. 영수가 침대의 높이를 45도 각도로 일으켜 세우자 지영이 일어나 앉은 자세가 됐다. 지호가 뭔가를 들고 지영의 침대 앞에 서더니 말했다.

"엄마! 아빠하고 지호 곁에 오래오래 남아 있어야 해요. 내년 생일에도, 또 그 다음 생일에도. 오래오래! 알았죠?"

지호가 들고 있던 스위치의 버튼을 눌렀다. 지영의 눈앞에, 컴컴한 옥상의 허공 한가운데 마치 마법처럼 크리스마스트리를 연상시키는 노랗고 빨간 불빛들이 켜졌다. 눈부신 빛을 뿜으며 반짝이는 불빛들이 아래의 글자들을 만들어 냈다.

세상에서 가장 소중한 울 엄마의 생일을 축하합니다!
엄마, 사랑해요~♡

허공에서 반짝이는 눈부신 글자들을 지켜보던 경옥이 울음을 참느라 안간힘을 썼다. 지호가 침대 옆으로 다가가서는 지영의 손을 잡고 말했다.

"엄마! 아빠가 그랬어. 이렇게 엄마가 우리 곁에 있는 것만도 감사한데 고마움을 모르고 슬퍼하거나 울면 하느님이 화낸다고. 엄마, 나 울지 않을 테니까 절대 우리만 남겨 두고 하늘나라에 먼저 가면 안 돼, 알았지?"

보다 못한 경옥이 울먹이는 소리로 말했다.

"너무 늦어서 나는 이만 가 봐야겠네. 다음에 또 들를게."

경옥은 지호가 인사할 틈도 주지 않고 도망치듯 옥상 문을 빠져나갔다. 영수와 지호는 침대 옆으로 의자를 끌고 와 양쪽에 나란히 앉았다. 영수가 한 손은 지영의 손을, 다른 한 손은 지호의 손을 꼭 잡고 말했다.

"자기 기억해? 신혼 때 돈 없어서 2년 동안 옥탑방에 살았잖아. 지호 갓난아기였을 때."

침대 건너편에 있던 지호가 갓난아기란 소리에 배시시 웃었다. 영수가 다시 말을 이었다.

"지호 잠 안 자면 밤에 둘이 옥상에 나와서 자장가 불러 줬던 거 기억나? 지금처럼 나란히 앉아서 함께 화음도 넣고. 그때 참 행복했어. 그치?"

지호가 배시시 웃으며 물었다.

"자장가 뭐 불러 줬는데?"

영수가 가만히 눈을 감고 있다가 감미로운 목소리로 노래를 부르기 시작했다. 세상 어떤 가수보다도 감미롭게 불렀다.

"엄마가 섬 그늘에 굴 따러 가면…… 아가가 혼자 남아 집을 보다가…… 바다가 불러주는…… 자장노래에…… 팔 베고 스르르 잠이 듭니다…… 아기는 잠을 곤히 자고 있지만…… 갈매기 울음소리 맘이 설레어……."

영수의 목소리에 지호의 목소리가 더해졌다. 둘은 예전에 부부가 그랬던 것처럼 함께 자장가를 불렀다. 오래도록 끝이 나지 않을 것 같은, 듣고 있으면 누구든 달콤하고 편안한 잠속으로 빠져들 것 같은 사랑이 가득한 자장가였다.

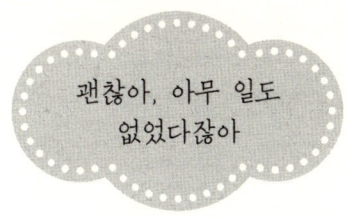

괜찮아, 아무 일도 없었다잖아

몸에 실오라기 하나 걸치지 않은 여자가 낯선 호텔방 침대에서 눈을 뜬다. 게다가 과음으로 전날 밤의 기억은 송두리째 날아가고 없다. 이런 재료로 시나리오를 짠다고 했을 때 대충 떠올릴 수 있는 앞뒤의 이야기는? 아무리 좋은 쪽으로 생각해도 막장 에로 버전밖에는 떠오르는 게 없었다.

'아악. 대체 내가 어젯밤에 무슨 짓을 한 거야?'

희진은 이불을 턱밑까지 끌어당긴 채 상처 입은 살쾡이마냥 호텔방을 살폈다. 다행히 방 안에 다른 사람은 없는 것 같았다. 아니, 방에 아무도 없다는 게 정말 다행한 일일까.

절대 그렇지 않다!

차라리 옆에 생전 처음 보는 남자가 쿨하게 알몸으로 누워 있는 편이 막장 중에서도 그나마 나은 결말일지 모른다. 정신을 잃은 동안 누군지도 모르는 변태에게 어떤 일을 당했는지도 모르는 지금의 상황이 어쩌면 최악 중에서도 최악이 아닐까.

"미쳤어! 미쳤어! 양희진, 너 정말 갈수록 왜 이러니?"

희진은 눈물이 왈칵 솟구치는 걸 참으며 조심스레 이불을 내렸다. 그녀는 눈을 부릅뜨고 몸 구석구석을 살폈다. 일단 겉으로 봐서는 별일 없는 것 같은데 정말 별일이 없었던 것일까.

미주가 말하길 요즘 인터넷 공유 사이트에 들어가면 술 취한 여자의 알몸과 야한 동영상이 수도 없이 올라오는데 얼마 전 그녀의 중학교 동창이 출연한 동영상도 올라왔다고 한다. 술에 취해 정신을 잃은 그녀를 웬 남자가 온갖 다양한 포즈로 주무르고 거시기하는 동영상이었단다.

그때 미주는 이렇게 말했다.

'지구를 떠나지 않는 한 걔 인생은 끝난 거야. 전 세계에 웬만한 곳은 인터넷이 다 깔려 있는데다 한국인 없는 곳이 어디 단 한군데라도 있어야 말이지.'

그런데 이제 희진이 그런 입장에 놓일 판이다.

'너 섹스 동영상 찍었니? 지금 인터넷에 난리 났어. 김소연의 발롱펌 섹시녀라고 검색어 쳐봐. 너 진짜 테크닉 장난 아니더라?'

그런 미주의 전화를 상상하는 것만으로도 오금이 저리고 손발이 오그라들었다. 설혹 당장 무슨 일이 일어나지 않았다 해도 죽어 눈을 감는 그 순간까지 행여 이제나저제나 동영상이 올라올까 막연한 불안감에 떨며 살아갈 생각을 하면 벌써부터 숨이 막히고 현기증이 밀려왔다.

"아냐! 절대로 그런 일이 일어나선 안 돼! 절대로!"

희진은 악몽을 떨치려는 듯 고개를 흔들다가 몸까지 부르르 떨었다. 희진은 일단 침대 머리맡에 가지런하게 개어 놓은 옷을 주섬주섬 입었다. 어떤 남자인지는 모르지만 이렇게 옷을 깔끔하게 정리 정돈해 놓은 것을 보면 진짜 변태가 틀림없으리란 확신이 들었다. 옷 냄새를 맡으며 킁킁거리고 흥분하는 변태를 떠올리자 온몸에 소름이 돋았다.

'차라리 아무런 상상도 하지 말자.'

희진이 두 눈을 질끈 감고 호텔방을 나서려는데 테이블에 쪽지가 보였다. 그녀는 떨리는 손으로 쪽지를 펴들었다.

일어나면 전화 줘요. 010-8252-XXXX

심장이 너무 아팠다. 그렇지. 이럴 줄 알았다. 아주 질 나쁜 놈에게 걸려 단물이 다 빠질 때까지 평생을 협박당하며 노예처럼 사는 자신의 미래가 머리에 그려지는 듯했다.

경찰에 신고할까.

아니면 아빠한테 사정을 얘기해서 정관계의 모든 인맥을 동원해 그놈을 붙잡아 거기부터 자른 후 주리를 틀어 불구로 만들어 버릴까. 아니지. 희진의 아빠는 그놈의 주리를 틀기 전에 딸의 주리부터 틀 게 분명했다.

희진은 떨리는 손가락으로 쪽지에 적힌 번호를 눌렀다. 컬러링으로 아침에 어울리는 경쾌한 클래식 음악이 흘러나왔다. 이게 비발디의 사계 중에 봄이던가, 가을이던가. 변태 주제에 고전 음악이라니. 하긴 진짜 저질들은 이런 식으로 몸에서 나는 악취를 감추는 법이지. 수화기 너머에서 뜻밖의 중저음이 예의바르게 흘러나왔다.

"지금 일어났어요?"

그는 이미 희진의 번호를 휴대폰에 저장해 놓은 모양이다. 남자의 목소리를 듣자마자 교양이라고는 손톱만큼도 느껴지지 않는 시장통의 아줌마 같은, 세속의 겉치레가 전혀 없는 원시의 목소리가 튀어나왔다.

"그래, 일어났다! 이 개자식아, 대체 내게 무슨 짓을 한 거야!"

희진의 목소리에 당황했는지 잠깐 뜸을 들이던 남자가 차분하고 정중하게 말했다.

"정말 전혀 기억이 안 나는 거예요?"

남자의 부드러운 목소리에 문득 핀트가 빗나가고 있다는 불길한 예감이 찾아들었다. 희진의 목소리가 저절로 수그러들었다.

"누, 누구시죠?"

"어젯밤 KM 클럽에서 만났던…… 기억 안 나요? 친구들도 같이 있었고."

KM 클럽? 친구? 친구 누구? 정말 이상할 정도로 아무런 생각도 나지 않았다. 오히려 남자가 당황하는 기색이 전해졌다.

어떻게 여자가.

설마 그럴 수가.

이 여자 생긴 거하고 완전 딴판이네.

휴대폰 반대편에서 굴러가는 남자의 머릿속 생각들이 눈에 보이는 것 같았다.

'맙소사. 이게 무슨 개망신이람. 어떻게 이렇게 완벽하게 필름이

끊어질 수 있지?'

　희진은 자신이 낼 수 있는 가장 예의바른 목소리로 질문을 했다.
　"어제 못 마시는 술을 갑자기 마셔서 그런지 기억이 잘. 죄송한데 어제 있었던 일을 알아듣기 쉽게 차근차근 설명 좀 해 주시겠어요? 댁은 누구신가요?"
　남자가 웃음기 섞인 목소리로 말했다.
　"그렇잖아도 지금 객실로 가고 있는 중이니까 잠시만 기다려요."
　"지금 여기로 온다고요? 저기, 잠시만요!"
　희진이 당황해서 소리쳤지만 휴대폰은 이미 끊어진 다음이었다.
　'맙소사. 이 방에서 그 남자를 또 만난다고? 절대 안 돼! 절대!'
　희진이 황급히 통화 버튼을 누르고 남자에게 다시 전화했다. 신호가 갔다. 하지만 남자의 휴대폰 벨소리는 객실 바로 밖에서 기상나팔 소리처럼 우렁차게 울려 퍼지고 있었다. 남자가 객실 문을 열고 들어서며 전화를 받았다. 입을 반쯤 벌리고 서 있는 희진의 바로 앞까지 성큼성큼 걸어온 남자가 휴대폰에 대고 말했다.
　"제 얼굴 보고도 기억이 안 나요?"
　희진은 혹 하고 숨을 들이켰다. 할 수만 있다면 쥐구멍이라도 숨고 싶었다. 남자의 얼굴을 보는 순간 안개 속에 갇혀 있던 기억들이 새끼줄에 엮인 굴비처럼 줄줄이 동시다발로 떠올랐던 것이다. 블루 셔츠. 그는 디자이너 조혜숙의 아들 민찬기였다.
　이런 때 기면증이라도 걸려 모든 걸 잊고 기절할 수 있다면 얼마나 좋을까. 민찬기는 민망할 정도로 진지하게, 아니면 일부러 장난을 치는 것인지 희진의 바로 코앞까지 얼굴을 들이밀고 그녀의 눈동자를 뚫어지게 쳐다봤다.

희진은 수치심으로 얼굴이 벌겋게 달아올랐다. 그녀는 필사적으로 그의 시선을 피했지만 그렇다고 이대로 달아날 수는 없었다. 이런 때일수록 확인할 건 분명하게 해야만 했다. 이렇게 점잖은 척하는 남자들 중에 의외로 변태가 많다고 하지 않았던가.

그녀는 잘못해서 선생님 앞에 불려간 여학생처럼 자신의 발끝만 쳐다보며 재빠르게 질문을 던졌다. 우선 가장 궁금하면서도 부끄러운 질문부터 눈 딱 감고.

"간밤에 별일은 없었겠죠?"

민찬기가 묘하게 느끼한 음성으로 반문했다.

"별일이라면 어떤 것을 말하는 거죠?"

희진의 얼굴이 달아올랐다.

'이거 분명히 나 놀리는 거 맞지? 이 남자 뭐야? 어제는 혼자 쿨한 척 다해 놓고.'

마치 남자 앞에 발가벗고 서 있는 기분이었다. 희진은 두 눈을 질끈 감고 입술을 깨물었다.

"이런 상황에서 여자가 얼마나 난처하고 불안한 마음인지 헤아려 줄 아량은 없나요?"

"그저 솔직하게 궁금해서 물어 본 겁니다. 별일이 한두 가지가 아니라서요."

왠지 예감이 좋지 않다. 지금까지의 망신도 모자라 진짜 폭탄이 기다리고 있을 것 같은 불길한 예감이 팍팍 드는 것이다. 그냥 아무런 말도 듣지 말고 인생에서 어제 하룻밤을 완벽하게 지워 버리는 게 최선이 아닐까? 까짓 거 깃털처럼 무수히 많은 날들 중에서 하루쯤 기억이 없어진다고 뭐가 대순가.

물론 잘 살 수 있을 것이다. 대신 죽는 순간까지 매일매일 그날 밤 무슨 일이 있었을까 궁금해 하면서 찜찜하게 애를 태우겠지. 그런 꺼림칙한 기분으로 평생 고문 받으며 사는 건 죽어도 못할 짓이다.

"얘기해 줘요. 무슨 특별한 일이 있었는지 전부 다!"

찬기가 팔짱을 끼고 심각한 표정으로 희진을 쳐다보다가 말했다.

"산타클로스도 아니고 술에 취하면 자기 물건을 아무한테나 던져 주는 아주 신기한 습관이 있더군요. 그래서 희진 씨하고 술 마시는 사람들은 참 좋겠다는 생각이 들었어요. 술도 마시고 명품 핸드백에 구두, 현금은 물론 신용카드까지 얻을 수 있을 테니까요."

"지, 지금 무슨 소리 하는…… 거예요?"

발뺌을 하면서도 불길한 예감은 구체적인 형상으로 변해 머릿속에서 서서히 기억을 만들어가고 있었다. 민찬기는 그저 야릇한 웃음을 머금은 채 다 알면서 뭘 그러냐는 눈빛으로 그녀의 반응을 기다렸다. 아무리 태연하려 해도 표정 관리가 되지 않았다.

"저기, 잠시만요."

희진은 그에게 양해를 구하고 돌아서서 휴대폰을 확인했다. 아무런 정보도 없이 무방비로 적의 기습을 받고 무참하게 무너지는 일만은 피하고 싶었던 것이다.

휴대폰엔 부재 중 전화만 17건.

성우의 전화와 미영, 미주, 효진의 전화였다. 성우는 보나마나 희진이 보고 싶어서라기보다는 아기의 운명이 궁금했던 것이리라. 임신 얘기를 하기 전엔 항상 먼저 전화하는 사람이 희진이었으니까.

문자 메시지는 11건.

그중 지난밤의 행적에 대한 단서를 얻을 수 있는 문자들이 나란히 떠 있었다.

첫 번째는 미주의 문자였다.

샤넬 백, 이번엔 절대 돌려 주지 않을 거야. 자그마치 증인만 여섯 명이었다는 거 잊지 마. 너희 아빠, 엄마에 하느님까지 걸고 절대로 다시 달라고 하지 않겠다고 맹세까지 했으니까.

두 번째는 효정.

반지 고마워. 너랑 나랑 손가락 크기도 딱 맞고 너무너무 예뻐. 이전부터 내가 탐내던 거긴 하지만 니 술버릇 고쳐 주기 위해서라도 이번엔 절대 돌려주지 않기로 했어. 넌 무척 속이 상하겠지만 친구를 위해서 우린 이미 그렇게 굳은 맹세를 했으니까 다른 소리할 생각일랑 하지도 마.

희진은 인상을 찡그리고 한숨을 내쉬었다. 예전에 성우가 만난 지 1주년 기념으로 사 준 다이아가 박힌 반지였다. 마지막 문자는 미영의 것이었다. 미영의 문자는 안 봐도 알 것 같았다. 호텔방을 나서려는데 구두가 보이지 않았던 것이다.

정말 이래도 되는 건지 모르겠다. 내 발에 마놀로 블라닉 구두가 신겨져 있다니! 이게 꿈인지 생신지 믿기지가 않아. 구두가 작을 줄 알았는데 거짓말처럼 딱 맞아. 내가 신데렐라 발도 아닌데 마치 처음부터 내 것이었던 것처럼 말야. 굽도 아무 이상 없어. 역시 명품은 뭐가 달라도 다른 것 같아. 설마 술 취해서 그냥 한 얘기는 아니지? 다시 내놓으라고 뺏는 거 아니지? 그것 때문에 불안해서 밤새 한잠도 못 잤어. 희진아, 정말 고마워.

눈에서 눈물이 뚝뚝 흘러내릴 것만 같았다. 이런 이상한 술버릇 때문에 예전에도 두어 번 큰 사고를 친 적이 있다. 아빠한테 심하게 잔소리를 듣고 홧김에 클럽에 가서 낯선 남자와 술을 마셨는데 역시 그때도 주량을 넘게 마신 것이다.

희진은 몸에 걸치고 있던 명품은 물론 핸드폰에 지갑까지 모두 그 남자에게 줘 버리고 다음 날 맨발로 택시 타고 겨우 집에 들어갈 수가 있었다. 그래도 그 남자 최소한의 양심은 있었는지 택시비는 남겨 놓았는데 얼마 후 카드 명세서를 보니 희진의 카드로 자그마치 1000만 원이 넘는 쇼핑을 하고 다닌 걸 알게 됐다.

그나마 불행 중 다행이라면 술에 취한 상태에서도 누군가 몸에 손을 대려고 하면 갑자기 벌떡 일어나 광녀로 돌변한다는 것이다. 예전에 그녀에게 이상한 짓을 하려던 남자가 희진이 술에 취해 휘두른 스탠드에 머리를 맞아 피를 흘리고 쓰러져 있는 걸 아침에 발견한 적도 있었다.

성우하고도 그런 적이 있었다. 술에 취한 희진을 업고 호텔에 들어갔더니 신발도 없고 핸드백도 없고 심지어는 스카프도 없더라는 것이다. 나중에 알고 보니 등에 업혀 가면서 신발 벗어 던지고 돈 뿌리고 카드 뿌리고 스카프 벗어서 날리고.

더는 말을 해 무엇 하랴. 그날 이후로 주량을 넘는 술은 절대 마시지 않겠다고 성우는 물론 미주와 효정, 미영까지 불러 놓고 고해성사에 별의별 요란한 맹세 의식까지 치루지 않았던가. 그러고 보니 이번엔 집에 갈 택시비조차 보이지 않았다.

희진은 심호흡을 크게 하고 찬기를 향해 돌아섰다.

"혹시 돈 좀 있으면 꿔 주실래요?"

"택시비?"

찬기가 들고 있던 가방에서 지갑을 꺼내 희진에게 건넸다.

"다행히 샤넬백은 효정 씨에게 줬는데 그 속에 있던 지갑은 빼서 저한테 주더군요."

희진은 한 손으로 뜨끈한 이마를 짚었다. 희진이 손을 내리며 자포자기하는 심정으로 물었다. 물론 대충 어떤 대답이 나올지 짐작이 갔지만.

"제 옷이 벗겨져 있던데 혹시?"

찬기도 기다렸다는 듯 지체 없이 대답했다.

"아뇨. 친구 분들이 그러더군요. 희진 씨가 응급실로 보낸 남자들이 꽤나 많다고. 술에 취했을 때 남자가 옷을 벗기려 하거나 몸을 만지면 갑자기 깨어나 엄청난 괴력을 가진 헐크로 변신한다고. 특히 주변에 위험한 물건이 없는지 꼭 확인하란 말도 잊지 않았어요. 친구 분들이 조심하라고 오히려 절 걱정하던데요! 그래서 호텔 여종업원한테 부탁한 겁니다. 침대에 눕힌 것도, 옷도, 그 여종업원이 했죠.

사실 전 지금 이 방에 처음 들어오는 거라고요."

희진은 연신 고개를 끄덕였다. 더 이상 무슨 할 말을 할 수 있겠는가. 안 봐도 비디오요, 돌이키는 것만으로도 손발이 오그라드는 악몽인 것을.

찬기가 들고 있던 쇼핑백을 희진에게 건넸다.

"이게 뭐예요?"

"맨발로 갈 수는 없잖아요. 신어 봐요. 급하게 구하려고 매장을 몇 군데 들렸는데 마음에 드는 게 없어서 어머니한테 부탁을 좀 했죠. 사이즈가 맞는지 모르겠네."

맙소사. 희진은 너무 놀라 입을 헤벌렸다. 찬기의 말이 맞다면 지금 이 구두는 우리나라 최고의 디자이너 조혜숙이 직접 골라준 물건이란 말이 아닌가. 희진은 두근거리는 마음으로 쇼핑백에서 상자를 꺼내 열었다. 희진은 할 말을 잃고 찬기를 쳐다봤다.

"어서 신어 봐요. 어울리나 보게!"

희진은 조심스레 구두에 발을 집어넣었다. 그물 같은 뱀피에 화려한 보석이 박힌, 굽이 족히 12센티는 될 것 같은 킬힐이 다리 라인을 살려주는, 그야말로 섹시한 명품 구두였다. 하긴 누가 골라 준 구두인데. 찬기가 탄성을 질렀다.

"와우…… 구두가 제대로 주인을 만났네요."

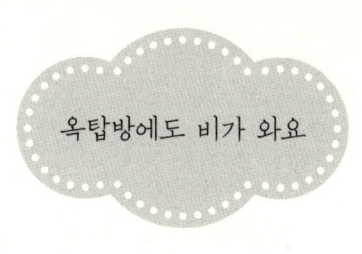

옥탑방에도 비가 와요

아침부터 축축하게 비가 내렸다. 여름을 보내는 비다. 옥탑방의 간이 지붕을 두드리는 빗소리가 리듬악기연주처럼 듣기 좋다.

지호는 오전 내내 지영의 옆에 앉아 동화책을 소리 내어 읽었다. 속으로 읽어도 되지만 지호는 침대에 누워 있는 지영이 책 읽는 소리를 들을 수 있다고 믿고 있었다. 지난번 병원에 갔을 때 의사 선생이 그랬다.

사람의 감각 기관 중 마지막까지 살아 있는 기관이 청각이라고. 식물인간이라도 소리를 들을 수 있는 가능성은 충분하다고.

실제로 십몇 년을 식물인간으로 산 한 남자가 식물인간이 아니었다는 기사가 얼마 전 인터넷에 떴다. 그 남자는 십여 년간 자신의 주위에서 나는 혹은 다른 사람이 들려준 모든 소리를 또렷하게 들을 수 있었지만 그 사실을 알릴 방법이 없었다고 한다.

영수는 그 기사를 지호와 함께 읽었다. 기사를 읽고 난 후 지호가 그랬다.

"내 생각에는 우리 엄마도 그런 것 같아. 표정이 매일 바뀌거든. 아빠는 몰랐지?"

지호의 말을 듣기 전까지 지영의 표정이 매일 바뀐다는 걸 영수는 알지 못했다. 영수의 눈에 비치는 지영의 모습은 항상 변함이 없었다. 초점 없는 동공과 무표정한 얼굴. 하지만 지호의 얘기를 들은 후부터 영수의 눈에도 지영의 표정이 변하는 게 보였다. 사람에겐 보고 싶어 하는 것만 보인다는 말처럼 그들도 보고 싶은 것만 보는지도 몰랐다.

"엄마가 웃었어."

지호의 말에 설거지를 하던 영수는 세제 거품이 잔뜩 묻은 고무장갑을 끼고 지영의 곁으로 다가갔다. 초점 없는 지영의 공허한 눈길이 여느 때와 다름없이 천정을 향하고 있었지만 영수의 눈에도 지영은 웃는 것처럼 보였다.

"그러네? 정말 웃고 있네? 오늘은 기분이 좋은가 봐."

"내가 재미있는 동화책을 읽어 줘서 그래."

"그래? 무슨 이야긴데?"

지호가 그림 동화책을 보여주며 설명했다.

"너구리하고 너구리 엄마 얘긴데. 여기 너구리 엄마도 아파서 일어나질 못하거든. 너구리는 엄마가 꽃을 좋아하는 걸 알고 꽃을 구하러 밖으로 나가. 하지만 한겨울이라 어디에도 꽃이 없는 거야. 너구리는 꽃을 찾다가 춥기도 하고 너무 지쳐서 쓰러지고 말아. 근데 잠을 자던 엄마가 눈을 떠 보니 옆에 있던 화병에 빨간 장미가 예쁘게 피어 있는 거야. 엄마는 그 꽃을 보면서 너구리를 닮았다고 생각해. 그래서 행복한 미소를 지었다는 얘기야."

영수가 턱을 괴고 가만히 생각에 잠겨 있다가 말했다.

"재미있긴 한데 좀 슬프다."

"왜?"

"너구리가 집으로 돌아오지 못하고 결국 죽어서 꽃이 됐다는 얘기 아닌가?"

영수의 말에 지호가 반박했다.

"너구리가 죽었다는 말도 없는데 왜 죽어? 너구리는 죽은 게 아니고 꽃으로 변한 거야. 그래서 엄마도 행복하게 웃는 거라구."

"꽃으로 변하면 말도 못하고 슬픈 거 아닌가?"

"아빠도 참. 너구리 엄마가 너구리 보고 싶어 하면 금방 다시 너구리로 돌아오겠지."

"그런가? 아빠가 잘못 안 거네. 당신도 그래서 웃은 거야?"

지영은 대답이 없었지만 지호와 영수는 실망하지 않았다. 지영의 보일 듯 말 듯한 미소만으로도 충분한 답이 됐으니까. 영수는 다시 설거지를 하러 갔고 지호는 동화책을 덮어두고 그림을 그리기 위해 크레파스와 도화지를 꺼냈다.

지호의 책상은 지영의 침대와 나란히 붙어 있었다. 지호는 그림을 그리며 항상 지영에게 말을 건넸다. 경옥은 그런 지호의 모습을 보고 오히려 걱정을 했다. 밖에 나가 또래들과 뛰어놀 나이에 하루 종일 집에 틀어박혀 식물인간 엄마하고 대화를 하기 때문이다.

영수가 설거지를 거의 끝냈을 무렵 누군가 옥탑방 문을 두드렸다.
"안에 있어요?"
"누구세요?"

영수가 문을 열자 건물주인 김 씨가 짜증이 가득한 표정으로 문 앞에 우산을 받쳐 들고 서 있었다. 50대 중반의 그녀는 나무젓가락처럼 바싹 마른 몸에 눈이 움푹 들어가 동화책 속에서 방금 튀어나온 마귀할멈을 연상시켰다. 실제로도 건물에 입주해 있는 사람들은 그녀를 마귀할멈이라 불렀다. 옥탑방으로 이사 온 지 이제 겨우 보름이 지났는데 그런 소리를 벌써 여러 번 들었다.

김 씨는 탐탁지 않은 표정으로 영수를 힐끗 보고는 재빨리 방 안을 둘러봤다. 그녀가 쯧쯧 하고 혀를 차며 특유의 칼칼한 목소리로 말했다.

"계약할 땐 짐이 별로 없다더니 짐이 보통 많은 게 아니네. 방이야 자기들끼리 사는 거니까 지지든 볶든 상관없지만 옥상까지 짐을 내놓으면 어떡해? 옥상은 엄연히 공동으로 사용하는 공간인데. 꼭 자기네들 사적인 공간처럼 이러면 안 되지."

영수가 어렵게 얻은 옥탑방인데 혹시라도 꼬투리를 잡힐까 봐 조심스럽게 물었다.

"무슨 말씀이신지 잘……."
"아유, 여기 좀 내다봐 봐. 여기가 무슨 해변가도 아니고 옥상에 파라솔을 왜 내놓고 난리야!"

영수가 방 밖으로 고개를 내밀었다. 머리 위로 빗방울이 후드득 쏟아졌다.

"아, 파라솔이요?"

"그래. 이거 말이야, 이거!"

김 씨가 발로 툭툭 차고 있는 물건은 얼마 전 1층에서 슈퍼를 하는 재준 엄마가 준 파라솔과 테이블이었다. 영수가 과외 전단지를 붙이고 다니는 걸 본 재준 엄마가 자기 아들 좀 싸게 안 되겠냐고 부탁해서 맡았더니 창고에서 선심 쓰듯이 내어 준 물건이었다. 옥상에 펼쳐 놓으면 여름에 햇볕도 피할 수 있고 삼겹살도 구워 먹으면 분위기가 그만이라는 말과 함께.

"지난번에 말씀드렸는데 괜찮다고 하셨잖아요."

"내가 언제? 난 그런 말 한 기억도 없고 혹시 그렇게 말했다고 해도 이렇게 구질구질한 물건인지 몰랐지. 안 그래도 지하 단란 주점에 술 취한 인간들이 툭하면 옥상에 올라와서 오줌 싸지르고 오물을 토해 놓는 통에 아주 머리가 지끈거리는데 이런 것까지 있으면 일부러 쉬러 올라올 거 아냐! 딴소리 말고 얼른 걷어, 얼른!"

어느새 지호가 옆에 와서 영수의 팔에 매달리더니 걱정스런 눈빛으로 말했다.

"저거 없으면 안 되는데. 나 하루 종일 저기서 그림도 그리고 공부도 하는데. 응, 아빠?"

김 씨가 지호를 흘깃 보고는 더욱 짜증스럽게 말했다.

"아무튼 당장 걷어내고 앞으로는 옥상에 그 집 물건 내놓을 생각하지 마! 하나 내놓으면 두 개 내놓고 세 개 내놓는 법이야. 확실히 알았어요?"

"아, 예!"

김 씨가 흘낏 방 안에 누워 있는 지영을 보고는 인상을 찌푸리더니 이내 몸을 돌렸다. 그녀는 옥상을 한 바퀴 더 둘러보고는 다시 투덜거리기 시작했다.

"단란주점을 쫓아내든가, 옥상에 CCTV를 설치하든가 해야지. 대체 어느 놈이 남의 옥상에 오줌을 싸 대는 거야? 아주 내손에 잡히기만 해 봐라. 그동안 했던 것까지 덤터기 씌워서 경찰에 넘겨 버릴 테니깐!"

계단으로 내려가려던 김 씨가 다시 돌아와서는 막 방문을 닫으려던 영수에게 말했다.

"여기 오줌 싸는 놈들 있으면 그쪽이 뭐라고 좀 해 줘야지! 애도 있는데 바로 옆에 오물이 있든 말든 신경도 안 쓰나?"

"아, 예."

영수는 머리를 긁적이며 자신 없는 얼굴로 고개를 꾸벅 숙이자 김 씨가 답답하다는 듯 혀를 차고는 말했다.

"예예 소리밖에 못해? 젊은 사람이 좀 빠릿빠릿해야지. 그렇게 물러 터져서 어떻게 세상을 살아?"

김 씨가 옥상을 내려가자 걱정스럽게 지켜보던 지호가 얼른 영수 팔에 매달렸다.

"아빠, 파라솔 그냥 두면 안 돼? 밥도 먹고 놀 수도 있고. 나 파라솔 있어서 너무 좋은데. 옥상이 이렇게 넓은데 왜 안 된다는 거야?"

"아빠가 나중에 마귀할멈, 아니 주인아줌마 만나면 한번 부탁해 볼게."

말은 그렇게 했지만 역시 자신은 없었다. 지영이 있었다면 이런 정도는 쉽게 주인을 설득했을 것이다. 어른이 된 지금도 영수는 사람을 대하는 일이 세상에서 제일 힘들고 두려웠다.

영수는 초등학교 2학년 때 처음으로 자기가 다른 아이들과 다르다는 걸 깨달았다. 수업 시간에 멍하니 있다가 선생님에게 혼나는 일이 자주 있었다. 공상을 하는 것도 아니다. 그냥 아무 생각 없이 길게는 수업 시간 내내 멍하니 앉아 있는 것이다.

주인 모르게 영혼이 육신을 빠져나가 다른 세계를 돌아다니다가 다시 돌아오는 느낌이랄까. 문득 선생님의 지적에 정신을 차리고 보면 시간이 터무니없이 지나 있고 선생님 말씀은 물론 주변에서 무슨 일이 일어났는지 전혀 알지 못했다.

반의 모든 아이들이 웃는데 영수만 웃지 못하는 일도 많았다. 다른 아이들이 웃는 이유를 혼자만 알지 못했기 때문이다. 어울려 놀 때도 다른 아이들은 말로 하지 않고 눈치와 표정을 통해 수시로 주고받는 감정이나 눈빛 혹은 여러 비언어적 표현들을 영수만 알아차리지 못했다.

영수는 자연 아이들과 어울리지 못하고 혼자 있는 시간이 점점 늘어났다. 마치 세상과 영수 사이에 투명한 막이 한 겹 씌어 있는 것만 같았다. 수학을 뛰어나게 잘해 명문 대학 수학과를 졸업하고도 취직을 하지 못한 건 그런 이유 때문이었다.

성인이 된 후 우연히 알게 된 그의 장애는 아스퍼거 증후군(1940년 소아과 의사 Hans Asperger의 이름을 따서 지어진 이 장애는 지적 수준과 언어 발달은 정상적이나 사회성이 심각하게 손상돼 사회적 삼호 작용에 어려움을 겪는 상태를 말한다. 공룡이나 곤충 같은 특이한 주제에 집착하거나 어려운 용어를 정확하게 외우기도 해서 영리하고 똑똑하다는 소리를 듣기도 한다. 반면 혼자 있기를 좋아하고 곧잘 넋 빠진 채로 있는 등 괴짜 같은 모습을 보이며 상대가 듣든 말든, 자신만의 세계에 빠져 엉뚱한 이야기를 줄줄 늘어 놓는다. 아인슈타인, 뉴턴, 베토벤 등 특정 분야에 뛰어난 재주나 천재성을 가진 사람 중에 이 장애를 가진 사람이 많아 고기능 자폐의 산물일 수 있다는 주장이 제기되기도 한다.)이라는 이름도 생소한 진단명이었다. 자폐 스펙트럼 장애의 하나로 정상적인 지능을 가지고 있지만 사회적 소통에 어려움을 겪는다는 게 대표적 증상이었다.

지영은 세상에서 유일하게 그를 이해하고 또 그가 이해할 수 있는 사람이었다. 지영을 만난 후 세상은 더 이상 두려운 존재가 아니었다. 이해되지 않는 일이 있으면 무엇이든 지영이 친절하게 설명해 주거나 필요한 도움을 줬다.

일테면 기분이 좋지 않은 사람에게 눈치 없이 자꾸 이런저런 말을 걸면 특별히 잘못이 없어도 괜한 욕을 먹을 수 있다거나, 술에 취해 횡설수설하는 사람의 말은 몇 시간씩 힘들게 앉아서 들을 필요가 없을 뿐만 아니라 그 말을 곧이곧대로 믿어서도 안 된다거나, 약속 시간이 지났는데도 상대가 나오지 않고 전화 연락도 없다면 멍하니 반나절씩이나 기다릴 게 아니라 20분 정도만 기다리다가 집으로 돌아오면 된다는 그런 얘기들 말이다.

영수는 우울한 기분으로 지영의 침대 옆으로 다가갔다. 그는 몸을 숙여 지영의 뺨에 살며시 얼굴을 갖다 댔다. 영수의 눈에서 흐른 눈물이 지영의 뺨을 타고 흘러내렸다. 영수가 지영의 귀에 대고 작게 속삭였다.

"지영아, 내 말 듣고 있는 거지? 나하고 지호, 지켜보고 있는 거지? 이럴 때는 어떻게 하는 게 좋을까? 마귀할멈이 하라는 대로 그냥 파라솔 없애는 게 나을까, 아니면 한번 봐 달라고 부탁을 해 볼까? 지호가 그 파라솔 너무 좋아해서 그냥 두고 싶은데 만약 봐 달라고 귀찮게 했다가 옥탑방에서 나가라고 하면 어떡하지?"

지영은 대답이 없었다.

"이럴 땐 지호를 잘 키울 수 있을까 불안하고 자신이 없어. 당신 목소리도 너무 그리워. 꿈에라도 좋으니까 무슨 말이든 해 줘."

세상은 넓고 귀신은 많다

 방 안은 발 디딜 틈조차 없는 난장판이었다. 부적을 비롯해 소금, 십자가, 태극패, 마늘, 목탁, 성경책에 불경, 심지어는 각종 퇴마 관련 소설까지 온갖 물건들이 어지럽게 널려 있었다. 선일과 애숙은 물건들에 포위된 것처럼 방 한가운데 마주하고 앉았다.
 선일이 한숨을 푹푹 내쉬며 목탁을 들었다 내려놓더니 이번엔 십자가를 집어 들고 고개를 갸웃거렸다.
 "거참, 이상하네. 부적도 소용없고. 십자가도 마찬가지고. 이런 젠장맞을!"
 팔뚝 두께가 두 배는 될 것 같은 애숙의 팔이 선일의 가는 팔을 붙잡고 애원했다.
 "장군 아빠, 그러지 말고 귀신 쫓을 거면 신부님이나 목사님 찾아가서 부탁해 보자."

그러면서도 그녀는 연신 선일의 오른쪽 어깨너머를 힐끗거렸다. 그녀의 얼굴은 두려움으로 하얗게 변해 있었다. 애숙이 덩치에 어울리지 않게 앵앵거렸다.

"나 정말 무서워 죽겠단 말야. 귀신이 날 쳐다보고 있다는 생각만 하면 숨도 제대로 못 쉬겠어! 어떡하면 좋아?"

선일이 애숙의 굵은 팔을 뿌리치며 짜증스럽게 말했다.

"아이고, 팔 좀 그렇게 잡지 좀 말어. 아파 죽겠다! 누구 팔 부러뜨릴 일 있냐? 이거 봐, 피 안 통해서 퍼렇게 멍든 거! 그 무지막지한 힘으로 이 연약한 팔을 쥐고 흔들면 어쩌자는 거야! 그리고 내가 퇴마산데 찾아가긴 누굴 찾아가?"

"솔직히 당신한테 무슨 특출 난 재주가 있다고 퇴마사야? 그냥 사람들한테 사기 치려고 거짓말하고 다닌 거잖아."

"퇴마사란 게 원래 그런 거야! 내가 다른 퇴마사들은 정말인가 싶어서 퇴마사라고 뻥치고 다니는 인간들 만나봤는데 열 명이면 한둘도 진짜는 있을까 말까야. 그러니까 내 말은 퇴마사란 게 무슨 특별한 재주가 있어서 하는 게 아니고 마술처럼 자기만 알고 있는 노하우 하나만 개발하면 된다 이거야. 그래서 나도 지금부터 과학적으로, 확실한 근거를 가지고 퇴마를 연구하겠다 이거지!"

선일이 청동 거울을 들어 보이며 말했다.

"바로 옆에 귀신 마루타까지 있는데 이보다 좋은 기회가 어디 있다고! 지들이 퇴마사라고 떠들어도 솔직히 귀신 면상도 제대로 보지 못했을걸? 근데 이 청동 거울만 있으면 귀신도 볼 수 있겠다. 이걸로 보면서 귀신이 뭘 싫어하는지 찾아내기만 하면 만사 오케이라 이거지. 어쩌면 텔레비전에 출연할 수 있을지도 모른다 이 말씀이야. 그럼 어떻게 되겠어? 용한 점집 정도는 비교도 안 되지. 사람들이 벌떼처럼 몰려들 거고 벼락부자 되는 것도 시간문제라 이거야!"

선일은 정말 벼락부자라도 된 것처럼 황홀한 표정을 지었다.

"아무리 그래도 사람의 운명을 결정하고 영혼을 다루는 사람이 그런 사욕부터 부리면 벌 받아요!"

"누가 사욕을 부려? 그냥 말이 그렇단 얘기지. 결과적으론 돈을 벌겠지만 그거 다 사람들 도와주고 버는 돈인데 뭐가 문제야. 아무튼 조용히 좀 있어 봐. 집중 좀 하게. 뭘 또 해 볼까?"

선일이 고민하는 사이 애숙이 슬그머니 청동 거울을 집어 조심스럽게 선일의 오른쪽 어깨 뒤쪽을 비췄다. 허옇게 동공을 드러낸 귀신의 얼굴이 청동 거울로 쓰윽 다가왔다.

"에그머니나!"

애숙이 기겁을 하며 와락 끌어안는 통에 선일도 비명을 질렀다.

"아악, 목! 목! 숨 좀······."

선일이 목을 휘감은 애숙의 보아 구렁이 같은 팔을 간신히 풀어 냈다. 애숙은 선일의 허리를 끌어안고 품에 얼굴을 묻었다. 선일이 애숙을 보며 혀를 찼다.

"덩치에 어울리지 않게 겁이 많기는."

이번에는 선일이 청동 거울을 들고 뒤를 비췄다. 거울 속에선 두 명의 귀신이 변함없는 모습으로 선일을 노려보며 서 있었다. 선일이 인상을 찌푸리며 얼른 거울을 내렸다.

"거참 아무리 봐도 험악하게 생겼네."

애숙이 고개를 번쩍 들더니 말했다.

"그러니깐 목사님한테……."

"말하지 마. 아무 말도 하지 마!"

선일이 애숙의 머리를 다시 자신의 가슴에 파묻고는 방 안을 쓰 으 훑어보다가 십자가를 집어 들었다. 문방구에서 산 듯 금빛 반짝 이가 붙은 조잡한 모양의 십자가였다. 선일이 눈을 감더니 마치 성 령의 기운이라도 끌어 모으려는 듯 손으로 십자가 주위의 공기를 휘 저으며 혼자 뭔가를 중얼거렸다.

잠시 후 그가 갑자기 십자가를 어깨 뒤 허공에 들이댔다. 그리곤 마치 허공에 귀신이 보이는 것처럼 눈에 있는 대로 힘을 주고는 구 마(驅魔) 기도문을 외우기 시작했다.

"성부와 성자와 성령의 이름으로 명하노니 우리를 괴롭히는 사탄 은 썩 물러가 주 예수 그리스도께로 가라! 가라, 가! 제발 좀 가라! 아멘!"

기도문을 외친 선일이 얼른 거울을 들고 허공을 비췄다.

"이런 젠장맞을! 왜 효과가 없는 거야."

엎드려 있던 애숙이 다시 고개를 번쩍 들고 말했다.

"귀신이 기독교나 카톨릭 신자일 때만 십자가가 효과가 있는 게 아닐까?"

선일이 가만히 생각하더니 혼잣말로 중얼거렸다.

"일리가 있네. 잠깐만 더 엎드려 있어 봐!"

선일이 애숙의 머리를 누른 후 이번에는 목탁을 집어 들고 눈을 감았다.

"그렇다면 예수님하고는 잠시 로그아웃하고 이번엔 부처님하고 로그인이다."

마치 이전에 있던 몸의 기운을 떨쳐내고 새로운 기운을 받아들이려는 듯 두 팔을 둥글게 원을 그리던 선일이 심호흡을 몇 번 한 후 불경을 외우기 시작했다.

"신묘장구 대다라니, 나모 라다나 다라야 야, 나막 알약 바로기제 새바라 야, 모지 사다바야 마하 사다바야, 옴 살바 바예수 다라나 까라야, 다사명 나막 까리다바……."

방 안에 불경 소리가 은은하게 한참 동안 퍼져나간 후 선일이 조심스럽게 눈을 떴다. 선일이 죽은 듯 엎드려 있는 애숙의 등을 살살 두드리며 말했다.

"장군이 엄마, 아무래도 이번엔 성공한 것 같은 예감이 들어."

애숙이 고개를 파묻은 채 말했다.

"그럼 얼른 확인해 봐요."

선일이 마음을 가다듬은 후 조심스럽게 청동 거울을 들고 어깨 뒤를 비췄고 그 순간 귀신의 번뜩이는 눈동자와 정면으로 눈길이 마주쳤다. 귀신이 청동 거울 바로 앞까지 다가와 그의 얼굴을 들여다보고 있었던 것이다. 오랜 세월 동안 마모된 듯 결이 갈라지고 거칠어진 검은 머리카락 사이로 흰자위가 꿈틀하고 움직이는 모습이 보였다.

귀신의 탁한 눈동자가 선일을 돌아보는 것처럼 청동 거울에서 천천히 옆으로 돌아갔다. 비록 눈으로는 볼 수 없었지만 선일은 이글거리는 귀신의 눈빛을 온몸으로 느낄 수가 있었다.

"으아아악!"

선일이 그의 무릎 위에 엎드려 있는 애숙을 밀치고는 방의 구석으로 달아나 몸을 웅크렸다. 방에 엎드린 애숙이 고개도 들지 못한 채 울부짖으며 선일을 불렀다.

"으어억…… 장군 아빠, 어딨어! 나만 두고 가면 어떻게 해! 으어억……."

애숙의 두툼한 손이 선일을 찾아 방바닥을 더듬거렸다. 선일이 그런 애숙의 손을 덥석 잡고는 비장하게 말했다.

"걱정하지 마, 나 여기 있어!"

애숙이 울면서 말했다.

"나 나갈 거야, 방에서 내보내 줘!"

"야, 그럼 나 혼자 여기 있으라고?"

"어서 내보내 주지 않으면 당신 죽여 버릴 거야!"

"알았어, 그럼 나가."

선일이 방문 쪽으로 이끌어 주자 애숙이 원귀보다 더 음산하게 흐느끼며 엉금엉금 기더니 방을 나갔다. 방을 나간 애숙의 음산한 울음소리가 점점 멀어졌다. 방에 혼자 남겨진 선일은 마른 침을 꿀꺽 삼켰다.

그는 좌식 책상 위에 놓여 있는 컴퓨터 모니터로 시선을 옮겼다. 모니터에는 '퇴마사 천지동의 홈페이지입니다'라는 안내 문구와 함께 동영상이 링크되어 있었다. 선일이 모니터를 노려보며 중얼거렸다.

"귀신 쫓지도 못하면서 폼만 잡고 있어!"

선일이 미심쩍은 표정으로 동영상을 재생했다. 방 안을 촬영한 모습인데 방의 한가운데 여자가 엎드려 있고 천지동이라고 하는 퇴마사가 여자를 보고 소리를 질렀다.

"니가 이 여자의 몸에서 나가지 않는다면 내가 쫓아낼 수밖에. 나중에 후회하기 싫으면 얼른 나가!"

그러자 여자가 고개를 번쩍 들고는 남자의 목소리에 가까운 굵은 음성으로 으르렁거렸다.

"이 여자는 내꺼야. 네깟 놈한테 내가 겁을 먹을 것 같냐? 난 여기서 절대로 안 나간다! 으흐흐흐."

그 장면에서 선일이 피식 웃음을 터뜨리며 중얼거렸다.

"이야…… 연기 죽인다! 배우해도 되겠네."

선일이 화면 속 여자의 목소리를 흉내 내어 말했다.

"이 여자는 내꺼야. 네깟 놈한테 내가 겁을 먹을 것 같냐? 에라이! 딱 봐도 둘이 짜고 치는 고스톱이네. 저거 엑소시스트에 나오는 장면 아냐? 이런 젠장 할! 이번에도 또 진만이한테 쓸데없는 심부름만 시켰구만."

화면 속 천지동이 꽹과리를 집어 들었다. 꽹과리 안쪽에는 부적인지 뭔지 모를 노란 종이딱지가 붙어 있는 모습이 보였다. 천지동이 말했다.

"그래. 좋다. 네놈이 나가지 않겠다면 내가 쫓아내 주지!"

천지동이 내용을 알 수 없는 주문을 외우더니 꽹과리를 두들기기 시작했다. 요란한 꽹과리 소리가 귀가 아프도록 땡땡거리자 갑자기 여자가 고통스러운 듯 몸을 비비 꼬면서 방바닥을 뒹굴었다. 잠시 후 똑바로 누운 여자의 몸이 뻣뻣하게 굳더니 나무토막처럼 방바닥에서 통통거리며 튀어 오르기 시작했다.

여자의 연기가 얼마나 실감나는지 정말 몸이 방바닥에서 튀는 것 같았다. 선일은 분명히 무슨 장치나 속임수가 있다고 확신하며 화면 안으로 들어갈 것처럼 얼굴을 모니터에 들이댔다. 하지만 아무리 뚫어지게 노려봐도 다른 수상한 점을 찾을 수가 없었다.

"참나, 꽹과리로 귀신을 쫓아? 에라이…… 사기꾼아!"

선일이 투덜대며 모니터를 끄려는 순간 선일이 잡고 있던 마우스에 서늘한 기운이 감도는 기분이 들었다. 놀란 선일이 얼어붙은 것처럼 가만 있자 살얼음이 끼는 것처럼 마우스 표면에 냉기가 서리는 것이었다. 뿐만이 아니었다. 몸 주위에도 서늘한 기운이 밀려오는가 싶더니 반쯤 마시다가 옆에 놓아둔 커피 잔 속의 커피에 살얼음이 끼었다.

"뭐, 뭐야, 이거!"

선일이 화들짝 놀라 얼른 마우스에서 손을 뗐다. 선일이 손을 떼자 마우스가 조금씩 저 혼자 움직이기 시작했다. 선일의 동공이 점점 부풀어 올랐고 입술이 덜덜 떨려왔다. 마우스가 움직이면서 모니터 화면 속의 커서도 움직였다. 잠시 후 모니터에서 흘러나오던 꽹과리 소리가 뚝 그쳤다. 마우스는 더 이상 움직이지 않았다.

선일은 방금 무슨 일이 벌어졌는지 몰라 눈을 껌뻑였다. 방금 전까지 꽹과리 소리가 요란하던 방 안엔 음산한 적막이 찾아들었다.

'왜……?'

선일이 마른 침을 꿀꺽 삼키고는 조심스럽게 마우스를 잡았다. 어느새 마우스 표면엔 냉기가 사라졌고 옆에 있던 커피 잔과 커피도 본래의 상태로 돌아와 있었다. 그의 머릿속에 방금 전 마우스가 '어떻게 움직였을까'가 아니라 '왜 움직였을까'에 대한 의문이 가득 들어차기 시작했다.

선일은 귀신이 있으리라 짐작되는 허공을 노려보다가 살며시 마우스를 움직여 동영상의 일시정지 버튼 위에 올려 있는 커서를 재생 버튼으로 옮긴 후 클릭했다. 동영상이 재생되며 천지동이 두드리는 꽹과리 소리가 다시 방 안 가득 울려 퍼졌다.

그러자 놀랍게도 다시 마우스에 서늘한 냉기가 엄습했다. 이번에는 선일도 마우스에서 손을 떼지 않고 버텼다. 하지만 그보다 더 강한 힘이 마우스를 움직였다. 마우스에 의해 옮겨진 커서가 다시 동영상의 일시 정지 버튼을 눌렀다.

"어라? 그렇다면 혹시.?"

선일의 얼굴에 회심의 미소가 떠올랐다. 선일이 허공을 곁눈질하다가 얼른 다시 마우스를 움직였다. 그는 동영상 재생 버튼을 누른 후 재빨리 컴퓨터 본체에 연결된 마우스 잭을 뽑아 버렸다. 아니나 다를까 이번에도 보이지 않는 손이 마우스를 움직였지만 잭이 빠진 탓에 커서는 전혀 움직이지 않았다. 급기야 마우스가 신들린 것처럼 부르르 떨었지만 동영상에서 흘러나오는 꽹과리 소리는 멈추지 않고 계속됐다.

선일이 허공을 향해 뽑혀진 마우스 잭을 들어 보이며 약을 올리는 것처럼 말했다.

"푸하하하! 아무리 해도 안 될걸? 요걸 꽂아야만 된다는 말씀! 헤헤. 이제 알았다! 니들이 뭘 무서워하는지! 꽹과리네, 꽹과리 소리! 그렇지?"

그때 갑자기 컴퓨터에서 퍽 하는 소리가 나더니 모니터가 펑 하고 터지며 화면이 나갔다.

"으악!"

선일이 놀라 화들짝 뒤로 물러나자 모니터에서 자욱한 연기가 피어올랐다. 하지만 놀라운 일은 거기서 그치지 않았다. 어디선가 시큼한 악취가 풍기는가 싶더니 방 안에 있던 물건들이 하나둘씩 공중으로 떠오르며 공중 부양하기 시작한 것이다. 말로만 듣던 폴터가이스트(폴터가이스트는 악취와 소음이 나며, 물건들이 날아다니는 등의 괴현상을 말한다. 폴터가이스트는 유령과 거의 동일시되고 있으며, 폴터가이스트가 많이 일어나는 장소는 일반적으로 '흉가'로 불린다. 폴터가이스트의 예는, 알 수 없는 소리, 혼자 닫히는 문, 혼자 움직인 집 안 물건들, 혼자 공중에 뜨는 물건들 등이 있다.) 현상이 정말로 눈앞에서 벌어지고 있었던 것이다.

"저, 저기 말로 합시다! 대화로! 내가 잘못했어요! 그냥 장난이었다고!"

그때였다. 시큼한 피비린내가 물씬 풍겨 돌아보니 벽면에 핏빛의 글자가 써지고 있었다.

너 오늘 죽었어!

순간 선일의 동공이 밖으로 튀어나올 것처럼 부풀어 오르더니 뺨이 부르르 떨렸다. 선일이 밖으로 달아나려고 후다닥 방문으로 돌진해 문을 잡아당겼다. 하지만 아무리해도 문은 열리지 않았다. 동시에 공중 부양하고 있던 물건들이 선일을 향해 일제히 날아오기 시작했다. 성경책과 목탁과 마늘과 십자가, 심지어는 부서진 컴퓨터와 모니터까지 얼굴로 날아들었다.

"으악! 애숙아! 장군이 엄마!"

선일이 날아오는 물건을 요리피하고 조리피하며 소리를 질렀지만 그를 도와주러 오는 사람은 아무도 없었다. 방 안에 있는 물건은 거의 전부 허공으로 떠올랐다가 벽면에 부딪혀 박살이 나거나 바닥으로 떨어졌다.

비록 몇 가지 물건에 얻어맞긴 했지만 본래 피하고 달아나는 일에는 어릴 때부터 천부적인 소질을 타고난 덕에 큰 부상은 입지 않았지만 자칫 세상 하직하거나 불구가 될 수도 있는 위급한 상황이었다. 모든 물건들이 한바탕 요동을 치고 바닥에 힘없이 떨어지자 비로소 안도의 한숨을 내쉬는 순간이었다. 바닥에 떨어져 있던 물건들이 다시 공중으로 떠올랐다. 이번에는 아까 벽에 부딪혀 부서진 날카로운 파편 조각들까지 모두 함께 떠올랐다.

"이런 젠장맞을…… 아악!!!!"

선일의 비명이 미처 끝나기도 전에 물건들이 다시 날아들었다. 얼굴 옆으로 커피 잔이 날아가고 부서진 컴퓨터에서 튀어나온 고철 덩어리 하드디스크가 정강이를 때렸다. 선일이 정강이를 움켜쥐고 드러눕자 급기야 컴퓨터를 올려놓았던 좌식 책상까지 공중으로 붕붕 떠오르는 것이었다. 허공에 뜬 책상이 누워 있는 선일의 머리 위쪽으로 다가왔다.

"안 돼, 안 돼!"

선일이 비명을 지르는 찰나 마침 방문이 왈칵 열리며 진만이 안으로 들어섰다. 방 안 풍경을 본 진만의 눈이 휘둥그레졌다.

"이게 대체?"

진만이 말을 잇지 못하자 선일이 다급하게 소리쳤다.

"꽹과리! 꽹과리를 쳐!"

선일의 외침에 진만이 손에 들고 있던 꽹과리를 두들겼다. 선일이 발악처럼 소리쳤다.

"더 세게! 더 크게!"

힘껏 꽹과리를 두들겨 대자 허공에 떠 있던 물건들이 갑자기 진만 쪽으로 방향을 돌렸다. 진만이 허공에 떠 있는 무시무시한 물건들을 보며 겁먹은 소리로 물었다.

"스승님, 꽹과리가 아닌 것 같은데요?"

선일이 바닥에서 일어나며 말했다.

"계속 쳐! 계속! 멈추지 말고!"

선일의 말에 따라 진만은 더욱 세게 꽹과리를 쳤고 물건들이 날아들었다. 선일과 달리 행동도 느리고 덩치도 큰 진만은 그 많은 물건들을 피할 도리가 없었다. 날아드는 물건들을 온몸으로 맞으며 진만이 비명을 질렀다.

"스승님, 저 이러다 죽을 것 같아요!"

"조금만 더 버텨!"

선일이 방 안에 흩어져 있던 부적을 집어 들고는 두리번거리다가 구석에 떨어져 있던 풀을 집어 들었다. 그는 풀을 부적에 바른 후 방바닥을 굴러 진만의 옆으로 다가갔다. 진만은 좌식 책상이 앞뒤로 움직이며 계속 배를 때리는데도 그걸 참아가며 꽹과리를 치고 있었다. 온몸이 상처투성이인 진만이 신음처럼 말했다.

"스승님, 더는 못 버틸 것……."

선일이 꽹과리의 안쪽에 얼른 부적을 붙인 후 진만에게서 꽹과리를 빼앗아들었다. 선일이 허공을 노려보며 말했다.

"그래. 누가 이기나 해 보자!"

선일이 부적을 붙인 꽹과리를 다다다다 하고 두들겼다. 순간 꽹과리 소리가 공기 중에 이상한 기운 같은 걸 만들어 내는 것 같더니 공중에 떠 있던 물건들이 바닥으로 우르르 떨어져 내렸다. 선일이 물었다.

"진만아, 귀신 보이냐?"

벽에 기대 신음하고 있던 진만이 힘겹게 눈을 뜨고는 말했다.

"스, 스승님! 귀신이 몹시 힘들어해요!"

선일이 흥분한 목소리로 말했다.

"그렇지? 확실히 그렇지? 됐다, 됐어!"

선일은 마치 농악대의 상쇠(농악에서 꽹과리 제1주자. 농악대를 총지휘하는 한편 부포상모를 휘두르며 부포놀이를 한다.)라도 된 양 춤까지 추며 꽹과리를 두들겨 댔다. 진만이 믿기지 않는 눈으로 중얼거렸다.

"스승님, 귀신들의 형체가 점점 흐려지고 있어요!"

선일이 신명나게 꽹과리를 치며 흥에 겨워 소리쳤다.

"진만아, 이젠 됐다! 우린 이제 진짜 퇴마사가 된 거다! 우린 돈방석에 앉은 것과 다름없다는 말이다! 에헤라 디야……."

신나게 꽹과리를 두들기고 있을 때 밖에서 소란스러운 소리가 들려오는가 싶더니 애숙의 고함 소리가 들려왔다.

"장군 아빠, 미쳤어? 지금 뭐하는 거야?"

그제야 선일이 꽹과리를 멈추고 돌아보자 그들의 방문 앞에 애숙을 비롯해 모르는 사람들이 잔뜩 몰려와 있었다. 선일이 의아한 표정으로 애숙을 보고 물었다.

"왜 동네 사람들이 우리 마당에 죄다 몰려와 있는 거야?"

그때 한 험상궂은 남자가 앞으로 나서더니 말했다.

"동네 사람들인 줄 알아서 다행이네! 여기가 당신 혼자 사는 동네야? 당신 미쳤어? 한밤중에 잠도 못 자게 왜 꽹과리를 두들기고 난리야!"

그제야 선일이 사태를 파악하고는 얼른 나긋나긋한 목소리로 고개를 숙였다.

"죄송합니다……."

하지만 선일은 진만을 향해 얼른 윙크를 했고 진만도 물건들에 맞아 퉁퉁 부은 얼굴로 헤벌쭉하게 웃었다.

친구들

민주와 효정, 미영이 한꺼번에 갑자기 피트니스 클럽으로 들이닥쳤다. 희진은 요란하게 들어서는 친구들을 보자마자 그들이 부리나케 달려온 이유를 알 것 같았다. 희진과 찬기의 뒷이야기가 궁금했던 것이다. 마치 빚쟁이처럼 우르르 클럽 안으로 들어선 그들은 러닝머신에서 멋진 폼으로 달리는 희진을 들어서 휴게실로 끌고 갔다.

민주가 서슬이 퍼런 얼굴로 으름장을 놓았다.

"너, 묻는 말에 바른대로 이실직고해!"

"뭘 말하라는 거야?"

희진이 딴전을 피우자 효정이 앵앵거리는 목소리로 다그쳤다.

"몰라서 물어? 문자는 씹고 전화는 안 받고! 희진이 너, 민찬기랑 사고 쳤지?"

셋은 일제히 레이저빔이라도 뿜을 기세로 희진을 노려봤다. 희진은 세 사람의 눈길을 차례로 훑어보면서 말했다.

"너희들 진짜 뻔뻔하다. 친구는 나 몰라라 내팽개치고 전리품만 챙겨갈 땐 언제고. 이젠 뭐? 무슨 일이 있었는지 이실직고하라고? 팥쥐 엄마도 너희들처럼 뻔뻔하고 안하무인은 아니겠다!"

희진이 무슨 얘기를 하는지 알아차린 미주와 효정은 얼른 시선을 피했고 구석에서 웅크리고 있던 미영은 제 발 저린 도둑처럼 안절부절 하지 못했다. 희진이 미영을 노려보며 말했다.

"미영이 너, 나한테 할 말 없니?"

미영이 화들짝 놀라더니 말까지 더듬으며 물었다.

"무, 무슨 말?"

"아무 할 말도 없는데 그럼 여긴 왜 온 거야?"

"그, 그게 얘네들이 같이 가자고 해서."

미주와 효정이 쬐려보자 미영은 얼른 시선을 돌렸다. 희진이 정색을 하고 말했다.

"야, 김미영! 너 많이 컸다? 너무 오랫동안 내 옆에 있다 보니까 이젠 네가 뱁샌지 황샌지도 구분을 못하는 거니? 얘들하고 똑같이 놀다가는 네 가랑이 찢어진다는 거 몰라?"

"아니, 그, 그게 난 그러면 안 될 것 같다고 그랬는데 얘네들이 자꾸만."

미영이 미주와 효정의 눈치를 보더니 갑자기 두 손을 모으고는 비굴한 표정으로 애원했다.

"미안해, 희진아! 그 구두 당장 돌려줄게! 그냥 장난이었어. 정말이야! 그게 얼마짜린데 내가 꿀꺽하겠니? 나 아직 신어 보지도 않았어. 정말이야. 그대로 집에 모셔 놓고 구경만 했다니깐?"

미주와 효정이 동시에 눈을 부라렸다.

"너 의리 없이 그럴래? 좋다고 팔짝팔짝 뛸 때는 언제고?"

희진이 이번에는 미주와 효정을 노려보면서 말했다.

"니들 진짜 실망이다! 내 생일날 선물은 못 챙겨 줄 망정 어떻게 내가 술 취한 사이에 그런 만행을 저지를 수 있어? 샤넬 백과 반지가 우리 우정보다 더 소중해? 니들은 그런 거야?"

미주가 기어들어가는 소리로 항변을 했다.

"문자로 말했잖아. 너 술버릇 고치려고 그랬다고. 솔직히 샤넬 백, 내 것도 있어. 네가 굳이 달라고 하면 줄 수도 있는데 문자에서도 말한 것처럼 네 술버릇 고치려면 우정에 약간 금이 가는 한이 있더라도 끝까지 버티는 게 진정한 친구의 도리라고 생각했거든? 게다가 너 그때 취하지도 않았어. 정신이 거의 말짱했다고. 혀도 안 꼬였다니깐. 그치 얘들아?"

미주의 물음에 효정과 미영이 약속이나 한 것처럼 고개를 끄덕였다. 희진이 황당한 얼굴로 셋을 노려보다가 말했다.

"좋아. 그건 그렇다고 쳐! 하지만 어떻게 술 취한 친구를 알지도 못하는 남자한테 아무렇게나 던져 놓고 니들끼리 가 버릴 수가 있어? 그건 또 어떻게 설명할건데?"

효정이 펄쩍 뛰는 것처럼 말했다.

"모르는 사람은 아니지. 디자이너 조혜숙의 아들인데."

미주도 거들고 나섰다.

"야, 입은 삐뚤어져도 말은 똑바로 하랬다고. 솔직히 네가 우리한테 고마워해야하는 거 아냐? 민찬기 정도면 박성우한테도 전혀 꿀리지 않잖아. 아니, 스타라고 겉만 번지르르한 성우 씨보다 오히려 백배는 낫지 않니? 너희도 그렇게 생각하지?"

효정과 미영이 이번에도 동시에 고개를 끄덕였다. 희진은 뭐라고 반박하려다가 입을 다물었다. 그녀 역시 자기도 모르는 사이 하루 종일 성우와 찬기를 비교하고 있었던 것이다.

효정이 살며시 친구들의 눈치를 보다가 말했다.

"나 배고파 죽겠어. 우리 어디 가서 맛있는 거 좀 먹으면서 얘기하면 안 될까? 어차피 저녁시간도 다 됐는데."

효정의 제안에 넷은 평소 자주 가던 파스타 전문점으로 자리를 옮겼다. 파스타 전문점이긴 한데 파스타보다는 함께 나오는 빵이 훨씬 맛있어서 무제한으로 제공되는 빵을 먹기 위해 다함께 자주 가는 집이었다.

미주와 효정은 파스타를, 희진과 미영은 스테이크에 화이트와인을 곁들였다. 메인 요리에 앞서 달콤한 냄새를 풍기는 빵이 바구니에 가득 담겨 나오자 미영의 눈이 초롱초롱하게 빛났다. 미영이 얼른 하나를 집어서는 부드러운 속살을 뜯어 입안에 넣더니 행복한 표정을 지으며 말했다.

"그래, 이 맛이야! 난 아직도 궁금한 게 이렇게 맛있는 빵을 만들 수 있으면서 왜 빵집을 차리지 않고 파스타 전문점을 차렸을까 하는 거야. 손님 입장에선 빵을 먹고 싶은데 빵 먹으려면 어쩔 수 없이 다른 음식을 먹어야 한다는 게 너무 불합리하지 않아?"

효정이 학교 선생님 같은 목소리로 설명하듯 말했다.

"이 바보야, 그건 어디까지나 손님 입장이고 주인 입장은 그게 아니지. 빵이 비싸니? 파스타나 스테이크가 비싸니? 빵은 아무리 비싸게 팔아도 얼마 안 남을 거 아냐? 나 같아도 빵집보다는 이렇게 근사한 레스토랑을 차리는 게 훨씬 낫겠다."

희진이 말했다.

"그러지 말고 효정이 네가 하나 차려. 나 운동 끝나고 매일 저녁 먹으러오게."

"미쳤니? 나 신경 쓰이는 거 있으면 피부 트러블 장난 아닌 거 몰라? 그래서 난 남자도 오래 못 사귀잖아. 약간만 스트레스 받을 거 같으면 미리 커트해 버리거든. 울 엄마도 정말 나보면 답이 안 나온데. 스트레스 안 받고 어떻게 사냐면서. 하지만 사람에 따라서는 스트레스에 대한 면역이 약한 사람도 있을 수 있는 거 아냐?"

미주가 빈정거리며 말했다.

"야, 말이 되는 소리를 해라. 아무튼 너도 참 걱정이긴 하다. 그런 마음으로 어떻게 결혼하고 애 낳고 살래?"

"그랬잖아. 난 연애만 한다고. 구질구질하게 사는 건 싫어. 그냥 스트레스 안 받고 즐기면서 살고 싶어. 난 임신해서 아기 낳는 여자들 보면 정말 존경스러운 거 있지. 존경이 다 뭐야? 어우…… 난 그 생각만 하면 우울해진다구!"

임신이란 말이 나오자 희진의 표정이 어두워졌다. 그녀는 아직도 어떻게 해야 할지 결정을 내리지 못했다. 물론 아기를 낳고 싶은 마음은 추호도 없었다. 계획에 없었던 일일 뿐더러 요즘 성우의 태도를 봐서는 그를 계속 사랑할 수 있을지도 확신이 서지 않았던 것이다. 어제 민찬기를 만난 후로는 그런 생각이 더욱 강하게 들었다.

미주가 손톱으로 테이블을 콕콕 두드리고는 말했다.

"자, 이쯤에서 지방 방송은 끄고 아까 하던 얘기나 마저 하자. 희진이 너 솔직히 말해 봐. 우리가 그날 찬기 씨하고 너만 남겨 두고 가서 정말 싫었던 거야? 그날 밤엔 분명히 그렇지 않아 보였는데?"

"술 취한 사람이 뭘 아니?"

"아냐. 내가 보기엔 너 정말로 취하지 않았어. 나중에 찬기 씨랑 따로 더 마셔서 필름이 끊겼는지는 모르지만 우리랑 헤어질 땐 비교적 멀쩡했다고. 우린 네가 정말로 찬기 씨를 원한다고 생각했는데?"

"그럼 넌 나하고 찬기 씨하고 정말로 잘되라고 그런 거야? 성우는 어떡하라고?"

미주가 말했다.

"성우 씨하고 헤어지라는 말이 아니라 요즘 성우 씨가 널 너무 소홀히 대하는 것 같아서. 생일 때도 안 나타나고. 너도 요즘 통 얼굴 볼 수가 없다며? 물론 인기가 많아서 바쁘다는 건 알겠는데 문제는 계속 스캔들이 나고 심상치가 않다는 거지. 이럴 땐 적당한 자극을 주는 것도 나쁘지 않다니깐. 그래야만 위기의식을 느끼고 정신을 바짝 차린다고."

효정이 맞장구를 쳤다.

"그래, 맞아. 남자들은 자기 여자다 싶으면 일단 안심하는데 그 안심이 무심으로 변한다잖아. 그러니까 필요에 따라 자극을 줘서 위기의식을 느끼게 하는 거야."

하긴 맞는 말이다. 요즘 성우를 보면 확실히 예전 같지 않다는 생각이 들었다. 뭔지 모르지만 목소리나 대하는 태도에서도 이전과 달리 막이 한 겹 있는 것 같은 거리감이 느껴졌다. 아이를 임신한 희진으로서는 초조하고 불안할 수밖에 없었다. 미주가 목소리를 낮추더니 은밀하게 말했다.

"실은 내가 레이더망을 좀 돌려봤는데, 성우 씨하고 스캔들 난 그 소라라는 계집애 있잖아. 집안이 보통이 아니던데?"

효정이 눈을 동그랗게 물었다.

"어떤 집안인데?"

"걔네 아버지가 케이블 H채널하고 드라마 제작사 명인 엔터테인먼트를 비롯해 미디어재벌로 불리는 KL그룹의 대주주래!"

미영이 소리쳤다.

"어머머, 진짜? 어쩐지. 그 계집애 노래도 별론데 나오자마자 방송국 여기저기서 엄청 밀어줘서 이상하다 생각했더니. KL그룹이면…… 오 마이 갓!"

미주가 말했다.

"그러니까 희진이 너 정신 똑바로 차려. 스캔들이라고 그러려니 하지 말고. 솔직히 성우 씨 입장에서야 그 계집애하고 잘 지내서 나쁠 것 없잖아."

효정이 눈짓을 하며 팔꿈치로 미주의 옆구리를 찔렀지만 이미 희진의 기분은 우울하게 가라앉은 다음이었다. 얼마 전 인기 가요 생방 끝나고 밴에서 그토록 오래 통화한 건 단지 일 때문이었을까.

성우보다 더 마음에 걸리는 건 매니저 태진이었다. 성우의 성공, 아니 자신의 성공을 위해서라면 물불을 가리지 않는 사람이기에 혹시라도 그 사람이 소라를 의도적으로 성우에게 접근시킨 게 아닌가 하는 의심이 들었던 것이다. 사실 희진도 어떻게 보면 태진이 다리를 놓아 성우와 사귀게 된 것이라 해도 과언이 아니지 않은가.

효정이 물었다.

"소라가 누구 딸이건 그게 무슨 상관이야? 설마 성우 씨가 희진이 두고 설마. 아무튼 그건 그렇고 어서 얘기해 봐. 그날 정말 별일 없었던 거야?"

멍하니 있던 희진이 얼른 대답했다.

"응? 응. 아무 일도 없었어."

미주가 놀라는 표정으로 말했다.

"민찬기 그 사람 의외로 상당히 젠틀하네? 정말 털끝 하나 안 건드렸다고?"

"그렇다니까. 그 사람 호텔방에서 자지도 않았어. 일어나면 전화하라고 쪽지를 남겼기에 전화했더니 호텔방으로 올라왔더라?"

미영이 말했다.

"말도 안 돼. 어떻게 너 같은 여자를 안 건드리고 그냥 둘 수가 있어? 혹시 그 사람 게이 아냐? 요즘은 근사한 남자 중에 게이가 많다잖아."

미주가 핀잔을 줬다.

"너도 참, 말이 되는 소리를 해라. 그날 희진이 보는 찬기 씨 눈빛 못 봤어? 아주 잡아먹을 기세던데. 무슨 게이가 여자를 그런 눈으로 쳐다보냐?"

효정이 물었다.

"그럼, 그냥 그걸로 끝이야? 깨끗이? 그날 이후로 별다른 연락도 없었고?"

"별일은 없었는데…… 그날 아침에…… 구두를 주던데?"

세 명이 동시에 비명을 질렀다.

"구두?!"

희진이 미영을 노려보며 핀잔처럼 말했다.

"네가 내 구두 벗겨가서 신고 갈 구두가 없었잖아. 그런데 그 남자가 어떻게 알고 구두를 준비해 왔더라고!"

미영이 두 손을 내저으며 말했다.

"아냐, 그런 게."

"아니라니?"

희진이 반문하자 미영이 망설이다가 입을 열었다.

"찬기 씨가 이 얘긴 절대 하지 말라고 했는데……."

희진을 비롯한 세 명의 친구들이 동시에 소리를 질렀다.

"잔말 말고 빨리 얘기해! 무슨 얘기야!"

미영이 잡혀온 죄인 같은 표정으로 조심스레 얘기를 꺼냈다.

"실은 네가 술에 취해서 구두를 나한테 주길래 구두 없으면 어떻게 집에 가냐고 내가 극구 안 받는다고 하니까 옆에 있던 찬기 씨가 괜찮다면서 걱정하지 말고 받으라고 그러는 거야. 뒷일은 자기가 알아서 할 테니까 아무런 걱정도 하지 말라면서."

미주와 효정이 서로의 얼굴을 마주보며 중얼거렸다.

"뭐야, 이거? 상당히 수상한 냄새가 나는데? 그럼 찬기 씨가 희진이한테 구두를 주려고 미리 작정하고 있었단 얘기잖아. 이거 상당히 공들인 냄새가 나는데?"

미주가 희진을 보고 물었다.

"그 구두 뭐야? 그냥 고만고만한 거야?"

희진이 머뭇거리다가 기어들어가는 소리로 말했다.

"체사레 파조티……던데?"

미주와 희진이 동시에 탄성을 내질렀다.

"체사레 파조티?"

미영이 눈을 동그랗게 뜨고는 물었다.

"그거 좋은 구두야?"

효정이 말했다.

"좋다 뿐이니? 얘야, 서당 개 삼년이면 풍월을 읊는다던데 너도 이젠 그 촌티 좀 벗을 수 없니? 체사레 파조티! 세상에서 가장 섹시한 구두라는 별명이 붙은 이태리 명품 수제 구두란다."

희진이 말했다.

"이상하다? 찬기 씨 말로는 내가 구두 없는 게 생각나서 아침에 급하게 구두 매장을 수소문했더니 마음에 드는 게 없어서 자기 엄마한테 부탁을 했다고 하던데?"

미주가 질투가 뚝뚝 떨어지는 눈으로 희진을 보며 소리쳤다.

"이상하긴 뭐가 이상해? 모든 게 처음부터 계획적이었다는 소리지. 그러니까 지금 네 말은 디자이너 조혜숙 선생님이 직접 고른 구두를 민찬기가 너한테 선물했다 이거지?"

효정이 미주의 말을 얼른 정정했다.

"그게 아니지. 디자이너 조혜숙 선생님이 직접 구두를 골라서 아들 민찬기의 여자 친구인 양희진에게 선물로 줬다는 게 더 정확한 표현이 아닐까? 이거 뭐니, 뭐니? 진짜 장난이 아닌 거잖아!"

그러고 보니 희진도 이상한 생각이 들었다. 그날 아침엔 워낙 정신이 없었던 데다 뜻밖의 선물에 마음이 빼앗겨 별다른 생각 없이 넙죽 받았는데, 실은 구두의 브랜드가 체사레 파조티라는 것도 당시엔 알지 못했지만, 지금 생각해 보니 그렇게 단순한 선물이 아닐 수도 있겠단 생각이 들었던 것이다.

희진이 뭔가에 홀린 것처럼 얼떨떨한 기분에 사로잡혀 있을 때 마침 휴대폰이 울렸다. 휴대폰을 본 희진이 숨을 들이켰다. 운명이 장난이라도 치는 것처럼 '민찬기'라는 발신자 이름이 찍혀 있었던 것이다. 희진이 난감한 표정을 짓자 효정이 물었다.

"민찬기?"

희진이 고개를 끄덕였고 미영이 호들갑을 떨었다.

"오…… 마이 갓……! 한쪽엔 박성우, 다른 한쪽엔 민찬기……! 이건 차라리 비극이다, 비극!"

미주가 재촉했다.

"뭐해? 전화 안 받을 거야?"

망설이던 희진이 어쩔 수 없이 휴대폰을 받았다. 활기찬 찬기의 목소리가 넘어왔다.

"뭐하고 있어요? 특별한 일 없으면 같이 저녁이나 하죠."

희진의 얼굴에 거의 달라붙는 것처럼 양쪽에서 바싹 귀를 대고 통화를 엿듣던 미주와 효정이 알았다고 하라며 손짓발짓으로 압력을 넣었다.

"감사한데 전 지금 친구들하고 저녁…… 읍!"

효정이 희진의 입을 틀어막고 말했다.

"우린 됐거든? 그냥 너 없이 우리끼리 수다 떨면서 먹는 게 훨씬 재밌거든? 그러니까 분위기 깨지 말고 찬기 씨하고 둘이 오붓한 시간이나 보내셔!"

미영이 얼른 덧붙였다.

"니 스테이크는 내가 대신 먹어 줄게. 계산서는 나중에 따로 청구할 테니까. 헤헤."

미주와 미영도 눈에 힘을 주고 노려봤다. 희진은 다른 생각을 할 겨를도 없이 떠밀리듯 대답했다.

"알았어요."

운명엔 가끔 반전이 숨어 있다

 근처에 있었는지 찬기는 약속을 하고 불과 몇 분도 지나지 않아 흰색 포르쉐 박스터를 희진의 앞에 갖다 댔다. 박스터 안에서 찬기가 환하게 웃으며 손을 흔들었다. 하늘색 버티칼 스트라이프 남방에 청바지 차림의 그는 전날보다 한결 편안하고 캐주얼해 보였다.
 "타요!"
 장난감을 확대한 것 같은 스포츠카의 귀여운 외양과 스타일리시한 찬기의 외모는 카메라만 갖다 대면 그대로 화보 사진으로 써도 손색이 없을 것처럼 멋있었다. 하긴 대한민국 최고의 의상디자이너의 아들로 본인 역시 의류 사업을 하고 있으니 당연한 일인지도 모른다. 희진은 길 가던 주위 사람들의 선망과 호기심이 가득한 시선을 한꺼번에 받으며 박스터에 올랐다.
 찬기가 조수석에 탄 희진의 발을 보고는 실망한 표정으로 물었다.

"어? 내가 선물한 구두 안 신고 다녀요?"

"아무 때나 편하게 신을 수 있는 구두는 아니잖아요. 오늘 만날 줄 알았으면 신고 나왔을지도 모르죠."

찬기가 입맛을 다시며 말했다.

"내가 원래 미리 약속 잡고 준비하는 걸 별로 안 좋아해요. 아직은 철이 없어서 그런지 뭐든 즉흥적인 게 좋더라고요. 나이 든 분들은 걱정스럽게 보기도 하는데 전 사업도 그렇고 사람을 만날 때도 그렇고 순간적인 느낌이 중요하다고 생각해요. 순간의 감정은 비교적 진실에 가깝지 않나요?"

"그럴 순 있겠지만 그렇게 되면 진실의 순간이 너무 짧은 거 아닐까요?"

찬기가 빙긋 웃으며 대답했다.

"어차피 영원한 진실이라는 건 없는 겁니다. 진정으로 진실한 순간은 우리가 상상하는 그 이상으로 짧을 수도 있고요."

찬기가 몸을 숙이더니 희진의 안전벨트를 매 주었다. 얼굴이 닿을 것처럼 몸을 스치는데 바디 로션 향인지 기분 좋은 냄새가 났다. 가까이서 보니 그의 남방은 희진이 가장 좋아하는 브랜드인 디올 옴므였다.

"왜 찬기 씨 회사 옷을 안 입고 남의 브랜드를 입어요?"

"생각해 봐요. 내가 단순한 직원도 아니고 드림 컬쳐 옷을 입고 편하게 놀 수 있겠어요? 최소한 업무 외 시간에는 그 무엇에도 얽매이지 않고 자유롭고 싶다구요."

찬기가 액셀을 밟자 박스터가 부드럽게 앞으로 나아갔다. 낮은 차체 덕분에 달리는 중에도 마치 도로 위에 편안히 앉아 있는 것 같은 안정감이 느껴졌다. 둘은 이제 막 어둠이 내려앉는 거리 풍경을 말없이 감상하며 도심을 가로질렀다.

얼마 후 스포츠카는 올림픽 대로 위를 달리고 있었다. 박스터가 오픈카여서 희진은 모처럼 시원한 밤바람을 마음껏 맞을 수 있었다. 혼란스럽고 답답하던 기분이 한꺼번에 날아가는 것 같았다.

운전을 하던 찬기가 큰소리로 말했다.

"나한테 궁금한 거 없어요?"

희진이 잠시 생각하다가 툭 던지는 것처럼 물었다.

"옷은 많이 팔려요?"

찬기가 픗 하고 웃음을 터뜨렸다.

"그렇게 물으니까 제가 꼭 보따리 옷장사가 된 기분인데요?"

희진이 약간은 짓궂은 투로 반문했다.

"규모는 다르겠지만 따지고 보면 그게 그거 아닌가요?"

찬기가 의외로 정색을 했다.

"일반 옷이 아니고 명품 브랜드로 키우는 과정이기 때문에 옷이 팔리는 것보다 이미지를 만들어 가는 게 우선이죠. 다시 말해 많이 팔리는 것보다 누가 입느냐, 고객이 우리 옷을 입고 얼마나 자부심을 느끼게 하느냐가 더 중요하다는 얘깁니다. 단순한 옷장사와 의류 사업을 같다고 할 순 없죠."

순간적으로 찬기의 표정이 굳은 것 같아 희진이 놀리는 것처럼 물었다.

"지금 삐친 거 맞죠?"

찬기가 돌아보고 물었다.

"그래 보여요?"

희진이 고개를 끄덕이자 찬기가 인정했다.

"맞습니다. 다른 건 몰라도 옷에 관한한 제가 고집이 좀 있거든요. 어머니의 영향 때문이기도 하구요."

그제야 희진은 아차 하는 생각이 들었다. 의류 사업을 하는 유명 디자이너의 아들에게 자존심이 상할 법한 얘기였다.

"사과할게요. 주제를 잘못 건드렸네요."

"그렇죠? 만약 사과하지 않았으면 둘이 티격태격 싸우다 헤어졌을지도 몰라요."

"티격태격? 어떻게 싸워요? 이 무식한 여자야, 어떻게 감히 보따리 옷장사와 의류 사업을 같다고 우기니, 뭐 이런 식으로 싸우려고 했어요?"

"아뇨. 희진 씨 말대로라면 희진 씨 아버님은 문구점을 경영하시는 거네요 하고 말할 뻔했거든요."

희진이 숨이 넘어갈 것처럼 웃었다. 그녀의 아버지 회사가 주로 문구 용품을 생산하기 때문이다.

찬기가 차를 세운 곳은 양평에 있는 한 고풍스러운 한옥으로 궁중 음식점이었다. 자주 오는지 한복을 단아하게 입은 여주인이 얼른 알아보고는 방으로 안내했다. 음식점 주인은 깔끔하면서도 단아한 느낌의 한실로 그들을 안내했다. 자수로 수를 놓은 원앙새가 사이좋게 마주보는 병풍이 한쪽 벽면을 가리고 있어 마치 신혼 방에 들어선 듯한 묘한 기분이 들었다.

찬기가 물었다.

"희진 씨답지 않게 왜 그렇게 주눅이 들어 있어요? 왜요? 여기 마음에 안 들어요?"

희진이 어깨를 움츠리고 말했다.

"아뇨. 좋은데, 그런 거 있잖아요. 전통 한옥에 오면 괜히 몸가짐도 조심해야 할 것 같고 목소리도 작아지고."

희진이 겁먹은 표정으로 어깨를 으쓱하자 찬기가 웃음을 터뜨리며 말했다.

"희진 씨한테도 그런 면이 있었어요? 좀 더 편한 곳으로 갈 걸 그랬나? 어머니가 만나는 분들 중에 전통적인 걸 좋아하는 분들이 많아서 자주 오거든요. 아무도 희진 씨한테 뭐라고 하지 않을 테니까 마음대로 편하게 행동해요."

찬기가 그윽한 눈빛으로 희진을 건너다보다가 불쑥 말했다.

"참, 그날 내가 호텔방까지 술 취한 희진 씨를 업고 갔는데. 혹시 기억나요?"

허걱.

순간 희진의 볼이 발갛게 달아올랐다.

'이 남자 그 얘길 왜 지금 하는 거야? 차라리 자기만 알고 있던가. 그날의 굴욕적인 일들을 생각날 때마다 하나씩 꺼내서 놀려 먹겠다는 거야, 뭐야? 맙소사!'

만취한 자신을 낑낑대며 호텔방까지 업고 가는 찬기의 모습을 상상하자 갑자기 방바닥이 꺼지는 것 같은 아득함이 밀려들었다.

찬기가 희진의 눈을 빤히 들여다보며 짓궂게 물었다.

"어때요? 이제 좀 괜찮아 졌어요?"

희진은 이 남자가 또 무슨 꿍꿍이로 이러나, 그의 입에서 무슨 소리가 튀어나오려나 전전긍긍하며 상처 입은 고슴도치마냥 가시를 세우고 반문했다.

"뭐, 뭐가요?"

"긴장 풀라고 농담 삼아 한 소린데 이제 괜찮냐고요?"

그러고 보니 조금 전까지의 어색하고 굳어 있던 몸이 한결 편안해진 느낌이었다.

"식사하는데 긴장하면 체하잖아요."

귀엽게 웃는 찬기의 웃음에 어이가 없어 같이 웃는데 그가 재빠르게 덧붙였다.

"다 농담은 아니에요. 호텔방까지 업고 간 건 사실이니까. 다행히 그렇게 무겁진 않았지만."

허걱.

'이 남자, 사람 놀려먹는 악취미 같은 거 있는 거 아냐?'

희진이 인상을 팍 쓰고는 말했다.

"혹시 그날 있었던 일중에서 아직 말하지 않은 그 뭐냐, 거시기한 일들 있으면 지금 다 털어 놓기에요?"

장난기가 가득하던 찬기의 눈빛이 문득 진지하게 변했다.

'무슨 배우도 아니고 어떻게 표정이 저렇게 순식간에 변할 수 있을까.'

희진은 찬기의 입에서 무슨 소리가 나올지 긴장하며 침을 꼴깍 삼켰다. 찬기가 심각하게 말했다.

"일단 밥부터 먹고 얘기하죠!"

찬기의 말이 끝나자마자 방문이 열리더니 음식이 들어왔다. 희진은 얄밉게 그를 노려봤지만 이내 웃을 수밖에 없었다. 눈과 입을 즐겁게 해줄 음식들이 눈앞에 가득한데 어떻게 화를 낼 수 있겠는가.

궁중 떡볶이, 너비아니, 신선로 같은 음식부터 이름도 생소한 동아 만두, 달콤한 유밀과에 이르기까지 하나같이 독특한 맛에 입맛을 돋우는 음식들이었다. 평소 맛보기 어려운 음식들이 많아 희진은 모처럼 포식을 했고 탁월한 찬기의 선택에 좋은 점수를 줄 수밖에 없었다. 궁중 차까지 마시고 난 후 둘은 음식점 밖 연못 주위를 거닐었다.

오늘의 찬기는 클럽에서 봤던 첫인상하고는 무척 달랐다. 처음 클럽에서 충동적인 키스를 할 때만 해도 하루 재미있게 즐기면 족한, 클럽에서 가볍게 만나고 헤어지는 그렇고 그런 남자로 생각했다.

아침에 그가 구두를 내밀었을 때만 해도 의외라는 생각은 들었지만 이런 진지한 만남으로 이어지리라고는 생각지 못했다. 비록 분위기는 장난스럽고 가벼웠지만 만남 자체가 그런 건 아니었다.

찬기는 그의 말처럼 즉흥적이거나 가볍지 않았다. 그는 술에 취한 희진의 몸에 손끝 하나 대지 않았고 아침에 신을 구두를, 그것도 그냥 구두가 아닌 체사레 파조티를 준비했으며 오늘은 근사한 저녁으로 희진의 마음을 흔들었다. 즉흥적인 것 같지만 그가 준비한 모든 것들은 세심하게 하나하나 신경 쓴 흔적이 곳곳에서 느껴졌다.

좋은 집안에 번지르르한 외모를 가진 남자들에게 흔히 보이는 쿨한 척하는 가벼움이나 무책임한 모습 혹은 천박한 자만심 같은 것도 느껴지지 않았다. 포르쉐 박스터와 궁중 음식점 같은 어울릴 것 같지 않은 신선한 조합을 생각해 낼 수 있는 특별한 감각에도 좋은 점수를 주고 싶었다.

희진은 그에게 급격히 끌리고 있었다. 성우를 만난 후 남자에게 이런 기분을 느끼는 건 처음이었다. 그래서였을까. 찬기가 은근한 목소리로 물었을 때 희진은 자기도 모르게 긴장했다.

"나 어떻게 생각해요?"

"뭐가……요?"

찬기가 사춘기 소년 같은 순진한 표정으로 물었다.

"우리 한번 진지하게 사귀어 볼까요?"

"지, 진지하게요?"

희진은 손발이 오그라드는 기분을 느꼈다.

'맙소사. 나 방금 말을 더듬었어. 으악. 양희진 너 지금 뭐하는 거니. 성우는 어쩌고!'

"네. 진지하게."

희진을 바라보는 찬기의 눈빛이 너무 순수해 마주보기가 겁이 날 지경이었다. 당황해서 어쩔 줄 몰라 하는 희진에게 찬기의 얼굴이 다가왔다. 희진은 무슨 말이든 해야겠다고 생각했지만 그 어떤 말도 입 밖으로 새나오지 않았다. 이미 그의 숨결이 입술에 와 닿고 있었기 때문이었다.

희진은 눈을 감았고 찬기의 마른 입술이 그녀의 입술을 눌렀다. 그의 달콤한 혀가 장난스럽게 밀고 들어왔다. 몸의 한가운데서 호르몬이 솟구치며 짜릿한 쾌감이 전신으로 번져나갔다. 스무 살 이후 이렇게 진지하고 가슴이 콩닥거리는 로맨틱한 키스를 해 본 적이 있던가. 심지어 성우하고의 첫 키스도 이런 느낌은 아니었다.

희진은 자기도 모르게 찬기의 머리를 감싸 안고 끌어당겼다.

'내가 지금 무슨 짓을 하고 있는 거지. 내 손이 왜 제멋대로 움직이는 거지?'

찬기의 손이 윗옷을 헤치며 가슴으로 올라왔을 때 희진은 겨우 정신을 차렸다. 그녀는 찬기를 밀어내고 가쁜 숨을 토해 냈다. 찬기가 열에 들뜬 표정으로 다시 다가오자 희진은 툭 던지는 말로 그를 밀어냈다.

"음식점에서 좀 웃기지 않아요?"

찬기가 벌겋게 달아오른 얼굴로 말했다.

"난 분위기 좋은 연못가를 거닐고 있었다고 생각했는데…… 아닌가요?"

희진이 고개를 흔들었다.

"희진 씨도 좋았잖아요. 대체 뭐가 문제죠?"

글쎄. 뭐가 문제인 걸까. 그건 희진도 알 수가 없었다. 성우 때문인지 아니면 그녀의 뱃속에서 지금도 무럭무럭 자라고 있을 아기 때문인지.

희진은 수상한 눈초리로 찬기를 살피며 물었다.

"찬기 씨는 여자 만날 때 늘 이렇게 진지하게 시작해서 빠르게 진도 나가나요?"

찬기도 어쩔 수 없다는 듯 어깨를 으쓱하고는 말했다.

"아뇨. 지금까진 한 번도 이런 적 없었어요. 실은 전에 런치 파티에서 만난 후로 계속 희진 씨만 생각하고 있었거든요."

희진의 눈이 휘둥그레졌다.

"그게 정말이에요?"

"사실 그날 클럽에 간 것도 우연이 아닙니다."

"뭐예요? 그럼 날 계속 감시했던 거예요? 나 지금 찬기 씨가 무서워지려고 그러는 거 있죠?"

찬기가 손을 내저으며 말했다.

"아, 스토킹 그런 건 아니고. 실은 희진 씨한테 준 그 구두, 원래는 생일 선물로 주려고 진작부터 준비했던 거예요. 아까 얘기했죠? 제가 철이 없어서 그런 깜짝 이벤트를 좋아한다고. 제 이름도 안 밝히고 그냥 희진 씨 집에 가서 전해 주라고 어떤 친구한테 시킬 작정이었어요. 그런데 구두를 가지고 간 그 친구가 전화를 한 거예요. 지금 희진 씨가 밖으로 나가고 있는데 길에서 그냥 전해 줘도 되겠냐고. 절대로 그렇게 할 수는 없죠. 생일 선물을 길바닥에서 주다니요. 결국 난 희진 씨가 어디로 가는지 알아보라고 부탁하고는 급하게 친구들을 불러서 클럽으로 달려간 거예요."

"그랬더니 전 마침 구두를 벗어서 미영이한테 줬고 그 과정에서 찬기 씨가 구두를 안 받겠다는 미영일 부추겼고?"

"어? 그 얘긴 안 하기로 미영 씨하고 약속했는데?"

"충고 한마디 하자면 앞으로 그런 일이 있을 때 제 친구들의 가벼운 입은 절대로 믿지 않는 게 좋을 거예요."

찬기가 빙긋 웃으며 대답했다.

"참고할게요. 그거 무척 소중한 정보군요."

희진은 더 이상 마음속의 혼란을 방치할 수가 없었다. 더 이상 혼란을 방치하다가는 정말 돌아오지 못할 강을 건너게 될지도 몰랐다.
"미안하지만 저, 만나는 사람 있어요."
찬기의 눈빛이 출렁하고 움직였다. 희진은 찬기의 뜨거운 눈빛을 피해 시선을 돌렸다. 가만히 숨을 죽이고 있던 찬기가 나직하게 말했다.
"중요한 건 희진 씨 마음입니다."
"미안해요. 미리 말을 했어야 했는데. 찬기 씨도 좋은 사람인 건 분명하지만 지금 사귀는 사람과 결혼까지 생각하고 있기 때문에."
"가수 박성우를 말하는 겁니까?"
"그걸 어떻게?"
소스라치게 놀라 반문한 희진은 이내 미영과 미주, 효정의 얼굴을 떠올리곤 손으로 이마를 짚었다.
"제 친구들한테 들었군요."
"누구한테 들었는지가 중요합니까? 그걸 알고서도 제 마음이 변하지 않았다는 것, 그리고 희진 씨도 제 저녁 초대를 받아들였다는 게 중요한 거 아닌가요?"
"그건……."
"물론 제가 상대해야 할 사람이 대한민국 대부분의 여자들이 선망하는 최고의 스타라는 건 잘 알고 있습니다. 하지만 제게도 기회를 줬으면 좋겠어요. 당장 어떻게 하자는 것도 아니고 그냥 공평하게 몇 번의 기회만 달라는 겁니다. 아까 한 말 기억해요? 진실의 순간은 짧다고. 박성우를 만난 희진 씨의 선택은 적어도 날 만나기 전에 이루어진 겁니다. 날 포함시켜서 다시 생각해 봐요."

희진은 찬기의 얼굴을 보며 한숨을 쉬었다. 지금 찬기의 표정엔 수줍은 소년 같은 순수한 느낌이 묻어났다. 정말 다양한 표정과 분위기를 가진 그는 배우를 했어도 꽤 성공했을 것 같다는 생각이 들었다.

솔직히 희진도 그와의 끈을 완전히 놓치고 싶지 않았다. 최근 성우의 우유부단한 모습에 실망한 것도 사실이었다. 물론 무대에서 노래하는 그의 모습은 늘 희진의 마음을 흔들어 놓았지만 일상에선 그렇지 못했다. 미주의 말처럼 약간의 자극이 필요했다.

희진이 조심스럽게 입을 열었다.

"부담스럽게만 하지 않으면 친구처럼 만날 수는 있어요."

찬기가 환하게 웃으며 답했다.

"그 정도면 충분해요!"

찬기가 희진을 와락 끌어안았다. 어쩐 일인지 선뜻 그를 밀어낼 수가 없었다. 그의 강한 심장 박동 소리가 희진의 가슴에 전해졌고 따스한 체온이, 숨결이 뺨과 목덜미에 느껴졌다. 그가 희진을 가두고 있던 팔을 풀며 말했다.

"이만 갈까요?"

희진이 고개를 끄덕였다.

포르쉐 박스터는 두 사람을 태우고 빠르게 강변도로를 질주했다. 희진은 눈앞을 스치는 강변의 야경을 보며 성우와 찬기, 그리고 그녀의 미래에 대해 생각했다.

희진의 상념을 깨트린 건 고막을 찢을 것 같은 커다란 경적 소리였다. 희진이 고개를 돌렸을 때 눈앞으로 거대한 빛이 덮치듯 달려

들었다. 찬기가 비명을 지르며 핸들을 틀었다. 포르쉐 박스터의 타이어가 찢어지는 것 같은 소름끼치는 마찰음을 냈다. 그 소리는 희진의 심장도 무섭게 찢어 놓았다. 박스터가 빙글 한 바퀴 돈다는 느낌이 드는 순간 말 몇 마디로 표현하기 힘든, 온몸이 부서지는 것 같은 엄청난 충격이 전신을 덮쳐왔다.

비명을 지를 사이도 없이 몸이 어딘가로 날아가는 느낌이 들었고 의식이 끊겼다. 희진은 어둠의 심연으로 빨려 들어갔다. 그 무엇도 들리지 않았고 볼 수 없었다. 무한한 우주의 한가운데 버려진 것 같은 끔찍한 공포가 사방에서 엄습해 왔다. 소리를 낼 수도 눈을 뜰 수도 없었다.

그렇게 얼마의 시간이 흘렀을까. 어디선가 소곤대는 것 같은 작은 소리가 들려왔고 아득한 곳에서 희미하게 빛이 달려오고 있었다. 빛은 빠르게 희진을 덮쳤고 그녀를 집어던지는 것처럼 내동댕이쳤다.

처음 눈을 떴을 때 희진은 무슨 일이 일어났는지 전혀 알지 못했다. 그녀는 풀밭에 누워 있었다. 누워 있던 그녀가 몸을 일으키자 도로의 불빛들이 흐릿하게 하나둘 시야에 들어왔다. 어둠이 내려앉은 강변도로에 자동차들이 줄지어 늘어서 있었고 번쩍거리는 구급차의 경광등도 보였다.

많은 사람들이 사고 현장에 몰려서 뭐라고 외치고 있었지만 희진의 주변엔 아무도 없었다. 그녀는 현장에서 조금 떨어진 풀밭에 앉아 있었다. 오픈카였던 탓에 사고가 나는 순간 이곳까지 튕겨 나온 모양이었다.

희진은 여기도 사람이 있다고 외치고 싶었지만 충격 탓인지, 성대에 문제가 생긴 건지 소리가 입 밖으로 새나오지 않았다. 그녀는 힘겹게 몸을 일으켰다. 머리도 멍했고 전신이 욱신거리는 느낌은 있었지만 다행스럽게도 크게 다친 곳은 없는 듯했다.

희진은 절뚝거리면서 사람들을 향해 다가갔다. 포르쉐 박스터가 길가 전봇대에 부딪혀 종이 짝처럼 처참하게 망가진 모습이 시야에 들어왔다. 반대편 차선에는 육중한 트럭이 논두렁에 처박혀 있었다. 희진의 기억으론 트럭의 거대한 불빛이 중앙선을 넘어 왔고 찬기가 핸들을 트는 과정에서 사고가 났던 것 같다.

'찬기 씨는 어떻게 됐을까?'

불길한 예감에 자꾸만 몸서리가 쳐졌지만 찬기도 자신처럼 무사하길 기도했다. 희진이 현장을 지휘하는 구급 대원에게 뭐라고 말을 붙이려는 순간 하얀 시트가 덮인 들것이 앞으로 지나갔다. 순간 어릴 적 지독한 열 감기에 걸렸을 때 느꼈을 법한 무시무시한 오한이 전율처럼 전신을 휘감아 왔다.

희진은 알 수 없는 공포에 사로잡혀 화들짝 뒤로 물러났다. 어디선가 바람 한줄기가 불어와 들것의 시트를 살짝 벗겨냈다. 시트 안에서 익숙하지만 너무나 낯설게 보이는 얼굴이 모습을 드러냈다. 들것에 누워 있는 사람은 다름 아닌 양희진 그녀였다. 구급대원이 벗겨진 시트를 얼른 다시 덮었다.

잠깐만요!

희진이 그렇게 외치며 구급대원의 팔을 잡았지만 손에 잡히는 건 아무것도 없었다. 웬일인지 그녀의 손은 허공을 휘저었다. 들것에서 창백한 팔 한 짝이 시트 밖으로 나와 축 늘어졌다. 팔의 손등에 작은 흉터가 보였다. 어릴 때 장난을 치다가 송곳에 찔린 흉터였다. 아직도 응고되지 않은 새빨간 피는 그 가늘고 하얀 팔을 타고 바닥으로 흘러내렸다.

말도 안 돼!

희진은 전율에 사로잡혀 자기 팔을 들어보았다. 팔이 기이할 정도로 창백했다. 아니 투명하다는 말이 더 정확한 표현일 것이다. 몸의 감각도 확실히 이전과 달랐다. 심장에 구멍이 뻥 뚫린 것처럼 마음이 한없이 공허했고 몸은 표현이 어려울 만큼 가벼웠다. 그냥 가벼운 정도가 아니라 풍선처럼 위로 둥둥 떠오를 것처럼 가벼웠다. 달의 중력이 지구의 6분의 1이라는데 그녀에게 지금 그녀를 잡아당기는 중력의 크기는 그것보다 훨씬 작을 것 같았다.

뒤쪽에서 고통을 호소하는 비명이 들려왔다. 멍하니 넋을 놓고 있던 희진은 화들짝 놀라 고개를 돌렸다. 소리는 앞쪽에 있던 또 다른 구급차에서 들려왔다. 희진은 사람들을 헤치고 구급차로 다가가다가 멈칫했다.

처음엔 뭐가 이상한지 알지 못했다. 그녀는 방금 그녀가 지나온 곳을 돌아봤다. 사람들이 빽빽하게 서서 구조작업을 하느라 바빴다. 그녀는 그 사람들 사이를 지나온 게 아니라 그대로 통과해서 왔던 것이다.

맙소사, 이게 뭐야? 내가 죽어서 귀신이 된 거야?

희진은 경악했다. 그녀는 벌벌 떨며 바로 앞에 있는 남자를 향해 손을 뻗었다. 분명 남자의 등이 손끝에 닿아야 하는데 손은 계속 앞으로 나아가더니 급기야 남자의 등을 관통해 몸속으로 쑥 들어갔다.

히익!

희진이 놀라 손을 빼는 순간 옆에 서 있던 남자가 그녀의 몸을 통과해 지나갔다. 희진은 그 자리에 선 채로 얼어붙은 사람처럼 몸을 움직일 수가 없었다. 곧이어 주위에 있던 다른 사람들도 우르르 그녀의 몸을 통과해 지나갔다. 사람들이 그녀의 몸을 통과할 때마다 파도가 치는 것처럼 몸이 출렁거렸다. 그때 누군가의 비명 소리가 들려왔다.

"아악! 아프단 말야! 살살 좀 해 줘! 아악!"

비명을 지르는 찬기의 소리에 희진은 겨우 정신을 차렸다. 그녀와 달리 그는 살아 있었다. 너무나 무섭고 슬퍼서 울고 싶은데 이상하게 눈물이 나오지 않았다. 희진은 소리가 들려온 구급차로 다가갔다. 역시 들것에 누워 머리와 다리에 부목을 대고 고통을 호소하는 찬기의 모습이 보였다. 비록 온몸이 피투성이고 부상을 입었지만 그는 분명 살아 있었다.

그랬다. 그는 살고 그녀는 죽었다. 희진은 지금 꿈을 꾸고 있다고 생각했다. 그것도 세상에서 제일 지독한 악몽을 꾸고 있다고 생각했다. 견딜 수 없는 건 이 끔찍한 악몽에서 영원히 못 깨어날 수도 있다는 막연한 두려움이었다.

아악!

희진은 공포에 사로잡혀 비명을 질렀다. 순간 주변의 공기가 꿈틀하고 움직인 것 같았고 사람들이 어리둥절한 표정으로 고개를 돌렸다. 하지만 그뿐이었다. 사람들은 눈앞에 그녀가 있음에도 전혀 시선을 맞추지 못했다.

저기요, 나 안 보여요? 이봐요!

희진이 사람들을 한 명씩 따라다니며 소리쳤지만 아무도 돌아보지 않았다.

찬기 씨!

희진이 구급차에서 신음하는 찬기의 옆으로 다가가려 할 때 하늘에서 빛이 한줄기 내려오더니 그녀를 감쌌다. 빛이 몸을 감싸는 순간 희진의 몸이 풍선처럼 허공으로 떠올랐다. 희진은 직감적으로 영혼이 이승을 떠나려 하고 있다는 걸 알았다. 그녀가 울부짖었다.

안 돼! 난 이렇게 죽을 수는 없어! 너무 억울하단 말이야! 싫어, 싫단 말이야!

희진은 누구에게랄 것도 없이 허공에 대고 마구 소리를 질렀다. 하지만 몸은 점점 가벼워지며 하늘로 올라갔다. 그녀의 영혼이 지상에서 3~4미터쯤 허공으로 떠올랐을 때였다. 어디선가 그녀를 부르는 소리가 들려왔다. 소리는 묘한 울림을 품고 있었고 귀가 아닌 머릿속 어딘가에서 들려왔다.

희진아, 여기야, 여기!

소리에 귀를 기울이는 순간 몸이 조금 무거워진 느낌이 들었다. 희진이 필사적으로 외쳤다.

누구세요? 제발 절 붙잡아 주세요! 전 아직 죽고 싶지 않다고요!

그러자 희진의 외침에 답이라도 하듯 조금 전의 그 소리가 다시 들려왔다. 이번엔 머릿속이 아닌 외부 어딘가에서 소리가 들려왔다.

여기야, 소리에 귀를 기울여 봐!

희진은 소리에 귀를 기울이고 집중했다. 그러자 신기하게도 중력의 힘이 커지는가 싶더니 발이 땅에 닿았다. 이번엔 훨씬 분명하게 소리가 들려왔다. 가녀린 여자의 목소리였다.

이쪽이야.

희진은 소리가 나는 쪽으로 고개를 돌렸다. 어두운 풀밭 먼 쪽에서 희미하게 빛이 보였다. 빛에는 그녀의 영혼을 끌어당기는 강력한 힘이 있었다.

희진은 빛을 향해 걸음을 내딛었다. 잠시 후 그녀의 영혼은 어마어마하게 빠른 속도로 빛을 향해 빨려 들어갔다. 그녀는 하늘을 날고 있었다.

취객 조심

혜정은 옥상으로 나서자마자 눈앞의 어둠을 향해 거친 욕설을 쏟아냈다.

"에라이…… 잡놈아! 접시 물에 코나 처박고 뒈져라아아아앗! 에이이이잇! 퉤퉤퉤!"

아무것도 없는 어두컴컴한 허공을 향해 침까지 뱉어가며 식식거리던 혜정은 그래도 분이 풀리지 않는지 발까지 동동 구르며 악을 써댔다.

"어우우, 억울해! 어우, 짜증나서 미치겠네, 어우우 진짜!"

그때 옥상으로 올라오는 계단에서 혀 꼬부라진 남자의 목소리가 들려왔다.

"뭐라고 이년아? 너 방금 그거 나한테 한 소리지?"

혜정이 어둠 속에서 스윽 모습을 드러낸 남자를 보곤 끔찍한 표정을 지었다.

"저 화상이 여기까지 쫓아온 거야? 나, 어떡해!"

사색이 된 혜정을 향해 와이셔츠를 입고 머리에 넥타이를 묶은 50대 남자가 비틀거리며 다가왔다. 언뜻 봐도 거하게 취한 남자는 갈지자걸음으로 옥상을 가로질러 혜정에게 다가가서는 앞을 막아섰다. 남자가 벌건 눈을 부릅뜨고는 금방이라도 한 대 칠 것 같은 표정으로 위협했다.

"니가 도망 가봤자 부처님 손바닥 안이지, 가긴 어딜 가! 그리고 뭐? 접시 물에 코나 처박고 뒈져라?"

혜정이 난감한 표정으로 중얼거렸다.

"아뇨, 그게 아니고 그냥 혼자한 소린데."

"이년이 지금 사람을 놀리나? 에이, 썅!"

남자가 갑자기 혜정의 머리채를 확하고 휘어잡았고 혜정의 입에서 비명이 튀어나왔다.

"이년이 보자보자 하니까 이젠 머리 꼭대기까지 기어오르네?"

"아악! 아파요! 이거 놔요! 놓으란 말야!"

혜정이 비명을 지르며 버둥거렸지만 남자는 막무가내였다.

"이년아, 내가 그동안 너한테 쏟아 부은 돈이 얼만데 니가 내 말을 안 들어? 너 오늘 내 손에 한번 죽어 봐라!"

그러면서 남자가 무자비하게 머리채를 잡고 뒤흔들었다. 비틀거리며 혜정이 비명을 질러댔다.

불을 끄고 잠자리에 누웠던 영수와 지호는 밖에서 들려오는 소란스러운 소리에 벌떡 일어나 창문으로 달려갔다. 건물 지하에 단란주점이 있어 가끔 취객들이 옥상으로 올라와 한 번씩 소란을 피우곤 하지만 오늘처럼 요란하게 난리가 난 적은 없었다. 창문으로 두 사람의 실랑이를 지켜보던 지호가 걱정스럽게 말했다.

"저 아저씨 정말 나쁘다, 그치? 힘없는 여자를 괴롭히는 게 제일 나쁜 사람이라고 엄마가 그랬는데."

함께 지켜보던 영수가 심호흡을 하고는 긴장한 목소리로 말했다.

"아무래도 가서 도와줘야 될 것 같아."

영수가 문을 열고 나가려하자 지호가 손을 꼭 붙잡고 말했다.

"아빠, 엄마가 술 취한 사람들은 조심하라고 했잖아. 그리고 절대 참견하지 말라고 그랬잖아!"

예전에 영수가 취객들에게 붙잡혀 호되게 봉변을 당하고 지영이 많이 속상해한 적이 있었는데 지호는 아직도 그때 일을 기억하고 있던 모양이었다.

"이번엔 잘해 보도록 할게."

"어떻게 할 건데?"

막상 지호가 묻자 영수는 대답할 말이 없었다. 그저 가만 있어서는 안 되겠단 생각이 들어 나가긴 하지만 머릿속은 그야말로 하얗게 비어 있었던 것이다. 영수는 지호에게 불안한 미소를 지어 보인 후 방문을 나섰다. 영수는 뒤엉켜서 악을 쓰고 있는 두 사람에게 다가가 어정쩡하게 소리쳤다.

"자, 잠깐만요! 스톱! 스톱!"

하지만 남자는 영수의 소리는 들은 체도 하지 않고 계속 혜정의 머리채를 쥐고 흔들며 소리를 질러댔다.

"이년아, 너 내가 누군지 알지? 그러니까 알아서 잘 모시고 말도 잘 들으라 그랬지? 무릎 꿇어! 무릎 꿇으라고, 이년아!"

여자가 영수를 보고 소리쳤다.

"그렇게 보고만 있지 말고 제발 좀 도와줘요! 아저씨, 뭐해요!"

남자가 무자비하게 머리를 쥐고 흔들자 혜정이 결국 울면서 바닥에 무릎을 꿇었다. 남자가 나머지 한 손으로 바닥에 엎드린 혜정의 머리를 사정없이 후려쳤다. 혜정이 비명을 지르며 바닥에 픽 쓰러졌고 남자가 주먹을 치켜드는 순간 영수가 뛰어들었다.

영수가 남자의 팔을 붙들고 말했다.

"아저씨, 자, 잠깐만요. 말로 하세요, 말로!"

하지만 이미 이성을 잃은 남자는 허연 눈을 희번덕거리며 으르렁거렸다.

"이거 안 놔? 이 새끼 봐라? 니가 뭔데 겁 대가리 없이 끼어들어? 너 내가 누군지 알아?"

"예. 손은 놓아 드릴 텐데 그 전에 폭력은 쓰지 않겠다고 약속을 하셔야……."

하지만 영수는 마저 말을 맺지 못했다. 남자가 머리로 영수의 얼굴을 있는 힘껏 들이받았던 것이다. 영수가 "어이쿠!" 소리와 함께 뒤로 나자빠졌고 이내 코피가 줄줄 흘렀다. 하지만 남자는 개의치 않고 쓰러진 영수의 배를 걷어찼다. 영수가 비명을 지르며 바닥을 뒹굴었다.

"너 이 새끼, 니가 저년 기둥서방이야, 뭐야? 내가 여기 구의원이야, 구의원! 이 겁 대가리 없는 새끼야!"

남자는 혜정의 머리를 놓아 준 후 마치 화풀이하듯 쓰러져 있는 영수를 마구 밟고 걷어찼다. 그때 쓰러졌던 혜정이 벌떡 일어났다. 그녀는 "이 나쁜 새끼야!" 하고 소리를 지르며 달려와서는 남자의 발을 하이힐로 있는 힘껏 밟았다. 남자가 '아악!' 하고 발을 붙잡고 바닥을 뒹굴자 혜정이 얼른 영수에게 달려갔다. 얼굴이 피범벅이 된 영수를 보고 혜정이 안타깝게 소리쳤다.

"어떻게? 이 피 좀 봐? 아저씨, 괜찮아요?"

고개를 끄덕이던 영수의 시야에 그를 향해 달려오는 지호의 모습이 보였다. 영수는 얼른 팔뚝으로 얼굴의 피를 닦고는 일어났다. 지호가 울면서 달려와 영수의 품에 안겼다.

"아빠!"

"그래, 괜찮아. 아빠, 괜찮아."

그때 쓰러져 있던 남자가 욕설을 뱉어내며 몸을 일으켰다.

"니들 연놈들 오늘 다 죽었어."

남자가 주위를 두리번거리더니 영수가 걷어놓은 파라솔로 다가가더니 쇠기둥을 집어 들었다. 혜정이 비명처럼 소리쳤다.

"미쳤어요? 그걸로 사람 때리면 죽는단 말예요!"

남자가 쇠기둥을 들고 다가오며 말했다.

"그래, 너 참 말 잘했다. 오늘 내가 니들 연놈들을 작살을 내버릴라 그런다, 어쩔래?"

영수가 자리에서 일어나며 지호를 꼭 끌어안고는 다급하게 소리쳤다.

"지호야, 얼른 집으로 들어가 있어! 얼른!"

지호가 영수의 팔을 붙잡고 말했다.

"싫어. 내가 아빠 지킬 거야. 나 안 들어가!"

혜정이 영수의 팔을 잡아끌며 소리쳤다.

"아저씨, 얼른 도망가요! 계단 내려가서 일단 피해요! 저 인간 지금 제정신이 아니라서 무조건 피하는 게 상책이라니까요?"

영수가 말했다.

"난 못 가요! 집 안에 아픈 애 엄마가 있어서 안 돼요!"

혜정이 뒷걸음질 치며 답답하다는 듯 말했다.

"저 인간은 우리 뒤를 쫓아올 테니까 괜찮을 거예요! 어서 가자니까요!"

"안돼요! 지호나 데리고 먼저 내려가요! 어서!"

다급한 영수의 말이 끝나자마자 남자가 쇠기둥을 휘두르며 괴성과 함께 달려들었다. 영수는 남자가 내려치는 쇠기둥에 어깨를 맞으며 그에게 달려들었다. 둘은 바닥에 쓰러졌고 남자는 쓰러진 상태로 영수에게 주먹질을 해댔다. 태어나서 단 한 번도 남을 때려 본 적이 없는 영수가 할 수 있는 일은 남자의 주먹을 고스란히 맞으며 얼굴을 가리는 게 전부였다.

지호가 울음을 터뜨렸다.

"우리 아빠 때리지 말아요! 우리 아빠 때리면 안돼요!"

혜정도 발을 구르며 있는 대로 고함을 질러댔다.

"사람 살려요! 도와주세요!"

그때 어떻게 알았는지 옥상으로 경찰이 들이닥쳤다. 혜정과 지호가 말려 달라고 소리쳤고 경찰이 뒤엉켜서 싸우고 있는 영수와 남자를 즉시 떼어냈다. 두 명의 경찰에게 붙잡힌 상태에서도 남자는 계속 난동을 부렸다.

"이거 안 놔? 니네들 어디 소속이야? 나 이 지역 구의원 강인철이야! 니들 강인철 몰라? 서장 오라 그래! 서장!"

남자를 붙잡은 채로 경찰이 소리쳤다.

"구의원님이 이러시면 안 되죠! 일단 경찰서에 가서 말씀하세요!"

경찰 둘이 억지로 남자를 끌고 갔다. 남자는 계단을 내려가면서도 온갖 입에 담지 못할 욕설을 퍼부어 댔다. 나머지 경찰 한 명이 쓰러져 있는 영수에게 다가가 상태를 살폈다. 경찰이 괜찮냐고 묻자 영수가 고개를 끄덕였다. 지호가 영수에게 달려가 얼굴을 끌어안았다.

영수가 지호를 보고 물었다.

"네가 신고했니?"

지호가 고개를 끄덕이며 말했다.

"아까 아빠가 방에서 나가자마자 신고했어. 전에 엄마가 나 불러서 그랬거든. 아빠가 혹시라도 술 취한 사람하고 싸우거나 다른 사람하고 시비 붙으면 어서 경찰에 신고부터 하라고."

경찰이 지호의 머리를 쓰다듬으며 말했다.

"짜식 되게 똑똑하네."

경찰이 혜정을 돌아보고 물었다.

"일행이에요? 둘이 같이 싸운 거예요?"

혜정이 얼른 대답했다.

"아뇨. 저도 피해자예요, 피해자!"

"일단 서하고 경찰서까지 같이 좀 가 주셔야 할 것 같습니다. 서로 과실 여부를 따져 봐야 하거든요."

혜정이 어두운 표정으로 말했다.

"전 가고 싶지 않은데?"

가만히 있던 영수도 끼어들었다.

"저도 괜찮은데요. 그냥 이대로 끝내 주시면 안될까요?"

혜정이 발끈해서 말했다.

"괜찮긴 뭐가 괜찮아요? 그렇게 많이 다쳤는데? 저런 인간은 절대로 가만 두면 안돼요! 경찰서에 가서 맞은 거 다 말해요! 경찰 아저씨! 이 아저씨는 아무런 잘못도 없어요. 저 도와주다가 일방적으로 맞기만 했거든요!"

"그러니까 발단은 아가씨하고 아까 그분이란 얘기 아니에요? 그럼, 아가씨도 당연히 같이 가서 진술을 해 줘야 할 거 아닙니까?"

그때 계단에서부터 시끄러운 소리가 들리더니 건물주인 김 씨와 단란주점 백 사장이 함께 올라왔다. 김 씨가 영수와 혜정을 보더니 길길이 날뛰며 소리를 질렀다.

"이 새벽에 경찰까지 출동하고 이게 뭐하는 짓이야? 동네 창피해서 살 수가 없네. 그리고 내년이면 우리 애가 수능 보는데 시끄러워서 공부를 못하잖아!"

김 씨는 건물 3층에 살고 있었다. 김 씨가 영수와 혜정을 번갈아 노려보면서 말했다.

"내가 이놈의 옥상 때문에 아주 노이로제가 걸리겠다니깐! 어유, 진짜! 옥탑방 저거 세놔 봤자 몇 푼 되지도 않는 거 세 안 받고 옥상문 걸어 놓는 게 속이 더 편하지!"

김 씨의 말에 영수가 놀라서 사정을 했다.

"죄송합니다. 다시는 이런 일 없도록 할게요."

"아유, 필요 없어! 옥상 관리하는 거 아주 지긋지긋해! 툭하면 술 취한 인간들 올라와서 오줌 싸고 토해! 툭하면 한밤중에 싸움질해서 경찰차 불러! 사람이 신경이 쓰여서 어디 살 수가 있어야지! 아무튼 애기 아빠, 그 얘긴 내일 날 밝으면 하기로 하고 이사 갈 생각해! 난 더 이상 세 안 놔!"

그 사이에 백 사장은 장사 말아먹으려고 작정했냐며 혜정을 몰아붙이고 있었다. 어서 내려오라는 무전을 받은 경찰이 영수와 혜정을 돌아보고 말했다.

"두 사람 따라와요!"

영수가 할 수 없이 지호에게 말했다.

"아빠, 금방 돌아올 테니까 문 잘 잠그고 엄마 옆에서 자고 있어, 알았지?"

지호가 울면서 고개를 끄덕였다.

"들어가!"

영수는 지호가 방으로 들어가는 걸 보고나서야 혜정과 함께 경찰을 따라나섰다.

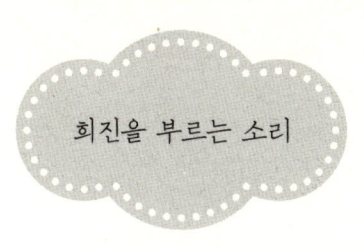

희진을 부르는 소리

 소동을 일으킨 사람들이 경찰과 함께 우르르 옥상을 빠져나가자 주위엔 다시 적막이 내려앉았다. 옥상의 한쪽 구석에서 그 모든 광경을 지켜본 희진은 아직도 왜 자신이 여기 와 있는지 알 수가 없었다. 그녀의 이름을 부르는 소리를 따라 이끌려왔더니 바로 이곳이었고 눈앞에서 그 요란한 소동이 벌어졌던 것이다.

 희진은 아직 슬픔과 충격에서 헤어나지 못한 탓에 방금 눈앞에서 일어난 일에도 아무런 감흥을 느낄 수가 없었다. 투명에 가까운 그녀의 몸과 공허한 마음도 낯설었고 하늘을 날아다니고 발이 땅에서 10센티쯤 떠 있는 지금의 모습도 불편해서 견딜 수가 없었다.

 하지만 가장 두려운 건 세상 사람 그 누구도 그녀를 보거나 그녀의 말을 들을 수 없다는 사실이었다. 희진은 방금 싸운 사람들이 자신을 발견해 주길 바라며 계속 싸우는 주위를 돌며 "저 안 보여요?

여기요! 제 말 좀 들어주세요!"라고 외쳤지만 그녀의 존재를 알아차리는 사람은 없었다. 문득 희진은 자신의 행동이 예전에 본 공포 영화에서 사람들을 쫓아다니며 괴롭히던 귀신의 모습과 조금도 다르지 않다는 사실에 소스라쳤다.

희진은 울고 싶었지만 눈물조차 나오지 않았다. 불과 1시간 전만 해도 그녀는 찬기와 달짝지근한 감정을 주고받으며 세상에서 가장 맛있는 음식을 먹고 있었다. 아무리 주위를 둘러 봐도 세상은 그때와 조금도 달라지지 않았다. 달라진 사람은 오직 그녀, 양희진 한 사람뿐이었다.

다시 1시간 전으로 돌아갈 수만 있다면. 하늘에서 커다란 거인의 손이 내려와 "희진아, 무슨 잠을 그렇게 오래 자니? 그만 일어나!" 하며 어깨를 흔들고 눈을 떴을 때 환하게 웃는 엄마의 얼굴이 시야에 가득 들어온다면 얼마나 좋을까.

희진은 옥상 구석에 쪼그리고 앉았지만 여전히 몸은 10센티쯤 허공에 떠 있었다. 어린 시절 하늘을 날아다니는 걸 소망한 적이 있지만 이런 식은 아니었다. 단단한 지면에 발을 디디고 있다는 게 얼마나 심리적인 안정감을 주는지 그녀는 지금에야 깨달았다.

뭘 해야 될지, 뭘 할 수 있는지 그저 막막할 뿐이고 무섭도록 외로웠다.

'이런 때 따스한 커피 한 모금이라도 마실 수 있다면. 성우의 위로 한마디라도 들을 수 있다면 얼마나 좋을까.'

그때였다. 어디선가 낮은 울음소리가 들려왔다. 소리는 집중해서 귀를 기울이지 않으면 들리지 않을 정도로 작았다.

희진은 소리가 나는 쪽으로 스윽 몸을 움직여 나아갔다. 신기했다. 걸음을 걷는 게 아니라 어디로 가야겠다고 마음을 먹으면 몸이 절로 그쪽으로 움직였다.

소리는 얼마 전 꼬마가 들어간, 불 꺼진 옥탑방에서 흘러나왔다. 분명 아까 아빠 팔에 매달리던 그 꼬마의 울음소리일 것이라는 생각이 들었다. 아마도 아빠가 없어 혼자 무서워 울고 있는 것이리라. 가엾기도 하지.

희진은 본래 어린아이를 좋아하지 않았지만 지금은 어른보다 어린아이가 근처에 있다는 사실이, 그것도 무서워서 훌쩍이고 있는 아이가 있다는 사실이 말할 수 없을 만큼 큰 위안이 되어 주었다.

그녀는 방을 기웃거리며 주변을 맴돌았다. 어떻게든 아이에게 자신의 존재를 알리고 싶었고 아이를 만나 보고 싶었다. 자기도 모르게 옥탑방의 문을 향해 손을 뻗었다. 손은 문 안으로 쑥 들어갔다. 그녀는 안으로 반쯤 사라진 자신의 팔을 바라보며 우울한 표정을 지었다.

'이거 귀신 영화에 늘 나오던 그 장면 맞는 거지? 나 정말 귀신된 거 맞지? 흐흑.'

희진은 인상을 있는 대로 찡그리고 팔에 이어 몸까지 문 안으로 들이밀었다. 마치 세찬 파도를 통과하는 것 같은 약간의 저항이 몸에 느껴진 후 그녀는 어느새 옥탑방 안으로 들어와 있었다.

가만히 서서 어두운 방 안을 찬찬히 살폈다. 창문으로 달빛이 흘러들고 있었지만 그녀는 빛이 필요하지 않았다. 귀신이 되고 나서 새로 생긴 능력 중 하나가 날아다니거나 물체를 통과할 수 있다는 것 외에 밤에도 대낮처럼 앞을 훤하게 볼 수 있다는 점이었다.

희진은 야행성 동물이라도 된 양 어둠 속에 있는 형체들을 또렷하게 볼 수 있었다. 그녀는 문득 자신의 눈에서 짐승의 시퍼런 인광이 뿜어져 나오는 모습을 떠올리며 소스라쳤다. 이어서 그 모습을 본 누군가가 "귀신이다!"란 비명과 함께 심장을 움켜쥐고 쓰러지는 장면을 상상하다가 이내 우울한 한숨을 내쉬었다.

이런 옥상에 방이 있다는 것도 신기했지만 방 안에 멀쩡하게 살림살이를 갖춰놓고 사는 가족이 있다는 사실은 더욱 놀라웠다. 이렇게 열악한 환경에서 어떻게 생활을 하고 아이를 키울 수 있는 것일까. 희진이 살아 온 환경을 생각하면 상상도 할 수 없는 일이었다.

게다가 방 안에는 병원에서나 보던 환자용 침대가 넓지도 않은 공간의 상당 부분을 차지하고 있었다. 침대엔 엄마로 보이는 여자가 누워 있었고 그 옆에 아이가 새우등을 하고 누워 있었다. 아이는 엄마의 옆구리에 얼굴을 묻고 흐느꼈다. 이상한 점이라면 아이가 그렇게 우는 데도 엄마가 미동조차하지 않는다는 사실이었다. 잠을 자고 있는 것도 아닐 텐데.

저기요, 이봐요!

희진은 혹시나 하고 소리를 내봤지만 역시나 어떤 반응도 돌아오지 않았다. 몸을 숙여 천정을 향하고 있는 여자의 얼굴을 들여다보던 희진이 화들짝 놀라 물러났다. 뜻밖에도 여자는 눈을 뜨고 있었고 코에서 나온 투명한 튜브가 외부로 이어져 있었다.

그제야 여자에게 어떤 문제가 있다는 생각이 들었다. 멍하니 천정을 바라보고 있는 여자의 얼굴을 가만히 들여다봤다. 여자의 동공엔

초점이 없었고 그 어떤 감정적인 반응도 찾아볼 수가 없었다. 언뜻 봐도 꽤 오랫동안 투병 생활을 한 것 같다는 생각이 들었다. 무슨 병인지는 모르지만 여자의 이목구비로 보아 예전에는 꽤 미인이었으리라는 짐작도 할 수 있었다.

희진이 우울하게 중얼거렸다.

그쪽이나 나나 마찬가지 신세네요. 어쩌면 죽은 내가 더 나을지도 모르겠어. 이런 상태로 살아야 한다면 난 차라리 죽는 쪽을 택할 거야. 근데 이상하네? 분명히 누가 내 이름을 불렀는데? 혹시 당신이 부르지 않았어요?

물론 여자에게 어떤 대답을 기대한 건 아니었다. 여자도 아무런 대답이 없었다. 대답은커녕 희진을 쳐다보지도 않았다. 희진은 피식하고 웃으며 힘없이 침대의 끄트머리에 걸터앉았다. 침대에서 까딱거리며 발을 흔드는데 죽은 후 처음으로 마음이 차분하게 가라앉고 안정이 됐다.

그러고 보니 허공에 몸이 떠 있던 이전과 달리 침대에 엉덩이를 걸치고 앉을 수 있었을 뿐만 아니라 발도 바닥에 닿아 있었다. 형체가 없는 몸인데도 신기하게 그렇게 할 수가 있었다. 그냥 마음이 편안해지는 공간. 이유는 알 수 없지만 바로 이 비좁고 누추한 옥탑방이 그랬다.

희진은 죽은 후 처음으로 차분하게 현재의 상황을 돌아볼 수 있는 마음의 여유를 가질 수가 있었다. 비로소 잊고 있던 현실의 많은 것들과 그리운 사람들의 얼굴이 순차적으로 떠올랐다. 절로 마음이 뭉클해졌다.

지금쯤 그녀의 사고 소식을 들은 주변의 많은 사람들, 부모님과 성우를 비롯한 친구들이 얼마나 놀라고 슬퍼할까란 생각이 들자 마음이 더욱 우울해졌다.

희진은 자리에서 벌떡 일어났다. 어쩌면 부모님이나 성우처럼 자신과 가까운 사람들은 영적인 교감이 가능할지 모른다는 생각이 들었다. 또 자신의 죽음을 슬퍼하는 그들의 모습을 보는 것만으로도 다소 위안을 받을 수 있을 것 같았다.

희진은 맨 먼저 부모님을 떠올렸다. 무남독녀 외동딸을 잃고 슬픔에 잠겨 있을 사랑하는 엄마, 아빠. 늘 철없이 받기만 하고 누릴 줄만 알았지 단 한 번도 부모님을 위해 뭔가를 해 드릴 생각을 못했던 게 지금은 너무나 후회스러웠다.

희진이 부모님의 얼굴을 떠올리며 간절히 바라자 주변에서 작은 파동이 일었다. 주변 공기가 꿈틀하고 움직인다는 생각이 드는 순간 몸은 어느새 시공의 틈바구니로 빨리듯 들어갔다. 희진이 정신을 차렸을 때 먼저 들려온 소리는 가슴을 후벼 파는 통곡 소리였다.

"하늘도 무심하지. 내가 생전에 무슨 큰 죄를 지었다고 죄 없는 내 딸을 데려가! 아이고, 내 딸 희진아! 이 엄마도 데려가라! 너 없이 나만 어떻게 살라고! 아이고!"

엄마였다. 자신의 영정 사진 앞에서 통곡하는 엄마의 모습을 보자 심장이 떨리고 억장이 무너졌다. 몇 달 전, 사사건건 참견하는 잔소리가 듣기 싫어 엄마와 크게 싸운 후 집을 나와 오피스텔에 들어갔다. 희진의 입에서 파르르 떨리는 흐느낌이 새나왔다.

미안해. 엄마, 미안해!

희진은 통곡하는 엄마의 곁에 앉아 엄마의 손을 잡으려 했지만 불가능했다. 희진이 흐느끼며 소리쳤다.

　엄마, 나야! 나 안 보여? 나, 희진이가 왔단 말야, 엄마!

　엄마는 그녀를 알아보지 못했다. 그녀의 미세한 기운조차도 느끼지 못하는 것 같았다. 엄마의 옆엔 넋이 나간 사람처럼 바닥에 손을 짚고 앉아 있는 아빠가 있었다. 아빠는 망연자실 영정 사진만 쳐다보며 눈물을 줄줄 흘렸다. 희진은 아빠의 눈앞을 가로막듯이 하고 소리쳤다.

　아빠, 저런 가짜 사진 보지 말고 날 좀 봐 봐. 날 보란 말야! 여기 희진이가 왔단 말이야!

　안타깝게 소리치던 희진은 결국 부모님 사이에 주저앉았다. 그녀는 부모님과 함께 흐느끼는 일 외에 할 수 있는 게 없었다. 가까운 친척들이 속속 장례식장을 찾았고 얼굴을 모르는 많은 사람들이 부산하게 오가며 음식 준비며 장례 준비를 거들었다.

　희진은 더 이상 그곳에 머물 수가 없었다. 자신을 위해 슬퍼하는 사람들을 보면 위안을 얻을 줄 알았는데 오히려 절망과 슬픔만 더욱 깊어져 갔다.

　희진은 소리 없이 장례식장을 빠져나왔다. 모든 사람들이 그녀의 죽음을 애도하기 위해 모였지만 누구 하나 그녀를 볼 수가 없었다. 성우가 너무 보고 싶었다. 지금쯤 뭘 하고 있을지 자신의 사고 소식을 듣고 얼마나 낙담하고 있을지 걱정이 됐다.

　희진은 다시 공간 이동을 하기 위해 성우를 떠올렸다. 그의 얼굴을 떠올리고 그가 있는 곳으로 가고 싶다고 마음속으로 염원했다. 이전과 마찬가지로 주변에 파동이 일었고 몸이 끌려가는 것 같더니 이내 몸에서 모든 기운이 빠져나가는 것 같은 기분이 들었다. 희진은 너풀거리는 천 조각처럼 바닥으로 쓰러졌다. 몸이 이상했다.

왜 이렇게 기운이 없지?

그랬다. 갑자기 현기증이 밀려들었고 제대로 몸을 지탱하기도 힘들 만큼 기운이 없었다.

귀신이 바닥에 쓰러져서 일어나지도 못하다니, 무슨 이런 경우가 있담?

희진은 어떻게든 일어나려고 했지만 몸은 아득한 나락으로 떨어지는 것처럼 점점 아래로 가라앉았다. 그리고 그건 단순한 기분상의 문제가 아니었다. 희진의 영체는 정말로 병원의 대리석 바닥 아래로 꺼지고 있었던 것이다.

아악! 엄마! 아빠! 나 좀 도와줘!

희진이 비명을 지르며 손을 허우적거렸지만 소용이 없었다. 대신 그녀의 주변으로 시커먼 얼룩 같은 그림자가 생겼다. 그림자는 살아 있는 것처럼 꿈틀거리며 다가와 그녀의 영체에 달라붙었다. 그림자가 달라붙자 영체가 무거워졌다. 죽은 직후 하늘에서 내려온 빛 속으로 들어가 영체가 위로 들려 올라가던 것과 완전히 반대되는 상황이었다. 검은 그림자가 영체에 달라붙자 영체의 무게가 무거워지며 땅속으로 가라앉기 시작한 것이다. 하늘로 올라가는 것도 싫지만 땅속으로 잡혀가는 건 그보다 훨씬 끔찍했다.

아악! 도와줘요! 땅속으로 가기 싫어. 차라리 하늘로 올라가겠어요! 도와주세요! 한 번만 더 도와주세요, 제발요! 아악!

희진이 미친 듯이 비명을 질렀지만 이전에 그녀를 도와주었던 신비스런 목소리는 다시 들려오지 않았다. 이제 영체는 거의 땅속으로 끌려들어 갔고 머리가 사라지기 일보 직전이었다. 입, 코 그리고 두 눈이 차례로 무시무시한 어둠 속으로 끌려들어갔다.

마지막 눈이 어둠에 파묻히는 순간이었다. 뭔가가 희진의 머리카락을 움켜잡는가 싶더니 어마어마한 힘으로 확 잡아당겼다. 희진의 영체는 마치 무가 뽑히는 것처럼 위로 들어 올려졌고 이내 어딘가로 던져졌다. 머리에 엄청난 고통이 느껴졌다.

귀신이 물리적인 고통을 느낄 줄은 꿈에도 생각지 못한 일이었다. 간신히 지상으로 내팽개쳐진 희진은 고통을 호소할 겨를도 없이 자신을 잡아당긴 힘의 근원을 찾아 이리저리 고개를 돌렸다.

하지만 장례식장 복도 어디에도 그런 힘을 짐작할 만한 흔적은 보이지 않았다. 분주하게 오가는 문상객과 지쳐 앉아 있는 유가족들 외에는 아무것도 보이지 않았다. 어리둥절한 기분으로 막 뒤돌아섰을 때였다.

희진을 똑바로 노려보고 있는 어떤 여자와 정면으로 눈길이 마주쳤다. 희진의 입에서 신음이 흘러나왔다. 우연히 눈이 마주친 게 아니었다. 여자는 눈에 힘을 주고 희진을 똑바로 응시하고 있었다. 방금 자신을 구해 준 사람이 바로 저 여자라는 확신이 들었다.

희진은 빠르게 여자를 향해 다가갔다. 여자는 복도 대기실 의자에 다리를 꼬고 앉아 다가오는 희진을 가만히 노려봤다. 여자에게 다가갈수록 두려움과 설렘이 동시에 솟구쳤다. 희진은 여자의 전방 5미터쯤에서 갑자기 걸음을 멈췄다.

희진과 마찬가지로 여자도 죽은 사람이라는 걸 알았던 것이다. 자신도 죽었으면서 똑같이 죽은 사람을 만난다는 게 이렇게 무섭게 느껴질 줄은 미처 몰랐다. 여자는 곱게 화장을 한 얼굴에 물방울무늬 원피스 차림이었는데 표정에서 풍겨 나오는 분위기만으로도 차갑고 섬뜩한 느낌이 들었다. 만약 죽음의 냄새라는 게 있다면 바로 저 여자가 풍기는 느낌이 아닐까 싶었다.

여자가 멈춰서 있는 희진을 노려보더니 날카롭게 소리쳤다.

그렇게 어리바리하게 돌아다니다가는 악귀한테 붙잡혀 평생을 노예로 살게 돼!

여자의 말에 희진이 놀라 소리쳤다.

악귀라구요?

철없이 계속 그렇게 소리 질러 봐. 길 잃은 멍청한 영혼이 여기 있으니 나 잡아 가쇼 하고 악귀들에게 광고하는 거나 다름없을 테니까!

희진은 금방 울상이 되어 주변을 두리번거리다가 조심스럽게 여자 옆으로 다가갔다.

그럼 아까 절 땅속으로 끌어당기던 것도 혹시 악귀였어요?

그건 악귀가 아니라 저승의 기운이야.

저승의 기운이라구요?

여자는 반문하는 희진은 본 체도 않고 어딘가를 향해 손을 흔들었다. 희진은 여자가 손을 흔든 쪽으로 고개를 돌렸다. 장례식장 계단에 허름한 작업복을 입은 한 남자가 서 있었다. 그 남자도 죽은 사람이란 걸 직감적으로 알 수가 있었다. 남자의 옷이 피로 물들어 있었고 온몸이 투명할 정도로 창백했던 것이다.

얼마 전 희진에게 그랬던 것처럼 하늘에서 빛이 내려와 그 남자를 감쌌다. 빛에 감싸이며 남자의 몸이 점점 위로 떠올랐다. 놀란 남자가 울부짖었다.

아니야, 난 아니야! 이건 말도 안 돼! 이렇게 죽을 순 없어! 뭔가 잘못된 거라고! 난 아니라고, 아악!

하지만 남자의 절규와 상관없이 빛은 남자를 감싼 후 처음 내려올 때와 마찬가지로 빠르게 하늘로 되돌아갔다. 방금 전 눈앞에서 절규하던 남자의 흔적은 이제 어디서도 찾을 수가 없었다. 거짓말처럼 남자가 사라진 직후 한 무리의 문상객과 유가족들이 울부짖으며 희진의 앞으로 지나갔다. 그들 중 한 사람의 손에 방금 사라진 남자의 영정 사진이 들려 있었다.

희진도 남자와 똑같이 이 세상에서 사라질 뻔했던 무시무시한 경험을 한 뒤라 공포로 몸이 떨렸다. 희진이 기어들어가는 소리로 말했다.

저도 저렇게 하늘로 올라갈 뻔했어요.

저 위로 올라가는 게 나을지, 여기 남는 게 나을지는 아무도 몰라. 그러니 그렇게 좋아할 일도 아니지. 하지만 아까처럼 땅속으로 끌려들어가는 건 최악의 경우야. 지하에 다녀온 영혼의 말에 따르면 그 밑엔 영들의 비명으로 귀가 따가울 정도라고 하니까.

대체 왜 갑자기 제 몸에서 기운이 없어지고 땅속으로 가라앉은 거죠?

과도하게 귀기(鬼氣)를 쓴 탓이야!

귀기라구요?

그래. 귀신이 가진 기운! 특히 죽은 지 얼마 되지 않은 영들은 귀기가 얼마 축적되지 않았기 때문에 공간 이동을 몇 번만 해도 금방 바닥이 나거든. 인간과 달리 영은 귀기가 없으면 저승의 기운을 이기지 못하고 땅속으로 끌려들어가는 거야. 인간들이 중력에서 자유롭지 못한 것처럼 우리 영들도 저승의 기운에서 자유롭지 못해. 지하 세계로 끌려들어가고 싶지 않으면 늘 적당한 기운을 남겨 두는 게 좋을 거야!

여자가 자리에서 일어나더니 마치 축지법을 쓰는 것처럼 순식간에 사람들의 사이를 헤집고 장례식장 밖으로 빠져나갔다. 깜짝 놀란 희진이 여자를 놓칠세라 허겁지겁 뒤를 따랐다.

저기, 잠깐만요!

여자가 귀찮은 얼굴로 돌아봤다.

뭐야?

아까 절 구해 주셨는데 고맙다는 인사도 못하고.

인사 한번 빨리도 하네! 하도 시끄럽게 구는 통에 악귀들 몰려올까 봐 구해 준 거니까 신경 쓰지 말고 니 갈 길이나 가!

네?

말귀 못 알아들어? 됐으니까 니 갈 길 가 보라고!

여자가 몸을 돌리자 희진이 다급하게 앞을 가로막았다.

저기요, 이렇게 그냥 가시면 어떡해요? 구해 주셨으면 책임도 져 주셔야죠. 전 그러니까…… 그러니까…… 아직 초보 귀신이라서 어떻게 해야 할지 아무것도 모른단 말예요.

여자가 어이없다는 표정으로 노려보다가 말했다.

뭐? 책임을 지라고?

희진이 고개를 끄덕이자 여자가 피식하고 웃더니 장풍이라도 쏘는 것처럼 갑자기 팔을 앞으로 확 뻗었다. 순간 엄청난 압력이 희진의 영체를 때렸다.

아악!

희진은 온몸이 찢어지는 것 같은 고통에 비명도 지르지 못하고 허공으로 날아갔다. 여자가 쓰러져서 신음하는 희진에게 다가오더니 말했다.

너, 생전엔 하고 싶은 대로 멋대로 살았던 모양인데 지금부터는 그 주둥이부터 조심해야 할 거야. 여긴 널 보호해 줄 경찰이나 가족은 물론이고 동전 한 닢도 가질 수 없는 세상이야. 이게 어디서 도와준 사람한테 함부로 책임을 지라마라야? 내가 살아생전에도 제일 싫어했던 말이 뭔지 알아? 바로 그 책임지라는 말이야!

희진이 하소연처럼 울먹이며 말했다. 죽은 후 마음에 응어리져 있던 여러 감정들이 한꺼번에 분출되는 것 같았다.

책임지라는 말이 그렇게 나쁜 말인가요? 저는 그냥 좀 도와 달라는 뜻이었다고요! 아마 제가 살아 있었으면 도와준 것에 대해 어떻게든 보답을 했을 거예요. 하지만 방금 말씀하신 것처럼 전 지금 보답을 할 수 있는 게 아무것도 없어요. 가진 것도 없고 아는 것도 없어요. 너무 막막하고 무서워서 누구한테든 매달리고 도와 달라고 부탁할 수밖에 없다고요! 무릎 꿇고 빌라면 빌게요. 제가 할 수 있는 건 뭐든지 할게요. 그러니까 제발 절 모른 척하지 마세요. 그쪽도 처음엔 저처럼 무섭고 외로웠을 거 아니에요?

여자가 씁쓸하게 웃으며 말했다.

도와 달라고? 내가 왜 요 모양 요 꼴이 됐는지 알아? 쓸데없이 남의 일 참견하고 도와주다가 그런 거야. 내가 지금은 요런 한심한 몰골로 구천을 떠돌지만 한때는 신의 계시를 받아 미래를 알려 주던 꽤 잘 나가던 무녀였다 이 말씀이야.

여자가 산책이라도 하는 것처럼 천천히 걸음을 옮겼다. 그녀는 놀랍게도 담배를 피우는 남자에게서 담배를 빼앗아 들었다. 담배를 빼앗긴 남자의 눈이 휘둥그레졌다. 여자는 남자한테서 뺏은 담배를 한 모금 깊게 빨아들인 후 천천히 연기를 뱉어냈다. 아마도 남자의 눈에는 허공에 둥둥 떠 있는 담배가 혼자서 연기를 내뿜는 것처럼 보였을 것이다.

여자가 담배를 건네자 혼비백산한 남자가 "귀, 귀신이닷!" 하고 비명을 지르며 달아났다. 여자는 그런 남자를 보곤 피식하고 웃으며 다시 담배를 피웠다. 여자가 빨아들인 담배 연기는 투명한 여자의 몸속에 잠시 머물다가 이내 바깥으로 흩어졌다.

어느 날 다 죽어가는 놈팡이 하나가 찾아와 살려 달라고 매달리더라고. 사정이 하도 딱해서 천기를 누설해 가며 목숨을 구할 방도를 알려줬지. 원래는 그 놈팡이가 그 해를 못 넘기고 칼에 맞아 죽을 팔자였거든. 그랬더니 1년 후에 다시 찾아와서는 한 번만 더 도와 달라는 거야. 죽을 팔자를 살려줬으니 책임을 지라면서. 방금 니가 그런 것처럼. 세상에 그런 개 같은 경우가 있어? 조폭 똘마니 짓하면서 다니던 놈인데 죽을 목숨을 살려 줬으면 조직에서 손을 씻고 나왔어야지. 계속 까불다가 결국 칼 맞아 죽었는데 지랄 맞은 게 그놈 죽은 걸로 끝나지가 않았어. 그놈을 죽인 놈이 새벽에 날 찾아왔더라고. 내가 그놈 살려준 덕에 지 부하가 몇 명 죽었다나? 결국 내가 해서는 안 될 천기를 누설하는 바람에 그놈도 죽고 나도 그 조폭 놈한테 죽은 거야. 말하자면 급살을 맞아 죽은 셈이지! 그게 불과 반 년 전이야!

여자가 피우던 담배를 집어던지며 짜증을 냈다.

죽고 나서 제일 짜증나는 게 뭔지 알아? 더 이상 이 맛을 볼 수가 없다는 거야! 술이든, 담배든!

회한이 서리는 듯 인상을 쓰던 여자가 화들짝 고개를 쳐들고 희진에게 소리를 질렀다.

그런 나한테 뭐? 책임을 지라고? 도와 달라고? 이거 생각할수록 열 받네! 확, 그냥!

여자가 다시 한 손을 치켜드는 통에 희진이 기겁을 하고 물러났다.

내가 마음만 먹으면 너 같은 건 여기서 그냥 소멸시켜 버릴 수도 있어! 어디서 감히 주둥이를 그렇게 싸가지 없이 놀리고 있어?

하얗게 질린 희진이 무릎을 꿇더니 고개를 조아리고 울먹였다.

차라리 소멸시켜 주세요! 막막하게 있다가 말씀하신 것처럼 악귀에게 잡혀 가거나 저승에 끌려가느니 차라리 소멸되는 게 나을 것 같아요!

여자가 짜증스럽게 말했다.

구천을 떠돌며 조용하게 업보나 없애려 했더니 여기저기서 귀찮게 구는 영들 때문에 정말 살 수가 없네. 하긴 생전에도 오지랖 넓던 년이 죽었다고 그 본성이 어딜 가나. 저승에 끌려 들어가는 걸 왜 쓸데없이 구해줘 가지고 이렇게 피곤한 일을 겪나 몰라!

여자가 무릎을 꿇고 앉은 희진을 물끄러미 보더니 혀를 차며 멀어졌다. 희진이 멀어지는 여자의 등에 대고 서럽게 흐느꼈다.

이럴 줄 알았으면 빛이 내려왔을 때 차라리 하늘로 올라가는 게 나을 뻔했어요! 왜 다시 내려왔는지.

멀어지던 여자가 문득 걸음을 멈추더니 다가왔다.

너, 방금 하늘로 올라가다가 내려왔다고 그랬어?

희진이 고개를 끄덕였다.

이상하다? 그런 건 무척 드문 현상인데? 너, 마음속에 응어리진 한 같은 거 없어?

한이요?

그래. 이대로는 억울해서 절대로 눈을 감을 수 없는 그런 이유 같은 거 말야!

희진이 골똘히 생각하다가 말했다.

그런 이유는 많죠. 나이도 아직 스물일곱밖에 안 됐고. 죽으면 부모님, 사랑하는 사람, 친구들도 못 보잖아요. 그리고 좋아하는 클럽에도 못 가고 또 아무튼 죽는 건 억울하죠.

야, 누가 그런 거 말하라고 했어? 그런 당연한 이유 말고 갑자기 죽으면서 정말 천추의 한이 될 만한 그런 절실한 거 말야! 일테면 나처럼 누군가에게 칼침을 당해 복수를 해야 한다거나, 니가 없으면 너희 집안 식구들이 모두 굶어 죽는다거나, 내일이 결혼식인데 불귀의 객이 됐다거나 뭐 그런 드라마틱한 사연이 없냐 이 말이야!

희진이 천천히 고개를 저었다. 여자가 고개를 갸웃하더니 말했다.

근데 어떻게 원귀가 된 거지? 원래 죽은 영이 하늘로 올라가지 못하고 원귀가 되는 이유는 두 가지야. 한이 쌓여 몸이 너무 무거워진 경우와 못된 짓을 너무 많이 해서 업이 쌓여 못 올라가는 경우! 업이 쌓여서 몸이 무거워진 영들은 아까 너처럼 저승으로 바로 끌려들어가든가, 악귀로 변하기도 하지. 딱 봐서 넌 후자 쪽은 확실히 아닌데. 한이 있는 것도 아니고. 너 어떻게 여기 남게 된 거냐?

저도 잘 모르겠어요. 갑자기 하늘에서 빛이 내려와 몸이 위로 올라가는데 어디선가 제 이름을 부르는 소리가 들려왔어요!

여자의 눈이 번쩍하고 빛이 났다.

누가 니 이름을 불렀다고?

네, 그 이름을 듣고 그 목소리에 귀를 기울이는 순간 몸이 무거워지는 느낌이 들더니 땅에 다시 발이 닿았어요.

여자가 희진의 얼굴을 뚫어지게 보더니 무슨 계시를 받은 것처럼 말했다.

한날한시에 태어난 또 다른 육신이 있는 거야!

그게 무슨?

니 이름을 불렀다는 그 소리를 따라 가 봤어?

희진이 고개를 끄덕였다.

누군지 봤어?

아뇨. 그냥 소리를 따라 갔더니 어떤 건물 옥상에 방이 있었고 그 방에 아들과 엄마가 살고 있었어요.

혹시 그 엄마 나이가 어떻게 돼 보여? 너하고 비슷해 보이지 않았어?

대충.

여자에게 이상한 점이나 별다른 느낌을 받지 않았어?

그 방에 들어가자 마음이 편안해졌어요. 이전까지 발이 땅에 닿지 않았는데 그 방에 다녀온 후로 예전처럼 땅을 밟을 수 있게 됐고 지금처럼 의자에 앉을 수도 있게 됐어요.

그 외에 또 다른 점은? 여자가 어떻게 생겼어?

예쁜 편이었는데 몸을 움직이지 못했어요. 눈동자도 못 움직였고 식물인간 같았어요.

여자가 뭔가를 생각하는 것 같더니 희진에게 바싹 얼굴을 들이밀고는 물었다.

혹시 그 여자 전에 본 적 없어? 전혀 모르는 여자야?

처음 보는 여자였어요! 근데 왜 그러세요?

날 그 집으로 안내해 봐!

네?

도와 달라며? 도와줄 테니까 날 당장 그 집으로 데려가라고.

희진은 갑자기 바뀐 여자의 태도에 얼떨떨했지만 도와준다는 말에 기운이 솟구쳤다.

하지만 전 기운이 없어서 공간 이동을 할 수가 없는데요?

여자가 답답한 듯 한숨을 푹푹 내쉬더니 말했다.

니 덕분에 내가 3년 만에 지하철 타게 생겼다!

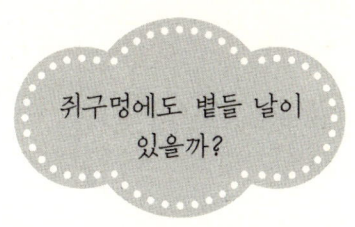

쥐구멍에도 볕들 날이 있을까?

 선일과 진만에게 처음으로 도움을 청한 의뢰인 부부는 죽은 아들에 대한 애틋한 사연을 쏟아낸 후 한동안 울음을 그치지 않았다. 부부의 이야기를 듣고 있던 진만 역시 손등으로 눈물을 훔치며 끼이끼이 울었다. 선일이 눈치를 주고 인상을 찡그리며 옆구리를 쥐어박았지만 진만의 커다란 울음소리는 좀체 잦아들 줄을 몰랐.
 어쩔 수 없이 선일은 그들이 여기에 온 목적을 환기시키려는 의도로 말을 꺼냈다. 그는 짐짓 목소리를 내리깔며 분위기를 잡았다.
 "참, 안타깝고도 가슴 아픈 일이 아닐 수 없습니다. 제가 잠시 정리를 하면 두 분이 어렵게 식당을 운영하면서도 힘든 줄 몰랐던 건 오직 하나밖에 없는 외아들 경호 때문인데 그 경호가 지난 달 불의의 사고를 당했고 그날 이후로 두 분의 꿈에 계속 나타난다, 그 말씀이죠?"

의뢰인의 남편이 고개를 끄덕였다.

"꿈속에 나타난 경호는 아무런 말도 하지 않고 그저 멀리서 물끄러미 두 분을 바라보기만 한다. 마치 무슨 할 말이 있는 것처럼. 맞습니까?"

훌쩍이던 남편이 다시 고개를 끄덕였다.

"경호가 초등학교 2학년이라고 그러셨죠?"

이번에는 두 부부가 동시에 고개를 끄덕였다. 선일이 나름 신중한 얼굴로 말했다.

"에…… 제 오랜 퇴마 경험으로 미루어봤을 적에 이런 경우는 경호의 마음속에 풀지 못한 한이 남아 있거나 두 분에게 할 말이 있는 게 아닌가 사료됩니다. 아이가 뭐 그리 커다란 한이야 있겠습니까마는 아이들의 생각은 워낙 엉뚱해서 모르는 법이지요. 아무튼 경호의 영혼이 하늘나라에 오르지 못하고 이승을 떠돈다면 그럴만한 이유가 있을 것이고 그 답답한 응어리를 풀어야만 편안히 저승길에 들 수 있다는 얘기입니다."

선일이 이제 겨우 울음을 그쳐가는 진만을 보고 은근하게 속삭이듯 말했다.

"이봐, 오 군?"

느끼함의 극치를 달리는 선일의 목소리에 진만이 목을 움츠리며 대답했다.

"예, 스승님."

"아까 두 분이 알려준 장소는 잘 기억하고 있겠지? 아이가 사고를 당했다는 그 학교 앞 횡단보도 말이야!"

"예. 기억하고 있습니다!"

선일이 만족한 얼굴로 의뢰인 부부를 돌아보고는 말했다.

"일단 저희는 사고현장에서 잠복하고 기다리다가 경호 군의 영이 나타나면 만나보도록 하겠습니다. 만나서 경호 군이 왜 이승을 떠나지 못하는지 왜 두 분의 꿈속에 자꾸 나타나는지 사연을 알아본 후 한을 풀고 편안하게 이승을 떠날 수 있도록 돕겠습니다."

의뢰인의 아내가 울먹이며 말했다.

"그렇게만 해 주신다면 더 바랄 것이 없죠! 경호 생각에 단 하루도 마음 편하게 잠든 적이 없습니다. 하루에도 몇 번씩 경호의 뒤를 따라가고 싶은 마음이 들다가도 그런 행동이 과연 경호에게 도움이 되는 것인지, 혹 그런 행동이 오히려 경호에게 좋지 않은 영향을 끼치게 되는 건 아닌지 확신할 수가 없어서. 경호의 뒤를 따르든, 절에 가서 불공을 드리든 경호에게 도움이 될 수만 있다면 우린 무슨 짓이든 할 겁니다!"

선일이 혀를 차며 말했다.

"물론 그러시겠지요. 하나밖에 없는 귀한 아들을 잃으셨으니."

선일이 잠시 뜸을 들이더니 두어 번 헛기침을 한 후에 말했다.

"이미 말씀드린 것처럼 저희 작업 비용은 카드나 계좌이체 말고 꼭 현금으로 부탁드리겠습니다. 워낙 한 곳에 적을 두지 않고 이곳저곳을 떠돌아다니는 팔자라 세속의 복잡한 절차나 물질적인 욕망에 대해서는 생리적으로 거부감을 가지고 있어서요. 전 여태껏 카드 한 장 만들어본 일이 없습니다! 허허허!"

부부가 고개를 끄덕이는 모습을 뒤로 하고 둘은 집을 나섰다. 밖으로 나오자마자 선일이 진만을 타박했다.

"오진만! 너, 내 말 잘 들어! 우린 프로야, 프로! 프로는 어떤 경우에도 냉철함을 잃으면 안 된다 이 말이야! 니가 이성을 지키지 못하고 더 크게 대성통곡을 하고 나자빠지면 의뢰인들이 어떻게 우릴 신뢰할 수 있겠냐!"

"스승님은 그런 사연을 듣고 어떻게 눈물을 한 방울도 안 흘릴 수가 있어요? 퇴마사이기 이전에 인간적으로 측은한 마음을 가지는 게 인지상정 아니에요?"

"어허…… 이놈이 유식한 말 써가며 또 경거망동한다! 내가 그랬지. 자고로 퇴마사는 인정에 끌려서도 안 되고 속마음을 겉으로 쉽게 드러내서도 안 된다고. 퇴마를 하다 보면 별의별 일을 다 당해! 어떤 경우는 영이 찾아와 사정을 하면서 들어주기 힘든 부탁을 하기도 하고 또 어떤 경우는 그 반대로 산 사람이 죽은 귀신과 한 집안에 살 수 있게 해 달라고 매달리기도 한다고. 그때마다 인정에 이끌려 부탁을 들어주면 어떻게 되겠냐?"

진만이 미심쩍은 표정으로 물었다.

"스승님은 귀신도 보지 못하면서 어떻게 그런 걸 잘 알아요?"

"이놈아, 그게 꼭 경험을 해 봐야 아는 게 아니야! 생각해 보면 몰라? 뻔할 뻔자지! 가만, 저 횡단보도 아니냐?"

선일이 횡단보도를 가리키며 말하자 진만이 고개를 끄덕였다.

"예. 맞아요."

"청동 거울 줘 봐!"

선일의 말에 진만이 품에서 거울을 꺼내 건넸다. 선일이 청동 거울을 건네받으며 떨떠름한 표정으로 투덜거렸다.

"이거 그냥 나한테 맡겨놓으면 안 되겠냐? 필요할 때마다 달라고 하기도 귀찮고 또 스승이 제자한테 번번이 부탁하는 것도 모양새가 그렇지 않냐?"

진만이 단호하게 말했다.

"그건 안 돼요! 저희 할아버지가 청동 거울을 주실 때 절대로 다른 사람한테 맡기면 안 된다고 하셨어요! 분명히 나쁜 곳에 써먹을 거라고."

선일의 음성이 높아졌다.

"그럼 지금 내가 나쁜 곳에 써먹으려고 너한테 청동 거울 달라고 한다는 거냐?"

"그건 아니지만 아무튼."

"야, 됐다, 됐어! 짜식이 덩치는 소만 해 가지고 소심하게 뭘 의심이 그리 많아. 이런, 젠장맞을! 치사하고 더러워서 내 다시는 이런 부탁 안 한다!"

진만이 고집스럽게 말했다.

"지난번에도 똑같이 말하시곤 오늘 또 부탁하셨잖아요!"

선일이 인상을 찡그리더니 진만의 아래위를 훑어보며 말했다.

"너 지금 나한테 따지는 거냐? 그깟 청동 거울 하나 가지고 유세하는 거야, 뭐야?"

"그건 아니구요."

"나, 너 스승이야, 스승! 알았어?"

진만이 고개를 조아리며 대답했다.

"예!"

선일이 혼자 투덜거리다가 청동 거울을 들었다. 선일이 청동 거울로 횡단보도 근방을 이리저리 비춰 보며 말했다.

"사고가 난 시간이 저녁 10시쯤이라고 했지? 제기랄! 영이 나타나려면 적어도 두어 시간은 기다려야겠네. 그동안 뭘 하면서 시간을 때우나?"

선일이 진만을 힐끔 보더니 던지듯 청동 거울을 건네며 말했다.

"옛다, 니 대단한 거울 받아라!"

진만이 청동 거울을 돌려받은 후 조금 전 선일과의 말다툼이 마음에 걸렸는지 조심스럽게 말을 꺼냈다.

"저기요, 스승님. 만약 저한테 청동 거울 달라고 하기 불편하시면 그냥 편하게 저한테 물어보세요. 영이 있는지 없는지. 그럼, 굳이 청동 거울 보는 수고를 안 하셔도 되잖아요."

선일이 도끼눈을 치켜뜨더니 기다렸다는 듯 쏘아붙였다.

"야 이놈아! 내가 그냥 영이 있나 없나 보려고 청동 거울을 사용하는 줄 아냐? 니 눈엔 다 같은 영으로 보일지 몰라도 내 눈엔 다 다르게 보이거든. 난 겉으로 보이는 상태만 봐도 영의 희로애락을 단번에 꿰뚫어볼 수 있다 이거야. 영의 겉모습만 읽는다고 퇴마사가 될 수 있는 게 아냐. 영의 속마음을 헤아릴 줄 알아야 진짜 퇴마사가 되는 거지, 알았어?"

진만이 고개를 끄덕이자 선일이 시계를 보고는 말했다.

"시간이 아직 많이 남았으니까 그동안 PC방이나 가서 고스톱 게임 할래?"

우연인지 필연인지 둘 다 다른 게임은 전혀 못하면서 고스톱이라면 사족을 못 썼다. 진만이 대답 대신 배시시 웃자 선일이 입을 삐죽거리면서 앞장을 섰다. 둘은 PC방에 들어가 정신없이 맞고를 치다가 자정이 다 되어서야 후다닥 밖으로 뛰쳐나왔다. 선일이 횡단보도를 향해 달리면서 투덜거렸다.

"너는 인마! 조수가 시간 체크도 안 하고 뭐했어? 이번 일이 우리가 의뢰받은 첫 번째 일인데 개시부터 잘못되면 어떡할래!"

"저는 스승님이 다 알아서 하실 줄 알았죠."

"내가 다 알아서 할 것 같으면 조수가 왜 필요하냐?"

거구의 몸으로 숨을 헐떡이며 따라가던 진만이 소리쳤다.

"제가 필요하신 게 아니라 청동 거울이 필요하신 거잖아요!"

달려가던 선일이 걸음을 멈추더니 정색을 하고 말했다.

"너 말 한번 잘했다! 솔직히 청동 거울 아니었으면 너처럼 앞뒤 꽉 막히고 답답한 놈을 어디다 써먹겠냐? 나한테 청동 거울만 있었으면……."

진만이 선일은 쳐다보지도 않고 멀리 횡단보도 쪽을 바라보며 중얼거렸다.

"있어요!"

"있긴 뭐가 있다는 거야?"

진만이 손을 들어 가리키며 말했다.

"저기 횡단보도에 영이, 영이 있어요!"

"뭐? 정말이야? 그럼 뭐하고 있어? 얼른 가야지. 뛰어!"

둘은 허겁지겁 횡단보도로 달려갔다. 어두컴컴한 횡단보도엔 차도, 사람도 없이 신호등만 깜빡이고 있었다. 선일이 팔을 내밀고는 흥분해서 소리쳤다.

"처, 청동 거울! 어서!"

진만이 청동 거울을 건네자 선일이 물었다.

"어느 쪽이야?"

진만이 그들이 서 있는 쪽의 반대편 신호등 밑을 가리켰다. 선일이 진만이 가리킨 쪽으로 청동 거울을 비췄다. 처음엔 컴컴해서 잘 보이지 않았지만 흐릿하게 형체가 드러났다. 언뜻 봐도 키가 작은 것이 딱 초등 2학년 정도로 보였다. 선일이 마른 침을 꼴깍 삼키고는 거울을 보며 천천히 길을 건너갔다.

길을 중간쯤 건넜을 때 반대편에서 자동차가 헤드라이트를 껌뻑이며 빠르게 달려왔고 진만이 조심하라고 소리를 질렀다. 뒤늦게 선일이 차를 발견하고는 기겁을 하며 피했다. 차는 아슬아슬하게 스치는 것처럼 선일의 앞을 쏜살같이 지나갔다. 선일이 허옇게 질린 얼굴로 멀어지는 자동차의 꽁무니에 대고 욕을 쏟아냈다.

"에라이…… 빵구나 나라! 저렇게 과속을 하고 달리니 사고가 나지! 하마터면 내가 영이 될 뻔했네!"

뒤늦게 진만도 길을 건너왔다. 그제야 선일이 청동 거울을 들고 아이의 영이 있는 곳을 비췄다. 청동 거울에 흐릿하게 아이의 모습이 나타났다. 아이의 영은 창백한 표정으로 선일을 보고 있었다. 선일이 진만에게 말했다.

"진만아, 영과 의사소통이 되는지 먼저 확인해 봐."

진만이 다가가자 아이의 영이 놀란 눈으로 쳐다봤다. 진만이 덩치에 어울리지 않게 다정한 음성으로 말했다.

"겁내지 마. 해치지 않으니까. 니가 경호니?"

잔뜩 움츠린 영이 고개를 끄덕이며 말했다.

아저씬 제가 보여요?

"그래, 아주 잘 보여! 널 만나려고 여기서 기다리고 있었거든."

정말요? 왜요?

"조금 있으면 이유를 알 수가 있을 거야."

비록 소리를 들을 수는 없었지만 선일의 청동 거울에 진만과 경호가 얘기를 나누는 모습이 희미하게 비춰졌다. 선일은 얼른 휴대폰을 꺼내 경호 부모에게 전화를 한 다음 지금 당장 횡단보도로 달려 나오라고 전했다.

진만이 안타까운 표정으로 물었다.

"여기서 혼자 무섭지 않았어?"

너무 무서웠어요. 집에 가고 싶었는데 엄마 아빠 옆에 있고 싶었는데 이상하게 집을 찾을 수가 없었어요. 늘 다니던 길이고 아는 길인데 앞이 잘 보이지가 않았어요. 낮에는 무섭게 생긴 아저씨, 아줌마들이 절 노려보며 잡아가려고 해서 숨어 있어야 했어요.

"그 아저씨, 아줌마들은 물론 죽은 사람들이었겠지?"

경호가 고개를 끄덕이곤 말을 이었다.

그래서 밤에만 여기 나오는 거예요. 혹시 우리 엄마 아빠가 절 찾으러 올까 봐.

"이 시간에 여기서 사고가 났구나?"

네, 밤에 엄마 아빠 몰래 뭘 사러 나왔는데, 파란 불에서 차가 서지 않고 달려들었어요!

경호의 영은 당시의 충격이 떠오르는지 부르르 몸을 떨었다. 무슨 말인가를 하려던 경호의 영이 갑자기 흐느끼기 시작했다. 진만이 돌아보니 경호의 부모가 횡단보도로 달려 나오는 모습이 보였다.

경호의 영이 간신히 참고 있던 울음을 터뜨렸다.

엄마! 아빠!

경호의 부모가 허겁지겁 선일과 진만의 곁으로 다가왔다. 경호 엄마가 창백한 얼굴로 물었다.

"우리 경호가 여기에 있다구요? 어디예요? 경호야, 어디 있니? 엄마가 왔어! 사랑하는 우리 아들 경호야! 엄마가 왔단다, 엄마가 왔다니까!"

경호 엄마의 눈에선 벌써 눈물이 쏟아지고 있었다.

선일이 말했다.

"자, 경호 어머니! 먼저 차분하게 마음을 가라앉히셔야만 경호와 얘기를 나눌 수가 있습니다. 아시겠죠?"

경호 엄마가 몸을 바들바들 떨면서 고개를 끄덕였다. 선일이 경호 부모에게 청동 거울을 보여주며 말했다.

"다시 말하지만 절대로 흥분하지 마시고. 이 거울로 보면 경호를 볼 수가 있습니다! 대신 경호와 직접 대화를 나눌 수는 없습니다. 대화는 여기 있는 우리 오 군을 통해서만 가능합니다. 아시겠죠?"

경호 아빠가 믿기지 않는 표정으로 물었다.

"정말 우리 경호를 볼 수가 있단 말인가요?"

"네, 경호가 저기 있으니까 거울로 비춰보시죠."

선일이 청동 거울을 건넸다. 거울을 받아든 경호 엄마의 손이 파르르 떨렸다. 경호 엄마가 몸을 떨면서 청동 거울을 천천히 들어올렸다. 잠시 후 경호 엄마의 입에서 비명 같은 흐느낌이 새나왔다.

"경호가, 우리 경호가 저기 있어요! 여보, 경호예요! 경호야, 엄마야! 경호야!"

경호 엄마가 울부짖으며 돌아봤지만 거울을 통하지 않은 그녀의 눈에는 그저 휑한 거리만 보일 뿐이었다. 경호 아빠가 청동 거울을 낚아채듯이 손에 들고는 경호의 영이 있는 쪽을 비췄다. 청동 거울로 경호의 영을 확인한 경호 아빠 역시 말을 잇지 못했다. 두 부부는 청동 거울을 붙잡고 경호를 부르며 울부짖었다. 경호도 두 부부를 보며 엉엉 울었다.

지나가던 행인들이 놀란 표정으로 쳐다봤지만 아무도 그들의 시선을 신경 쓰지 않았다. 진만의 울음보도 또다시 터졌다. 이번에도 선일이 나서고 나서야 진정이 됐다.

"자! 시간이 많지 않습니다."

경호 엄마가 흐느끼며 말했다.

"우리 경호, 엄마가 한 번만 안아봤으면. 한 번만! 꼭 한 번만!"

경호 아빠가 청동 거울을 들여다보며 말했다.

"경호야, 아빠 보이지?"

경호가 거울 안에서 고개를 끄덕였다. 경호가 뭐라고 말을 했지만 그들에게는 아무런 소리도 들리지 않았다. 경호 엄마가 다급하게 소리쳤다.

"우리 경호가 뭐라고 하는 거예요? 제발 우리 경호가 하는 말 좀 전해 주세요!"

진만이 알았다며 고개를 끄덕였지만 울음이 그치질 않아 다들 기다려야만 했다. 진만이 경호의 말을 듣고는 전했다.

"경호가 부모님이 많이 보고 싶었다고 하네요."

경호의 부모들은 자신들도 그렇다며 이구동성으로 울먹였다.

"경호의 소리는 부모님들에게 들리지 않지만 두 분의 소리는 경호가 들을 수 있으니까 편하게 묻고 싶은 게 있으면 물어보세요."

경호 엄마가 청동 거울을 보며 물었다.

"경호야, 그날 밤에 엄마 아빠한테 아무런 말도 하지 않고 갑자기 어딜 나간 거니? 대체 너한테 무슨 일이 있었던 거니? 왜 그 늦은 시간에 이 횡단보도를 건넌 거야?"

진만이 가만히 경호의 얘기를 들은 후 말을 전했다.

"사고를 당한 날이 어머님의 생일이었다고 하네요. 맞습니까?"

경호 엄마가 소리쳤다.

"네, 맞아요! 하필이면 그날 어떻게 그런 일이 일어났는지."

"그날 경호는 어머님의 생일 선물을 사기 위해 몰래 집을 나왔다고 합니다. 학원을 갔다 와서 숙제까지 다 끝내느라 어머니 선물을 살 시간이 없었다고 하네요. 그래서 그 시간에 급하게 가게로 가다가 그만……."

진만이 말끝을 흐리자 두 부부가 망연자실하며 바닥에 주저앉았다. 경호 엄마는 그야말로 바닥에서 통곡을 했다. 사랑하는 아들이 다름 아닌 엄마의 생일 선물을 사려다가 그런 참변을 당했다고 하니 원통함과 안타까움이 배로 커졌던 것이다. 지켜보던 선일이 어쩔 수 없이 다시 끼어들었다.

"자, 부모님과 경호의 영이 너무 오랫동안 접촉하는 건 서로에게 도움이 되지 않습니다. 자꾸만 미련이 커지고 그러다보면 경호의 몸이 더 무거워져 저승길에 들기 어려울 뿐만 아니라 경호의 부모님들도 경호를 잊기가 어려워 정상적인 생활이 힘들어질 겁니다. 어차피 이승의 연은 다한 셈이니 지금은 경호의 영을 편안히 저세상으로 보내주는 게 급선무라는 생각이 드네요."

경호 아빠가 울음을 참으며 말했다.

"알겠습니다. 그럼, 우리 경호가 왜 저세상으로 편안하게 들지 못하고 여기에 묶여 있는지 좀 알아봐 주십시오! 대체 우리 경호에게 무슨 그렇게 사무치는 한이 있다는 건지. 경호야, 마음에 사무치는 게 있으면 뭐든 다 말하렴. 엄마, 아빠가 무슨 수를 써서라도 네 작은 가슴에 맺힌 한을 풀어줄 테니."

경호의 얘기를 주의 깊게 듣고 난 진만이 두 부부를 돌아보면서 말했다.

"경호가 이승을 떠나지 못한 건 엄마의 생일 선물을 전하지 못했기 때문이랍니다."

뜻밖의 말에 경호 엄마가 한탄하듯 말했다.

"그깟 생일 선물이 무슨 대수라고. 엄마는 우리 경호만 있으면 되는데!"

진만이 경호의 얘기를 듣더니 갑자기 길 위쪽으로 몇 걸음 옮겨 갔다. 진만이 허리를 굽히고 바닥을 살피다가 하수구 배수로 쪽으로 손을 넣더니 뭔가를 꺼내서 들고 왔다. 진만이 손에 들고 있던 물건을 경호 엄마에게 건네며 말했다.

"늦었지만 경호가 어머니에게 주는 생일 선물이라고 합니다!"

경호 엄마가 얼떨떨한 표정으로 손을 내밀었고 진만이 그 손 위에 작은 장난감 반지를 올려놓았다. 경호 엄마가 은반지를 집어 들자 진만이 말했다.

"언젠가 어머님이 그 은반지를 보고 예쁘다고 했다는군요. 그걸 기억하고 있던 경호가 그날 그 반지를 사서 돌아오다가 사고를 당했답니다. 그런데 사고 당시의 충격으로 반지가 저쪽 위쪽까지 날아가 하수구 사이에 끼어 버렸답니다. 경호는 혹시라도 그 반지가 없어질까 봐 걱정이 돼서 매일 지켜봤다고 하는군요. 경호가 하늘로 올라가지 못한 건 그 때문이었던 것 같습니다."

진만의 말이 끝나자 경호의 부모는 한차례 더 눈물을 쏟아냈고 이후에도 안타까운 장면이 이어졌다. 경호와 경호의 부모는 절대로 서로의 얼굴을 잊어버리지 말고 저세상에서 꼭 다시 만나자는 굳은 약속을 하고 힘겹게 이별을 했다.

경호는 의젓하게도 두 부부에게 행복하게 살다가 와야 한다는 부탁을 잊지 않았고 부부는 경호를 위해 죽는 그 순간까지 좋은 일을 하며 덕을 쌓겠다고 다짐했다.

퇴마사로서 선일과 진만의 첫 번째 작업은 그렇게 감동적으로 잘 마무리되는 듯했다. 마지막 반전으로 진만이 엉뚱하게 끼어들지만 않았다면 말이다.

집으로 돌아가는 지하철에서 선일의 눈치를 살피던 진만이 덩치에 어울리지 않게 애교스러운 목소리로 말했다.

"에이…… 스승님! 그만 화 푸세요! 좋은 일했으니까 그거 다 나중에 복으로 변해 스승님한테 몇 배로 돌아온다니깐요!"

눈을 감은 채 오만상을 찡그리고 있던 선일이 나직하게 말했다.

"심기 불편하니까 건들지 마라."

"솔직히 스승님도 속으로는 잘했다고 생각하시잖아요."

선일이 실눈을 뜨고 진만을 노려보더니 부들부들 떨면서 소리를 높였다. 사람도 얼마 없는 객차 안에 화난 선일의 목소리가 쩌렁쩌렁 울렸다.

"뭐? 잘했다고? 이런 젠장맞을! 지금 내 마음 같아서는 니놈을 당장 호랑이 밥으로 던져줘도 시원찮겠다!"

"에이…… 솔직히 우리가 이 일을 하는 게 꼭 돈 때문만은 아니잖아요."

약이 올라 얼굴이 벌겋게 달아오른 선일이 몇 번 심호흡을 하더니 말했다.

"너 혹시 신성한 밥벌이란 말 들어봤냐?"

"밥벌이면 밥벌이지 신성한 밥벌이가 뭐 따로 있나요?"

"먹고 살기 위해서 돈을 버는 건 무슨 일이건 다 신성하다 이 말이야, 이 무식한 놈아! 하물며 우린 남에게 좋은 일 해 주고 기분 좋게 돈을 버는 건데 그 신성한 돈을 안 받긴 왜 안 받아? 너 돈 없이 살 수 있어? 니가 하루에 먹는 밥이 얼마나 많은지 알기나 하냐?"

"솔직히 경호네 부모님 사는 모습 보셨잖아요. 경호 죽고 나서 식당도 문 닫고 생활도 막막한데 어떻게 돈을 받아요? 저희 할아버지가 저한테 청동 거울을 주실 때 한 말이 있거든요. 좋은 일에 쓰라고. 남을 위해서만 써야한다고."

선일이 다시 목청을 높였다.

"좋은 일에 쓰라고 하셨지 돈 받지 말란 말씀은 안하셨지! 만약 앞으로도 이런 식이면 난 너하고 일 못한다. 알았나?"

"에이…… 스승님도 앞으로 계속 공짜로 일할 수는 없죠. 그때그때 상황을 봐 가면서 융통성 있게 하면 되잖아요!"

"난 당장 목구멍이 포도청이라 융통성을 부릴 여유가 없거든? 아무튼! 다음번 작업에서 넌 한 푼도 못 받을 줄 알아."

"그러세요. 어차피 전 먹여 주고 재워 주시기만 하면 돼요. 아직은 젊으니까 좋은 일하면서 세상 경험하는 걸로 만족할래요."

"하이구야. 하긴 넌 귀신도 볼 수 있고 청동 거울도 있으니까 언제든 마음만 먹으면 떼돈을 벌 수 있다 이거지? 너 뭔가 착각하나 본데 10여 년 동안 너한테 달라붙어 괴롭히던 귀신을 쫓아준 퇴마사가 바로 나라는 거 잊지 마라. 일전에도 얘기했지만 자고로 퇴마사란 귀신을 볼 수만 있다고 아무나 할 수 있는……."

큰소리로 떠들어 대던 선일이 캑하고 입을 다물었다. 진만이 팔꿈치로 선일의 옆구리를 쥐어박았던 것이다.

"이놈이 이젠 스승을 치네. 아이고, 옆구리야!"

옆구리를 움켜쥐고 지하철 바닥으로 내려가 드러누우려는 선일을 진만이 잡아 일으키며 낮은 소리로 속삭였다.

"좀 조용히 해 보세요."

그제야 선일이 눈치를 살피며 의자 위로 올라앉자 진만이 말했다.

"저기, 11시 방향에 모자 쓴 할아버지 있죠? 그 옆자리에 지금 영이 올라탔어요."

선일이 진만이 가리킨 곳을 힐끔 보곤 실소를 터뜨리며 말했다.

"이 놈이 스승 두들겨 패놓고 미안하니까 이젠 헛소리까지 하네. 귀신이 할 일이 없냐? 번거롭게 지하철 타고 다니게? 참나!"

진만이 아무런 말없이 품에서 청동 거울을 꺼내 선일에게 건넸다. 선일이 진만을 힐끔 보더니 찜찜한 표정으로 중얼거렸다.

"정말인가 보네?"

선일이 거울을 받아서는 11시 방향을 비췄다. 진만의 말대로 정말로 영이 있었다. 그것도 하나가 아니라 둘이었다. 선일이 거울로 영들을 보면서 중얼거렸다.

"너처럼 귀신 못 본다고 억울해할 일이 아니다. 세상에 뭔 귀신이 이렇게 많이 돌아 다니냐?"

진만이 속삭였다.

"화장 진하게 한 영 있죠? 그쪽은 귀기가 보통이 아니에요."
"니가 어떻게 알아?"
"제가 10여 년을 귀신과 동고동락하고 귀신들을 보면서 살았잖아요. 제가 비록 나이는 어려도 사연은 많은 놈이거든요. 살아오면서 별의별 일을 다 겪다 보니 자연히 알게 되는 것들이 꽤 많더라구요."
"하긴 24시간 곁을 떠나지 않는 귀신을 그것도 둘이나 달고 반평생을 살았으니. 그나저나 귀기가 강하다고 하면 악귀라는 소리냐?"
"그건 모르겠지만 아무튼 조심해야 할 것 같아요. 그 옆에 있는 영은 죽은 지 얼마 되지 않은 영이에요. 영체가 흐릿하고 불안정하잖아요."

"그러고 보니 그런 것 같네. 저 화장 진하게 한 영은 보기에도 엄청 무섭게 생겼다!"

그때 화장을 진하게 한 영이 그들을 향해 고개를 획 돌렸다. 선일이 신음을 흘리며 얼른 청동 거울을 내렸다. 진만이 속삭였다.

"화장한 영이 지금 자리에서 일어났어요! 우리 쪽으로 다가오는데요?"

"우리 쪽으로 다가온다고? 왜?"

"아마 우리가 정말로 영을 볼 수 있는지 없는지 확인하러 오는 것 같아요!"

선일이 긴장한 목소리로 반문했다.

"그건 확인해서 뭐하게?"

"보통 영을 볼 수 있는 사람은 퇴마사들이 많잖아요. 그런데 대부분의 퇴마사와 영들은 보통 서로를 적으로 생각하기 때문에 저렇게 귀기가 강한 영들은 퇴마사를 보면 해코지를 하려고 달려들기도 하거든요."

선일이 사색이 돼서 중얼거렸다.

"이런 젠장맞을! 어디까지 왔냐?"

"거의 다 왔어요. 스승님은 어차피 영을 못 보니까 이상한 느낌이 있더라도 그냥 앞만 보고 있으면 돼요."

"앞만 보면 되냐?"

진만이 앞쪽에 시선을 고정한 채 더 이상 대답을 하지 않았다. 선일이 긴장된 음성으로 속삭였다.

"왔냐?"

그때였다. 갑자기 냉장고 문을 열었을 때와 비슷한 서늘한 기운이 목덜미를 스치며 앞으로 다가왔다. 선일이 흠칫하더니 굳은 표정으로 건너편 차창에 비친 자신의 모습을 뚫어지게 쳐다봤다. 서늘한 기운이 옆으로 돌아갔다가 다시 앞으로 돌아왔다. 마치 바로 앞에 뭔가가 있는 것처럼 규칙적으로 숨결 같은 서늘한 기운이 얼굴에 와 닿았다.

선일은 숨도 제대로 쉬지 못한 채 눈에 힘을 있는 대로 줬다. 잠시 후 차가운 기운이 스윽 물러가는 느낌이 들었고 선일도 비로소 참고 있던 숨을 토해 내며 말했다.

"휴우, 갔냐?"

선일의 말이 떨어지기가 무섭게 사라졌던 차가운 기운이 얼굴로 확 달려들었다. 뿐만이 아니었다. 영문을 알 수 없지만 갑자기 숨이 턱 막혔다.

"캑!"

선일이 신음을 하며 양손을 버둥거렸다. 보이지 않는 뭔가가 선일의 목을 움켜잡았던 것이다. 선일이 진만을 꼬집으며 고통을 호소했다. 진만이 주머니에서 재빨리 부적 한 장을 꺼내 영의 이마에 붙였다. 순간 영의 입에서 괴성이 터지더니 몸이 저만치 날아가 나뒹굴었다. 선일이 막혔던 숨을 토해 내며 캑캑거렸다. 진만이 선일의 팔을 잡아끌며 소리쳤다.

"도망가요!"

"야, 숨 좀 쉬고……."

하지만 진만이 우악스럽게 잡아끄는 바람에 선일은 거의 끌려가

듯 진만의 뒤를 따랐다. 선일이 숨을 헐떡이며 소리쳤다.

"지하철에서 도망가긴 어디로 도망을 가?"

그러면서도 선일은 이미 진만을 앞질러 달리고 있었다. 정신없이 객차의 다른 칸으로 이동한 선일이 청동 거울로 뒤를 살폈다. 짙은 화장을 한 영이 바로 뒤쪽까지 접근해 있었다.

"귀, 귀신이야!"

선일이 비명을 지르며 달리자 객차에 있던 사람들이 정신 나간 사람 쳐다보는 것처럼 호기심어린 시선으로 쳐다봤다. 하지만 다음 순간 화가 난 영이 지하철 객차의 손잡이를 치면서 따라오자 승객들도 놀라 비명을 질러댔다.

선일과 진만은 계속 객차의 앞쪽으로 달렸고 마침내 맨 앞쪽의 마지막 객차에 다다랐다. 둘은 기관실 벽에 몸을 바싹 붙였다. 객차 안에 있던 사람들이 의아한 눈으로 두 사람을 지켜봤다. 선일이 청동 거울로 다가오는 영을 확인하며 다급하게 말했다.

"진만아, 빨리 꽹과리 꺼내!"

진만이 어깨에 메고 있던 커다란 백 팩에서 꽹과리를 꺼내들었다. 꽹과리 안쪽엔 스카치테이프로 붙여 놓은 부적이 보였다. 선일이 청동 거울로 바로 코앞까지 다가온 영을 보며 소리쳤다.

"지금이야! 마구 두들겨!"

선일의 말이 떨어지자마자 진만이 꽹과리를 두들기기 시작했다. 갑자기 객차 안에 요란한 꽹과리 소리가 울려 퍼졌다. 졸고 있던 승객 한 명이 화들짝 놀라 눈을 뜨다 자리에서 굴러 떨어졌고 자고 있던 어린아이가 잠에서 깨어 자지러지게 울었다.

선일이 청동 거울로 상황을 보며 응원이라도 하는 것처럼 힘차게 소리쳤다.

"더 세게! 더 빨리! 더 크게 쳐!"

진만이 더욱 세게 꽹과리를 두들겼고 귀가 따가울 정도의 큰소리에 부적의 기운이 섞여 들면서 마침내 영이 고통스럽게 점점 뒤로 물러나기 시작했다.

선일이 신이 나서 영이 있는 허공을 향해 소리쳤다.

"얼쑤우! 좋구나, 좋아! 내가 누군지 알아? 대한민국 최고의 퇴마사 장선일이다, 이 말씀이야! 니들 악귀들 이제 나한테 다 죽었어!"

하지만 선일의 흥은 오래가지 않았다. 객차에 있던 승객들의 험악한 외침이 여기저기서 튀어나왔기 때문이었다.

"그놈의 꽹과리 당장 그만두지 못해!"

"야, 이 미친놈들아, 니들 지금 뭐하는 거야!"

"애가 깼잖아요! 이리 와서 당신들이 다시 재워 주기라도 할 거예요? 애 한번 재우기가 얼마나 힘든지 알기나 해?"

승객들의 기세에 진만의 꽹과리 소리가 점점 잦아들었다. 선일이 사람들의 눈치를 보면서 계속 진만의 옆구리를 찔렀다.

"야, 계속 쳐. 계속 쳐."

진만이 곤혹스러운 얼굴로 말했다.

"사람들이 저 난린데 어떡해요? 못해요!"

엎친 데 덮친 격으로 뒤로 물러났던 영이 독이 바짝 오른 표정으로 그들을 향해 다가오고 있었다. 선일이 진만의 손에서 꽹과리를 빼앗아들더니 온힘을 다해 치기 시작했다. 객차 안 승객들이 귀를 틀어막고 소리를 질렀지만 개의치 않고 마구 쳐댔다. 마침내 참다못한 사람들 몇몇이 자리에서 일어나더니 험악한 표정으로 선일을 향해 다가왔다.

"어떻게 해요?"

"괜찮아. 집에 다 왔어. 지하철 문만 열리면······."

선일의 말처럼 지하철이 승강장으로 들어서며 서서히 속도를 줄이기 시작했다. 운이 좋게도 둘의 목적지인 왕십리 역이었다. 지하철 문이 열리자마자 선일이 외쳤다.

"튀어!"

둘은 뒤도 돌아보지 않고 죽어라 달렸다. 에스컬레이터에 서 있던 사람들을 밀치며 정신없이 위쪽으로 달려 올라갔다. 계단을 뛰어오르던 진만이 뒤로 쳐지며 죽어 가는 소리로 외쳤다.

"숨차서 더 이상 못 달리겠어요! 이제 그만 좀 뛰어요. 어차피 영이 따라오는 것도 아닌데."

선일이 여전히 불안한 얼굴로 청동 거울을 꺼내 주위를 둘러보곤 말했다.

"그래도 확실히 해야지. 이쪽으로 와!"

선일이 진만을 데려간 곳은 역내에 있는 화장실이었다. 진만이 숨을 헐떡이며 말했다.

"영 때문에 죽는 게 아니라 심장마비로 먼저 죽을 것 같아요!"

선일도 이마에 진득하게 배어나온 땀을 닦아내며 말했다.

"젊은 놈이 몸이 왜 그러냐? 나 뛰는 것 봤지? 이 나이에도 얼마나 날렵하냐? 그나저나 아무리 귀신이라도 여자가 남자 화장실에 들어오진 않겠지?"

진만이 자신 없는 소리로 대답했다.

"그거야 모르죠. 귀신의 성향에 따라 다를 것 같은데요? 그 전에 절 따라다니던 귀신들은 똥 누는데도 옆에 서서 지켜보고 목욕탕까지도 따라오던걸요?"

"이야아, 너도 어지간히 둔한 놈이다. 웬만한 사람이 그런 상황에 놓였으면 진작 정신병원에 입원했을 텐데. 어떻게 옆에서 귀신이 빤히 쳐다보는데 목욕하고 밥 먹고 태연히 잠을 잘 수가 있냐? 똥이 나오긴 하디?"

"잘 나오던데."

선일이 손을 흔들며 말했다.

"고마 됐다. 거기까지."

선일이 청동 거울을 앞세우고 조심스럽게 화장실을 나왔다. 선일은 주변에 영이 없다는 걸 확실히 살핀 후 말했다.

"아까 귀신한테 당한 걸 생각하면 아직도 치가 떨린다. 당해 보지 않은 사람은 몰라. 꼭 얼음 덩어리가 목을 꽉 움켜쥐는데 아무리 손을 휘저어도 잡히는 건 없지. 온몸에 소름이 촤악 돋으면서 이대로 죽는구나 싶더라니깐. 만약 너도 옆에 없고 부적도 없었어 봐. 꼼짝없이 죽은 목숨이지."

진만이 어두운 표정으로 말했다.

"그나저나 걱정이네요. 지금껏 그 정도로 귀기가 강한 영은 본 적이 없거든요. 직접 물리력을 행사하는 영도 처음 봤구요. 만약 그 영이 악귀라면 사람들에게 정말 위험할 텐데."

"야, 아서라. 괜히 쓸데없는 생각하지 말어. 자고로 인생은 가늘더라도 오래오래 길게 사는 게 제일 잘사는 거야. 그 귀신은 애초부터 우리 상대가 아니었어! 젠장맞을! 오늘 모처럼 돈 벌어서 마누라한테 체면 좀 세우려고 했더니 잘못했으면 객사할 뻔했네. 오늘은 일단 집에 가서 삼겹살이나 구워 먹고 내일부터 제대로 일 좀 하자! 알겠냐?"

진만이 은근한 소리로 속삭였다.

"오늘 일이 아직 안 끝난 것 같은데요?"

선일이 허공을 따라 움직이는 진만의 시선을 쫓다가 불길한 목소리로 물었다.

"너 혹시?"

선일이 황급히 청동 거울을 꺼내 진만이 보는 있는 곳을 비추더니 신음을 흘렸다. 지하철에서 봤던 두 명의 영이 사람들 사이에 섞여 태연하게 걸어가고 있었던 것이다. 게다가 그들이 빠져나간 출구는 선일의 집이 있는 방향이기도 했다.

진만이 의아한 표정으로 말했다.

"이상하네. 저쪽은 길이 하나밖에 없잖아요. 계속 가면 스승님 집이 나오고."

"뭐야? 설마 저것들이 나한테 복수하려고 우리 집 찾아가는 거야? 왜? 어떻게? 귀기가 강한 귀신은 사람 마음도 읽고 그러나? 그래서 뭐든지 알아낼 수 있는 거야? 날 언제 봤다고? 우리 집을 어떻게 알고?"

진만도 고개를 갸웃하며 말했다.

"이상하긴 하네요. 아까 스승님 공격한 것도 실은 굉장히 드문 경우거든요. 저도 여태껏 귀신한테 공격을 받아 본 적은 한 번도 없어요. 잘 기억해 보세요! 아까 그 영, 어디서 본 적은 없는지. 예전에 원한 살 만한 일 같은 거 없었는지."

"시끄러, 인마! 재수 없게 시리! 내가 이래봬도 여자 문제만 빼면 누구한테 원망 한번 들어 본 적이 없는 사람이야."

"그러니까 그거 말이에요. 여자 문제!"

선일이 찜찜한 표정으로 말했다.

"그건 나도 장담 못하지. 가만, 그렇다면 혹시 나한테 버림받은 여자 중에?"

선일이 생각을 더듬다가 고개를 흔들었다.

"아냐, 아냐. 그 귀신은 모르는 얼굴이었어."

"한번 쫓아가 봐야 하지 않을까요? 혹시라도 스승님 집을 찾아가는 거라면? 사모님한테 해코지라도 한다면?"

진만의 말에 선일의 표정이 사색으로 변했다. 귀신의 '귀'자만 들어도 뒤로 넘어가는 애숙을 떠올리자 말 그대로 오금이 저려왔던 것이다. 선일이 얼빠진 사람처럼 중얼거리며 종종걸음으로 달리기 시작했다.

"애숙 씨는 안 되는데. 우리 애숙 씨한테 그러면 큰일 나는데. 진만아, 어딨냐? 애네들 어디로 갔냐?"

진만이 바쁘게 걷다가 선일을 옆 골목으로 확 잡아끌고는 조용히 속삭였다.

"저기 앞에 가고 있어요."

선일도 거울을 통해 산책이라도 하는 것처럼 한가롭게 걸어가는 두 영을 확인했다. 긴장으로 선일의 손이 파르르 떨리고 있었다. 진만이 의아하게 물었다.
 "지금 무서워서 떠시는 거예요?"
 "이 자식이, 스승을 대체 뭘로 보고! 아까 당한 게 분해서 그런다, 분해서!"
 "그나저나 저 영들이 정말로 스승님 집으로 가면 어떡하죠?"
 "어떡하긴 인마! 꽹과리를 두들겨야지!"
 "지난번처럼 동네 사람들 다 몰려나올 텐데요?"
 "몰매를 맞아 죽어도 할 수 없지. 귀신한테 나 죽이쇼 하고 목 내놓고 있을 순 없는 일 아니냐?"
 "그런 일이 일어나지 않기만을 바라야겠네요."
 밖으로 나가려던 진만이 다시 선일을 잡아끌었다.
 "멈췄어요!"
 선일이 거울로 보자 두 영은 한 건물 앞에 멈춰 서서 얘기를 나누고 있었다. 선일이 감탄하듯 말했다.
 "이야…… 신기하네. 귀신이 돼서도 하는 짓이 사람하고 똑같네. 대화도 나누고 지하철도 타고. 저게 귀신인 줄 모르고 보면 그냥 사람이잖아."
 "당연하죠. 저 영들도 얼마 전까진 사람이었을 텐데 죽었다고 갑자기 무슨 괴물이 되는 건 아니잖아요."
 "하긴 그러네. 야, 저것 봐라!"
 선일의 소리에 보니 두 영이 공중 부양을 하는 것처럼 건물의 위로 올라가는 게 보였다. 영들은 건물의 맨 꼭대기 옥상에 다다르자 뛰어내리는 것처럼 안쪽으로 사라졌다.

"어떡할까요?"

"뭘 어떻게? 최소한 우리 집 찾아가는 건 아니라는 거 확인했으니까 천만다행이지."

선일이 한숨을 내쉬며 말했다.

"이제 좀 마음을 놓겠네. 가서 우린 삼겹살이나 구워 먹자!"

진만이 고집을 부리는 것처럼 말했다.

"전 옥상에 올라가 봐야겠어요."

"너 진짜!"

"겁나면 스승님은 먼저 가세요. 전 귀신들이 이 건물 옥상에 왜 올라갔는지 알아봐야 할 것 같아요. 말했잖아요. 저희 10대조 할아버지가 진짜 유명한 퇴마사셨다고. 덕분에 집안 분들이 대대로 귀신한테 괴롭힘을 많이 받았어요."

"그러니까 더더욱 너라도 정신 차려야지!"

"제 말이 그 말이에요. 집안 분들이 자신의 몸에 흐르는 피를 부정하다 보니 귀신한테 오히려 괴롭힘을 당하고 산 거예요. 전 그렇게 살지 않을 겁니다. 귀신을 볼 수 있는 특별한 능력을 가진 건 다 이유가 있을 거예요. 전 제 능력으로 악귀와 부딪혀 싸울 겁니다."

말을 마친 진만이 말릴 사이도 없이 건물 안으로 사라졌다. 선일은 진만이 사라진 건물의 입구와 옥상을 번갈아 보다가 머리를 움켜잡았다.

"이런 젠장맞을! 이번에야말로 제대로 기회가 찾아왔나 싶었는데. 이놈의 팔자는 어떻게 된 게 뭐하나 시원하게 풀리는 게 없냐?"

어쩔 수 없이 선일도 건물 안으로 들어섰다. 그는 어두컴컴한 계단을 따라 건물 옥상으로 올라갔다. 중간에 작은 소리로 진만의 이름을 불렀지만 불길하게도 아무런 대답이 없었다. 옥상에 다다른 선일은 반쯤 열린 문을 통해 옥상 밖으로 조심스럽게 몸을 내밀었다. 선일이 막 진만의 이름을 부르려는 찰나 솥뚜껑 같은 손이 선일의 입을 틀어막아 계단 안쪽으로 끌어들였다.

선일이 기겁을 하며 버둥거렸지만 억센 손은 꼼짝도 하지 않았다. 대신 익숙한 목소리가 귀에 대고 속삭였다.

"지금 바로 앞쪽에 있어요."

진만이 조심스럽게 입에서 손을 떼자 선일이 얼른 손등으로 입을 닦아내며 투덜거렸다.

"아까 화장실 갔다 와서 손도 안 씻고선!"

선일이 거울을 들어 비추자 두 영이 옥탑방의 방문 앞에 서 있는 모습이 보였다.

"뭐하는 거야?"

진만이 고개를 저었다. 잠시 후 두 영이 옥탑방 안으로 스며들어가는 것처럼 스윽 하고 모습을 감췄다. 진만이 초조하게 중얼거렸다.

"어떡하지? 아무래도 저 집에 무슨 일이 있을 것 같은데."

"확실히 알지도 못하면서 무턱대고 들어가면 어떡해? 일단 좀 지켜보자고. 여차하면 꽹과리 치면 될 거 아냐. 동네 사람들이 다 깨든 말든!"

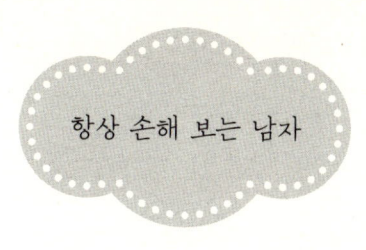

항상 손해 보는 남자

 구의원이라고 경찰차에서부터 행패를 부리던 강인철은 지구대에 도착해서도 그를 데려온 경찰관들에게 욕설을 퍼부으며 지구대장실로 밀고 들어갔다. 그는 이미 퇴근한 지구대장을 부르라고 고래고래 고함을 질렀고 지구대 직원들은 곤혹스런 표정으로 씁쓸하게 입맛을 다셔야만 했다.
 "야! 아직도 연락 안 됐어? 얼른 지구대장 오라고 그래! 이따위로 근무해서 지구를 어떻게 지키나? 지구대장이 이렇게 근무를 태만하게 하니까 부하들 교육을 그 따구로 시키는 거 아냐? 썸할, 쌍방 과실 같은 소리하고 있어! 내가 저런 술집 년하고 저런 덜 떨어진 놈하고 쌍방 과실? 이것들이 대한민국 구의원을 뭘로 보고 말이야!"
 지구대장실에서 강인철의 혀 꼬부라진 소리가 쉴 새 없이 흘러나오는 동안 영수와 혜정은 경찰관 앞에 앉아 묻는 질문에 꼬박꼬박 대답하며 조서를 작성하고 있었다. 경찰관이 피 묻은 영수의 얼굴을 살피며 물었다.

"많이 다친 것 같지는 않은데? 코뼈는 괜찮죠?"

"예."

"다른 데 아픈 데 있어요?"

"아뇨. 별로."

옆에 있던 혜정이 답답한 얼굴로 말했다.

"괜찮긴 뭐가 괜찮아요? 얼굴이 퉁퉁 부었는데. 병원 가서 엑스레이 찍고 진단서 끊어 봐야 괜찮은지 알 수 있죠!"

경찰이 볼펜을 통통 두드리며 말했다.

"어이, 아가씨는 가만있어. 내가 지금 아가씨한테 묻는 거 아니잖아. 아가씨가 이 사람 보호자야, 뭐야?"

"나 때문에 다쳤으니까 그렇죠. 아까 어떤 경찰분이 자꾸 쌍방 과실, 쌍방 과실 하는데 쌍방 과실은 무슨 얼어 죽을 쌍방 과실이에요? 이 아저씨는 일방적으로 맞기만 했는데. 구의원 저 인간이 머리로 얼굴 들이받아서 이 아저씨 넘어져 있는데 막 발로 밟고 걷어차고 그랬거든요! 나중엔 그거 뭐지? 그 파라솔 가운데 박혀 있는 쇠기둥 있잖아요? 그걸 휘두르면서 때렸다니깐요! 모르긴 해도 병원 가서 진단서 끊으면 최소 4주는 나올걸요? 지가 구의원이면 구의원이지 사람을 이렇게 막 패도 되는 거야? 지금 세상이 어떤 세상인데."

혜정의 말을 가만히 듣고 있던 경찰관이 비웃는 것처럼 물었다.

"지금이 어떤 세상인데?"

"어떤 세상은 어떤 세상이에요? 구의원이라고 사람 함부로 패다간 큰코다치는 세상이지!"

경찰관이 피식 웃더니 말했다.

"정말 그렇게 생각해? 내가 보기엔 아닌 것 같은데."

혜정이 뭐라고 반박하려하자 경찰관이 얼굴을 돌려 가만히 고개만 숙이고 있는 영수에게 물었다.

"어떻게 할 겁니까? 고소할 거예요? 조서는 썼지만 처벌을 원한다는 의사를 표현하지 않으면 그냥 없던 일로 되는 겁니다. 처벌 원하시면 진단서 첨부하셔야 되고."

그러면서 경찰관이 갑자기 목소리를 낮췄다.

"솔직히 폭행이 인정된다고 해도 기껏 벌금 몇 푼 내도록 하는 게 다예요. 대신 저 구의원이 무지 귀찮게 할 겁니다. 우리 지구대 단골인데 지금껏 벌금 낸 적이 한 번도 없어요."

"처벌을 원하지 않으면 지금 집에 갈 수 있나요?"

혜정이 목소리를 높였다.

"아저씨 바보예요? 맞은 거 억울하지도 않아요? 저런 인간은 이참에 버릇을 따끔하게 고쳐줘야 한다구요! 내가 목격자, 아니 증인 서 줄게요!"

경찰관이 말했다.

"아가씨는 증인 자격 없어요. 사건 당사자면서 무슨?"

경찰관이 영수를 보고 은근하게 말했다.

"그럼, 처벌 원치 않는 거죠? 확실해요?"

"예."

경찰관이 옆에 있던 다른 경찰관과 몇 마디 얘기를 주고받더니 어떤 서류를 내밀고 읽어 본 후 사인을 하라고 했다. 영수는 서류를 읽지도 않고 서명 란에 사인을 했다. 영수가 서류를 경찰관에게 건네려고 하자 혜정이 발끈하고 끼어들었다.

"뭔지 읽어 보지도 않고 사인을 하면 어떡해요?"

경찰관이 귀찮은 표정으로 혜정을 물끄러미 보다가 말했다.

"아가씨 말이 맞으니까 잘 읽어 보고 서명해요."

영수가 서류를 건네받아 금방 읽고는 다시 경찰관에게 건넸다. 경찰관이 이번엔 혜정을 돌아보고 물었다.

"아가씨는? 어디 다쳤어요?"

혜정이 지구대장실을 가리키며 분한 음성으로 소리를 높였다.

"저 인간이 내 머리카락을 잡고 휘둘러서 머리카락이 거짓말 안하고 한 움큼은 뽑혔거든요! 그리고 이 아저씨가 도와주지 않았으면 무슨 일을 당했을지 모른다구요! 주먹으로 막 머리 때리고."

"머리를 때렸어요? 얼마나?"

"한 대요!"

"주먹으로 맞았어요? 지금 머리 아파요?"

"지금은 그렇게 아프진 않지만 이 아저씨가 말리지 않았으면 저 어떻게 됐을지 모른다니깐요! 저 인간 완전히 이성을 상실하고 날뛰었다구요!"

경찰관이 조서를 꾸미며 지극히 사무적인 목소리로 물었다.

"그래서 어떡할래요? 진단서 뗄 거예요?"

혜정이 머뭇거리다가 물었다.

"머리카락 빠진 것도 진단서 끊어 줘요?"

옆에 있던 경찰관이 피식 하고 웃자 혜정이 얼굴이 벌개져서 쏘아붙였다.

"왜 웃어요? 머리카락을 얼마나 아프게 잡고 휘둘렀는지 알기나 해요? 안 당해 봐서 모르죠? 계속 그렇게 있었으면 머리카락이 아니라 머리가죽이 벗겨졌을지도 모른다구요!"

경찰관이 조용히 말했다.

"그건 내가 대답할 수 있는 문제가 아닙니다."

"뭐가요?"

"머리카락 뽑힌 걸로 진단서 끊을 수 있는지 없는지."

혜정이 가만히 손톱을 만지작거리다가 손등으로 눈물을 훔치며 말했다.

"됐어요! 나도 귀찮은 건 질색이니까."

결국 혜정도 경찰관이 내민 서류에 사인을 하고 모든 걸 없던 일로 한 후 영수와 함께 지구대를 나왔다. 나란히 밤길을 터벅터벅 걸으면서 둘은 한동안 아무런 말도 하지 않았다. 먼저 말을 꺼낸 건 혜정이었다.

"분하지도 않아요? 왜 처벌을 원치 않는다고 했어요?"

"그냥 집에 빨리 가고 싶어요."

혜정이 이해가 가지 않는다는 듯 말했다.

"아니, 어린애도 아니고 집에 꿀단지 숨겨 놨어요?"

영수가 아무런 대답도 하지 않자 혜정은 담배를 꺼내 물고 불을 붙였다. 그녀가 한숨처럼 하얀 연기를 밤공기 속으로 내뿜었다.

"이사 오는 거 봤어요. 환자가 있는 것 같던데…… 부인이에요?"

"네."

"어디가 아픈데요?"

영수는 대답하지 않았다. 아니 하지 못했다고 하는 편이 옳았다. 어디가 아프다고 딱 집어서 얘기할 수가 없었던 것이다. 그렇다고 식물인간이라는 소리는 하기가 싫었다. 혜정의 하이힐 소리가 또각또각 투명한 음색으로 밤공기를 울렸다.

"아저씨 뭐하는 사람이에요? 회사 다니는 것 같지도 않던데? 옥상에 올라갈 때마다 집에 있는 것 봤는데. 혹시 백수예요? 백수면 생활비는 누가 벌어요? 아들도 있고 환자까지 있는데? 모아 놓은 돈이 많아요?"

"아니. 과외…… 해요."

혜정이 놀란 음성으로 반문했다.

"과외요? 애들 가르치는 과외?"

"아직은 이사 온 지 얼마 되지 않아서 학생이 두 명밖에 없어요."

혜정이 어린애처럼 들뜬 소리로 물었다.

"과외면 무슨 과목요? 국어? 영어? 아니면 수학? 내가 학교 다닐 때 세상에서 제일 싫어했던 과목이 수학인데."

영수가 쑥스럽게 웃으며 대답했다.

"네. 맞아요. 수학."

"와, 정말요? 나 이상한 게 수학은 무지 싫은데 수학 잘하는 사람은 짱 좋아해요. 아저씨 공부 무지 잘했나 보다. 그럼 학교도 좋은 데 나왔어요? 하긴 뭐 학교 좋은 데 나왔다고 가르치는 것도 잘하는 건 아니지만. 어디 나왔어요? 나한테만 살짝 얘기해 봐요. 소문 안

낼게. 혹시 알아요? 내가 과외 학생 소개시켜 줄지?"

영수가 머뭇거리고 대답을 하지 않자 혜정이 정색을 하고 말했다.

"뭐야? 단란주점에서 일한다고 무시하는 거예요? 정말이라니깐? 내가 학생 모아 준다구요! 어느 대학 나왔는데?"

"서울대 수학과요."

담배를 피우던 혜정이 연기가 목에 걸린 듯 갑자기 캑캑거리더니 눈을 동그랗게 뜨고 되물었다.

"방금 서울대라고 그랬어요? 서울대? 정말이에요?"

"네."

"말도 안 돼! 정말 서울대예요?"

영수가 약간 걱정스러운 눈빛으로 고개를 끄덕이자 혜정이 과장된 음성으로 목소리를 높였다.

"어떻게 서울대 나온 사람이 옥탑방에서 살 수가 있어요? 솔직히 아까 지구대에서 있잖아요? 이런 말해서 좀 그렇지만 아저씨 약간 모자란 사람인줄 알았거든요. 그런데 진짜 서울대 나왔어요?"

혜정이 말을 해 놓곤 영수의 눈치를 살폈다. 영수가 진지한 표정으로 되물었다.

"왜요, 아닌 것 같아요?"

"아니, 그런 얘기가 아니라."

영수가 영문을 몰라 어리둥절한 표정을 짓자 혜정이 갑자기 한숨을 푹푹 내쉬며 혼잣말처럼 중얼거렸다.

"우리 엄마가 세상에 공부만 잘하는 바보도 많다고 하더니 딱 이 아저씨를 두고 한 말이었네."

혜정이 힐끔 쳐다보자 영수는 이미 다른 생각에 빠져 앞을 보고 부지런히 발걸음만 옮기는 중이었다. 그 사이 둘은 영수의 옥탑방이 있고 혜정의 직장인 단란주점이 있는 건물 앞에 도착해 있었다. 건물 앞에서 혜정이 진지하게 말했다.

"오늘 고마웠어요. 정말로! 앞으로 옥상에 올라가면 서로 아는 체하기예요. 알았죠?"

영수가 덤덤하게 고개를 끄덕이며 대답했다.

"그렇게 해요. 그럼, 먼저 올라갈게요. 조심해서 가요."

건물 안으로 들어가는 영수의 등에 대고 혜정이 물었다.

"원래 그렇게 말이 없어요? 아니면 수줍음이 많은 거예요?"

영수가 어색하게 웃으며 대답했다.

"원래 말을 잘 못해요."

영수는 혜정과 헤어진 후 서둘러 옥상 계단을 올라갔다. 옆구리가 결리고 코가 시큰거렸지만 참을 수 있는 정도였다. 몸이 아픈 것보다 몇 배나 두렵고 겁나는 일은 지호나 지영과 함께 있지 못하는 상황이 벌어지는 것이다. 지구대에서도 그의 마음은 줄곧 지호와 지영에 대한 걱정으로 가득했다.

영수가 막 옥상으로 나서서 옥탑방으로 걸음을 옮길 때였다. 갑자기 시커먼 그림자 두 개가 앞을 가로막았다. 그렇잖아도 구의원과 한바탕 소동을 벌인 터라 영수는 본능적으로 몸을 움츠렸다. 둘 중에서 덩치가 큰 쪽이 물었다.

"여기 옥탑방에 살아요?"

반사적으로 지호나 지영에게 무슨 일이 생긴 건 아닌지 걱정이 들었다. 영수가 조심스럽게 물었다.

"왜 그러세요?"

이번엔 덩치가 훨씬 작은 쪽이 앞으로 나서더니 영수의 팔을 끌며 낮은 소리로 속삭였다.

"저기 잠깐만 이쪽으로."

그들은 영수를 옥탑방에서 먼 쪽으로 데려가더니 명함을 건넸다.

"혹시 퇴마사라고 들어보셨는지?"

영수는 그들이 건넨 명함을 들여다봤다. 한 장엔 '수석 퇴마사 장선일'이라고 이름이 적혀 있었고 다른 한 장엔 '퇴마 보조사 오진만'이란 이름이 새겨져 있었다.

"저한테 무슨 일로?"

선일이 옥탑방과 영수를 번갈아 보며 심각하게 말했다.

"어이구, 얼굴을 많이 다치셨네. 어쩌다가?"

영수가 뭐라고 말을 하려고 하자 선일이 손을 들어 알았다는 표시를 하고 말을 이었다.

"알았습니다. 본론만 얘기하죠. 실은 저기 옥탑방으로 귀신이 들어가는 걸 봤습니다."

황당한 표정을 짓던 영수가 입을 열려고 하자 선일이 다시 손을 들어 막으며 부연설명을 했다.

"물론 믿기지 않을 겁니다. 그리고 우리가 이상한 사람처럼 보이겠죠. 하지만 믿어야만 합니다. 귀신은 정말로 있어요. 기회가 되면 직접 보여드릴 수도 있습니다."

영수가 피곤한 음성으로 말했다.

"귀신이 있든 없든 지금 너무 피곤하니까 볼 일이 있으면 내일 다시 오세요."

이번엔 진만이 나서서 설명했다.

"귀신이 있느냐 없느냐가 중요한 게 아니라 왜 하필이면 저 옥탑방으로 들어갔느냐가 중요한 겁니다."

선일이 진만의 말을 받아서 말했다. 선일은 아까 귀신한테 당한 게 생각나 약간 오버해서 강조를 했다.

"저기 옥탑방으로 들어간 귀신은 보통 귀신이 아니에요. 악귀예요, 악귀! 분명히 당신이나 가족한테 해코지를 할 겁니다!"

영수가 두 사람에게 사정하는 것처럼 말했다.

"제가 멀쩡한 사람처럼 보여요?"

두 남자가 동시에 반문했다.

"예?"

"정말 피곤하다구요. 얼굴 보면 모르겠어요? 난 지금 병원에 있어야 할 사람이란 말입니다. 만약 귀신이 나타나면 여기 명함보고 연락하면 되는 거죠?"

선일과 진만이 어쩔 수 없이 찜찜하게 대답했다.

"뭐, 그렇긴 하죠."

영수가 돌아서더니 휘청거리며 옥탑방으로 걸어갔다. 선일이 영수의 등에 대고 말했다.

"우리 말을 영 못 믿는 모양인데, 귀신을 직접 보게 해 줄 수도 있다니깐!"

하지만 영수는 어떤 대꾸도 하지 않고 그대로 옥탑방 안으로 사라졌다.

"이런 젠장맞을! 도와주려는데 완전히 잡상인 대하듯 하네."

진만이 영수를 감싸듯 말했다.

"근데 저 사람 말이 맞는 것 같은데요. 보기에도 상태가 좀 안 좋아 보이던데. 얼굴도 그렇고 머리도 약간……."

그러면서 진만이 이마에 대고 손가락을 뱅글뱅글 돌렸다.

"아, 몰라! 도와준다는데도 싫다면 어쩔 수가 없지. 명함도 줬고 무슨 일 있으면 연락하겠지. 그만 내려가자!"

운명의 수

내 이름은 정옥이야. 신정옥! 앞으로 이모라고 불러.

정옥의 말이 끝나기가 무섭게 희진이 얼른 대답했다.

알았어요. 이모.

이름도 가르쳐주고 앞으로 부를 호칭도 알려 준 걸 보면 정옥은 더 이상 희진을 모른 체하지 않으리란 생각이 들었고 그것만으로도 막연하고 두렵기만 하던 마음이 한결 안정이 됐던 것이다.

정옥은 나란히 누워 있는 모자를 지켜보다가 지영 쪽으로 스윽 다가갔다. 그녀가 초점 없는 지영의 눈동자를 가만히 들여다봤다. 잠시 후 정옥이 지영의 얼굴 위에 손바닥을 올리더니 눈을 감고 뭔가를 탐색하는 것 같은 표정을 지었다. 한동안 미동도 하지 않고 있던 정옥이 살며시 눈을 뜨더니 희진을 돌아보고 물었다

너 올해 스물일곱이라고 했지? 혹시 생일이 음력 8월 14일이야?

네, 맞아요. 그걸 어떻게?

태어난 시간은 새벽 1시 16분!

희진이 깜짝 놀라는 표정을 지으며 소리쳤다.

와! 거의 맞았어요! 엄마가 전 새벽 1시 17분에 태어났다고 했어요.

그건 병원 시계가 틀렸거나 간호사가 시간을 조금 늦게 확인해서 그런 거야. 넌 새벽 1시 16분에 태어났어! 아무튼 틀림없네!

뭐, 뭐가요?

운명의 간섭!

운명의 간섭이라고요?

정옥이 창으로 흘러드는 창백한 달빛을 온몸으로 받으며 몇 번 심호흡을 한 후 입을 열었다.

사람에겐 누구나 운명을 정해 놓은 운명의 수라는 게 있지.

운명의 수?

흔히 사주팔자라고 말하는 게 그거야. 이 운명의 수가 가지는 비밀을 풀기 위해 수많은 사람들이 일생을 바쳐 연구했지만 그 비밀을 완벽하게 푼 사람은 없어. 재미있는 건 그 운명의 수가 완벽하게 일치하는 사람들이 동시대에 함께 존재하는 경우가 적지 않다는 거야. 그렇다면 운명의 수가 같은 사람들은 완전히 똑같은 삶을 살게 되는 걸까? 또 운명의 수가 일치하는 건 세상을 관장하는 신의 오류일까, 시스템 속에서 처음부터 허용된 특별히 예외적인 경우일까?

희진은 영문을 몰라 눈만 깜빡였지만 정옥의 표정은 진지했다. 정옥이 다시 물었다.

아무 생각이 없어?

희진은 질문에 답을 할 수가 없었다. 정옥의 말처럼 한 번도 그런 문제에 대해 진지하게 생각해본 적이 없었기 때문이다. 살아 있었을 때 그녀의 주된 관심사는 오로지 예쁜 얼굴과 근사한 몸매, 사람들의 관심을 받고자하는 욕망 그리고 명품과 남자, 럭셔리한 라이프스타일이 전부였기 때문이다.

운명의 수라니. 그녀의 인생에도 그런 운명이 존재했단 말인가.

정옥이 말을 이어나갔다.

다른 건 몰라도 이 한 가지는 확실하게 말할 수 있어. 운명의 수가 같은 사람들이 물리적으로 가까운 공간에 공존하거나 서로 영향을 주고받을 정도의 가까운 인연으로 엮이게 되면 각자의 운명이 충돌하면서 서로의 운명에 영향을 미치고 간섭을 하게 된다는 거야. 그렇게 되면 두 사람 모두 불행해질 가능성이 대단히 높아져! 가까우면 가까울수록 그 불행의 강도도 점점 커지게 되고!

희진은 정옥이 왜 이런 말을 꺼내는지 이유를 몰랐다. 그녀는 수업 시간에 선생님 말씀을 다 이해하지 못해 눈만 껌뻑거리는 여고생처럼 멍한 눈길로 정옥을 주시했다.

이 여자, 한지영은 너하고 완벽하게 사주가 같아. 즉 운명의 수가 일치한다는 얘기야!

희진은 식물인간이 되어 누워 있는 여자를 신기한 눈으로 보며 되물었다. 물론 정옥이 전하고자 하는 말의 의미를 온전히 깨달은 건 아니었다.

그래서요?

네가 하늘의 부름을 받고 올라가려고 할 때 네 이름을 부르는 목소리를 들었다고 했지? 그리고 그 목소리를 따라왔더니 이 방이었고?

희진이 고개를 끄덕였다.

모르긴 해도 널 부른 그 목소리의 주인은 여기 누워 있는 한지영이 틀림없어. 목소리를 따라왔더니 이곳이었고 한지영이 너와 사주가 같다는 건 절대로 우연한 일이 아니지!

저기요, 아니 이모! 난 아직도 무슨 소린지 도통 모르겠어요. 여기 한지영이라는 여자는 말을 하기는커녕 눈동자도 혼자 움직일 수 없는 상태라고요! 그러니까 절 부를 수도 없고 혹시 불렀다고 해도 그렇게 먼 곳까지 소리가 들리는 건 불가능해요!

넌 아직도 눈에 보이는 것만 믿니? 이건 영적인 영역의 문제야. 비록 한지영이 물리적으로는 의사 표현을 전혀 하지 못하는 상태에 놓여 있지만 그녀의 영혼은 그렇지 않단 말이지. 한지영이 너에게 의사를 전달한 건 둘의 운명이 어떤 식으로든 연결이 됐기 때문이라고! 이 여자가 이런 불행한 삶을 살고 있는 것도 운명의 간섭 때문일 가능성이 높아. 만약 그렇다면 이 여자의 몸이 이렇게 된 시점으로 거슬러 올라가서 어디서부터 너하고 인연이 얽히게 됐는지 그 실마리를 찾아야 해! 만약 그 업보를 풀지 않고 각자 이승을 떠난다면 다음 생에도, 또 그 다음 생에도 비극은 계속 반복될 테니까.

하지만 전 정말로 이 여자를 몰라요. 서로 인연이 이어져 있다는 건 말도 안돼요. 한 번 본 적도 없거든요.

넌 몰라도 네 주위의 사람과 연결이 됐을 수도 있어. 지금부터 네가 그걸 찾아봐야 하는 거야. 그래야만 꼬여버린 운명의 실타래를 풀 수가 있을 테니까!

희진이 물끄러미 지영의 흐린 동공을 들여다보다가 자신 없는 소리로 푸념을 했다.

알지도 못하는 사람과 운명의 실타래를 푼다? 너무 어려워요. 대체 뭘 어떻게 하라는 건지.

두 사람 모두 만족해서 가슴에 맺힌 한을 풀 수 있는 해결책을 찾아야만 해!

그건 더 어려운 말이네요. 전 죽었고 이 여자는 식물인간으로 누워 있는데 두 사람이 만족할 수 있는 해결책을 찾으라고요? 문제가 뭔지도 모르는데? 이제 와서? 너무 늦어버린 거 아닌가요?

늦었을지 어떨지는 나도 몰라.

그런데 그걸 어떻게 그렇게 확신하세요? 그 운명의 수라는 것, 그런 게 존재한다는 걸 말이에요!

난 알아. 우리 부모님이 그랬거든. 그래서 난 너와 이렇게 만난 것 역시 단순한 우연이 아니란 생각이 들지 않아.

희진의 입에서 신음이 흘러나왔다. 정옥의 눈길이 아주 먼 곳을 응시하는 것처럼 아득해졌다.

내 부모님은 사주가 완벽하게 같았어. 처음엔 오히려 그게 인연이라고 생각했지만 두 사람이 사랑하면 할수록 주위 사람들, 가까운 가족들에게 나쁜 일이 일어나기 시작했어. 운명의 간섭이 시작된 거지. 할아버지의 사업이 망하고 외삼촌은 교통사고를 당해 반신불수가 되셨어. 시간이 흐를수록 점점 더 끔찍하고 무서운 일들이 일어나더군. 마침내 가까운 사람들이 하나둘씩 죽어가기 시작한 거야. 내 어머니는 무녀였어. 그것도 대대로 무업(巫業)을 이어받은 세습무였지. 그런데 아버지를 만나면서 무녀 일을 그만뒀는데 그것 때문에 그런 안 좋은 일이 생기는 줄 알았어. 그런데 우연히 역학을 공부하는 분을 만났는데 그분이 이유를 가르쳐 줬어. 두 사람의 운명의 수가 같아서 그렇다고. 운명의 간섭이 일어나서 그렇다고. 그분은 부모님이 겪은 일들을 이미 알고 있었어.

믿기지가 않아요. 어떻게 그런 일이 일어날 수가 있는 거죠?

넌 세상에서 일어나는 일들에 대해 얼마나 많이 알고 있다고 생각해? 아마 1퍼센트도 안 될 거야. 아니 그보다도 더 모를지도 모르지. 세상엔 인간이 아는 것보다 모르는 게 훨씬 많으니까. 광활한 우주에서부터 눈에 보이지 않는 미생물에 이르기까지. 그러면서 사람들은 마치 모든 걸 알고 있다고 착각을 하지. 세상에서 일어나는 많은 불행과 비극은 우리가 도저히 납득하기 어려운 것들이야. 세상에 도움을 주며 착하게 살던 사람이 비극적인 죽음을 맞게 되고 온갖 악행을 저지른 사람이 행복하게 오래 살기도 해. 처음엔 사소해 보이던 일이 집안을 망하게 하고 어마어마한 재앙으로 돌변하는 경우도 있어. 어떤 논리적인 설명으로도 이해되지 않는 일들이 주위에서 일상처럼 일어나지. 우린 그런 불확실하고 비논리적인 삶을 살고 있는 거야. 그건 우리가 가지고 있는 정보가 지극히 제한적이기 때문이지.

정옥이 잠시 숨을 돌리고 말을 이어나갔다.

우리 부모님에게도 그런 일이 일어난 거야. 다행히 그분의 조언으로 부모님은 방법을 찾았지. 그 방법은 두 분이 서로 다른 종교를 가지는 것이었어. 어머니는 다시 무녀가 됐고 아버지는 개신교를 믿기 시작한 거야. 나중에 아버지는 목사가 되셨어. 두 분은 종교에 귀의함으로써 운명의 저주를 피해간 거야. 종교가 다르다는 건, 물론 진심으로 믿을 때 얘기지만, 한 공간에 있어도 영적으로 서로 다른 차원에 존재하는 것과 같다고 하더군. 다행히 두 분은 서로 사랑하는 사이였기 때문에 서로를 위해 합의하고 양보를 할 수 있는 방법을 받아들인 거야. 아마 너나 이 여자처럼 남남이라면 그렇게 둘 다 만족할 수 있는 길을 찾는 게 결코 쉽진 않을 거야.

쉽지 않은 게 아니라 이제 와서 돌이키기엔 불가능하지 않나요? 만약 이 여자와 제 운명의 수가 같아서 이런 비극이 일어났다고 해도 우린 어떻게 할 방법이 없는걸요.

네가 절실한 마음이 없다면 나도 도울 수가 없어. 두 사람이 모두 만족할 수 있는 운명의 길을 찾는 건 오직 너한테 달렸으니까. 만약 그런 걸 찾았고 내 도움이 필요하다면 언제든 내가 있던 그 장례식장으로 달려와. 도와줄 테니까. 난 처음에 무녀가 될 생각이 없었어. 하지만 부모님의 일을 옆에서 지켜보고 나니 마음이 바뀌더군. 세상에 이성만으로 알 수 없는 일들도 많다는 걸 알았거든. 그때부터 역학과 음양오행 같은 것들을 공부하며 세상에 숨겨진 비밀을 탐구하기 시작했지. 나중엔 천기를 누설할 정도의 용한 능력도 가질 수가 있게 됐지. 한 가지 실수라면 다른 사람의 운명은 그토록 잘 읽어내면서 정작 내 자신의 운명에 대해서는 전혀 알지 못했다는 거야. 내 말을 잊지 마. 업을 풀지 못하면 저주는 결코 사라지지 않아.

희진이 생각에 잠겨있는 사이 정옥의 영은 투명한 공기 속으로 스윽 사라져갔다.

저기 잠깐만요, 이모!

희진이 부르자마자 사라졌던 정옥이 허공에서 다시 얼굴을 내밀었다.

참, 노파심에서 하는 소린데 행여 공간 이동 할 생각이라면 하지 않는 게 좋을 거야 지나버처럼 땅속으로 끌려들어가고 싶지 않다면 말야. 적어도 하루 이틀 정도는 지나야 귀기가 회복이 될 거야. 또 한 가지! 공간 이동 못한다고 내가 했던 것처럼 지하철 타고 어디 갈 생각도 하지 않는 게 좋아. 특히 지하철을 조심해. 온갖 악귀들이 많이 돌아다녀서 위험한데다 공간 이동을 하지 못하는 영은 도망갈 수도 없어서 가장 좋은 먹잇감이 될 테니까 말야. 공간 이동이 어려울 때는 그저 어둡고 습한 곳에 웅크리고 앉아 귀기가 회복되기를 기다리며 쉬는 게 제일이야. 내 말 알아들었어?

말을 마친 정옥은 점점 모습이 흐릿해지다가 눈앞에서 사라졌다. 낯선 방에 홀로 남겨진 희진은 막막하고 을씨년스러운 심정으로 한숨을 내쉬었다. 운명의 간섭이라니. 정말 그런 게 세상에 존재한단 말인가. 하긴 다른 사람도 아닌 청담동 명품녀 양희진이 귀신이 되어 알지도 못하는 남의 집에서 이렇게 눈물이나 짜고 있을 줄 누가 상상이나 했겠는가.

희진은 우울한 심정으로 방 안을 둘러봤다. 궁색하기 이를 데 없는 살림살이였다. 여기에 비하면 희진이 혼자 살던 오피스텔은 궁전이나 다름없었다. 최고급 침대와 포근한 이불 그리고 멋진 야경까지. 냉장고에는 달콤한 초콜릿과 캔 맥주, 치즈와 육포가 가득했고 아로마향의 거품에 몸을 담그고 와인을 마시던 그 황홀한 기분은 결코 잊을 수 없을 것이다. 생일 날 미영이 사가지고 왔던 케이크의 환상적인 맛도 잊을 수가 없다. 그때 손가락에 묻어 있던 크림을 한입이라도 맛볼 수 있다면 지금의 우울한 기분은 절반쯤 날려버릴 수 있을 텐데.

그런 생각을 하니 예전의 시간이 미치도록 그리웠다. 성우와 친구들도 보고 싶었고 피트니스 클럽에서 땀을 흘린 후 시원하게 샤워했을 때의 그 개운하던 기분도 너무나 그리웠다. 뭐가 잘못되었기에 자신에게 이런 끔찍한 불행이 닥쳤단 말인가.

희진은 방의 어두운 구석에 웅크리고 앉았다. 정옥의 말에 의하면 귀신은 잠도 자지 못하고 먹을 수도 없으며 그 어떤 육신의 자극도 없다고 했다. 귀신의 삶은 단조롭고 지루한 시간의 선로 위를 끝도 없이 달리는 열차와 비슷하다고 했다. 이승을 오랫동안 떠돈 영들이 결국 그 지루함을 견디지 못해 인간들 주위를 떠돌며 해코지를 하고 악귀가 되는 것이라고 했다.

말만 들어도 숨이 꽉 막혔다. 사는 것도 아닌 죽은 것도 아닌 그런 어정쩡한 상태로 어떻게 영원히 존재할 수가 있단 말인가. 그렇게 존재하는 게 무슨 의미가 있단 말인가. 차라리 죽음을 맞은 직후에 하늘로 올라가지 못한 게 후회가 될 정도였다.

희진은 양손으로 얼굴을 감싼 채 흐느껴 울었다. 손으로 얼굴을 감쌌다고는 해도 얼굴이나 손바닥 그 어디에도 피부가 와 닿는 감촉은 느낄 수가 없었다. 그녀가 들어도 소름이 끼치는 울음소리만 음산하게 방 안을 휘돌았다. 울음소리 때문인지 지영의 옆에서 잠을 자던 지호가 악몽이라도 꾸는 듯 몸을 뒤척였다.

그렇게 방구석에 얼마나 웅크리고 있었을까. 밖에서 사람의 말소리가 드문드문 들려왔다. 희진은 벽을 통과해 살짝 고개를 내밀고 밖을 내다봤다. 뜻밖에도 아까 지하철에서 정옥이 골탕을 먹였던 두 명의 남자가 와 있었다. 정옥의 말로는 덩치가 큰 남자는 영을 볼 수 있는 능력이 있고 작고 살쾡이처럼 생긴 남자는 영을 보는 능력은 없지만 신비한 거울이 있어서 그걸 통해서 영을 본다고 했다.

정옥은 살쾡이 같은 남자의 관상이 바람기도 많고 사기성이 농후

해 자신이 가장 싫어하는 타입의 인간이라고 했다. 게다가 남자는 퇴마사 흉내를 내고 다닌다고 했다. 지하철에서 정옥은 이참에 단단히 혼내 주지 않으면 사람들에게 귀신을 팔아 사기 칠 게 뻔하다며 다짜고짜 남자를 공격했다. 옆에 있던 덩치 큰 남자가 예기치 않게 부적으로 반격을 가하지 않았다면 더 심한 공격을 했을 수도 있다.

두 사람은 한 남자를 붙들고 얘기를 나누는 중이었다. 두 사람과 함께 있는 남자는 얼굴이 익었다. 옥상에서 소동이 벌어졌을 때도 봤고 지금 있는 옥탑방의 벽면에 붙어 있는 가족사진에도 남자의 모습이 들어 있었다. 방 안에 붙어 있는 가족사진 밑에는 '영수와 지영 그리고 지호의 하루'라는 글자가 예쁜 필체로 적혀 있었다. 지호와 지영은 침대에서 자고 있으니 아마도 밖에 있는 저 남자의 이름은 영수일 것이다.

무슨 이유인지 모르지만 집요하게 매달리는 두 사람을 뿌리치고 영수는 옥탑방으로 들어왔다. 혹시라도 그 두 사람이 함께 들어올까 봐 가슴을 졸이던 희진으로선 여간 다행한 일이 아니었다. 세상으로부터 유배되어 버려진 것 같은 황량한 공간에 따스한 온기를 가진 사람이 들어오자 이상할 정도로 마음이 푸근해졌다.

방에 들어선 영수는 어둠이 눈에 익을 때까지 입구에 서 있다가 지호와 지영이 누워 있는 침대 옆으로 다가왔다. 그는 침대의 반대편으로 돌아가 창문의 문턱에 걸터앉았다. 영수가 지영의 가는 손을 잡았다. 창백한 달빛이 그의 옆얼굴에 떨어졌다.

희진은 처음으로 남자의 얼굴을 찬찬히 들여다봤다. 남자치고는 얼굴선이 고왔고 눈썹 근처까지 내려온 가는 머리카락과 오뚝한 코

날이 왠지 모르게 소년 같은 여린 이미지를 풍겼다. 적어도 20대 후반은 됐을 텐데 뭔지는 모르지만 그 정도 나이의 다른 남자들에게서 느껴지던, 희진이 지금까지 만나 온 많은 남자들에게서 느껴지던 뭔가가 결여된 것 같은 묘한 느낌이 들었다. 남자는 지영의 얼굴 위로 다가가 그녀의 눈을 들여다보며 말했다.

"걱정 많이 했지? 그래. 내가 또 당신 말 안 듣고 술 취한 사람 일에 괜한 참견을 했다가 이런 꼴이 돼 버렸어. 뭐? 어떻게 된 일인지 얘기해 달라고? 지호가 아무런 얘기도 안 했어?"

영수가 지영의 옆에 누워 있는 지호의 얼굴을 살피더니 피식 웃으며 말했다.

"알겠다. 보나마나 당신 옆구리에 얼굴 묻고는 내내 울다가 잠들었구나. 얼굴에 눈물 자국이 그대로 있네."

영수는 마치 멀쩡한 사람과 대화를 하는 것처럼 얘기를 주고받았다. 희진은 혹시 둘이 정말로 말을 하는 건 아닌가 의심이 들어 자세히 살펴봤지만 지영의 눈과 입은 꼼짝도 하지 않았고 말을 주고받는 사람도 영수 한 사람뿐이었다. 그런데도 영수는 오늘 있었던 일을 주절주절 하나에서 열까지 지영에게 들려 주기 시작했다.

"그 아가씨 이름이 궁금하다고? 가만 있자, 이름이 뭐라고 했더라? 아, 그래. 혜정, 송혜정이라고 하더라. 나이는 스물넷이고. 지하에 단란주점 알지? 아, 당신은 이사 올 때 못 봐서 잘 모르겠구나. 이 건물 지하에 단란주점이 있거든. 거기서 일한대. 뭐라고? 그 아가씨 예쁘냐고?"

영수가 빙긋 웃으며 잠깐 생각을 하더니 말했다.

"예뻐. 물론 당신보다는 못하지만. 비록 봉변은 당했지만 잘 도와 줬다는 생각은 들더라. 그 행패 부리던 구의원? 말도 마. 지구대에 가서도 지구대장 나오라고 난리를 치고. 그 사람 지구대장이 지구를 지키는 사람인줄 알았나 봐. 어휴…… 우리나라 경찰관들 참 안됐더라. 그런 사람들 와서 술주정하는 것도 다 받아 줘야 하고. 그 구의원이 내 얼굴을 머리로 들이받았잖아. 그것 때문에 경찰관이 처벌을 원하느냐고 묻는데 그냥 됐다고 했어. 당신도 알다시피 난 세상에서 싸우는 걸 제일 싫어하잖아. 또 경찰서 오가면 집도 자주 비워야 하고 난 원래 거짓말 못하는데 그런 일이 생기면 사람들이 자꾸 의심하고 그러잖아. 물론 그런 내 성격 때문에 당신이 답답하다고 화를 낸 적이 많지. 어? 나한테 화낸 게 아니었다고? 그건 나도 알아. 내 앞에서 화를 냈지만 나한테 화낸 건 아니라는 거. 내가 아니라 나하고 싸운 나쁜 사람들한테 화를 낸 거지? 그 사람들 무조건 나쁜 사람들이라고. 그리고 당신이 항상 그랬잖아. 내가 하는 행동이 옳다고. 바보 같아도 양보하고 손해 보는 게 훨씬 용기 있는 행동이라고. 당신은 언제나 날 응원한다고. 이상하게 내겐 당신의 그 말이 세상 그 어떤 것보다 큰 힘이 됐어. 마치 어릴 때 엄마의 울타리처럼. 지금은 울타리가 없어서 혼란스러워. 내가 지호를 데리고 제대로 살고 있는 건지도 모르겠고."

영수는 잠시 말을 끊고 손으로 지영의 볼을 부드럽게 감쌌다. 달빛에 드러난 그의 눈동자에서 물기가 반짝하고 빛났다. 희진은 마치 한편의 슬픈 연극이라도 보는 기분으로 넋을 놓고 영수를 쳐다봤다. 비로소 영수가 남자이기보다 소년의 느낌으로 다가오는 이유를 적어도 한 가지는 알 것 같았다. 그의 영혼은 그 나이 때의 다른 남자들처럼 음험하지 않았고 목소리 또한 변성기를 지나지 않아 소년의 그것처럼 순수하고 맑았던 것이다.

영수네

 귀신에게 시간이나 나이는 아무런 의미도 없다. 하루해가 지나가는 것도 의미가 없다. 과거란 이름으로 쌓여 가는 것도 없고 미래라고 해서 설렘이나 기다림이 있는 것도 아니다. 그저 관성처럼 영원함을 향해 달려가는 무한한 시간의 흐름이 있을 뿐이다.
 의도한 건 아니지만 희진은 영수네 식구의 일상을 훔쳐보며 그 무한한 시간의 관성에서 잠시 벗어날 수 있었다. 귀신이 사람들 주위를 떠나지 못하는 이유를 이젠 조금 알 것 같았다.
 희진은 집 안에 널린 물건들을 통해 영수네 식구들에 대한 다양한 정보를 얻었다. 벽에는 지호가 가족을 그린 그림이 두 장 붙어 있었다. 그림 속에서 지영은 더 이상 환자가 아니었다. 그녀는 영수, 지호와 함께 한강에서 오리 보트를 타고 있었다. 오리 보트 옆으로 유람선이 지나가고 있었는데 그림에선 유람선보다 오리 보트가 더 컸다.

또 다른 그림은 가족사진이었다. 가운데 지호가 있고 양쪽으로 영수와 지영이 환하게 웃고 있는 그림이다. 각각의 얼굴 밑에는 이영수(26살), 한지영(26살), 이지호(6살)이라고 친절하게 써 놓았다. 이영수와 한지영은 동갑내기 부부였다.

정옥의 말에 의하면 지영이 희진과 동갑이라 했으니 작년에 그린 그림인 모양이었다. 그렇게 따져보면 지금은 영수와 지영이 스물일곱 살, 지호가 일곱 살이 되는 셈이었다. 무심코 나이를 따져보다가 희진은 피식 웃고 말았다.

이 부부는 대체 몇 살에 결혼을 한 거야?

얼핏 계산해도 지영이 지호를 스물한 살에 낳았다는 얘기가 된다. 그럼 결혼은 스무 살이나 그 이전에 했다는 얘기가 아닌가. 자신과 같은 운명의 수를 가지고 태어났다면서 어떻게 이토록 다른 삶을 살 수가 있을까. 그 나이 때 희진은 결혼은커녕 라면 하나도 혼자 끓여 본 적이 없고 관심사라곤 가수가 되는 일과 남자, 명품 옷, 구두 따위가 전부였던 것이다.

열린 창문으로 초가을의 아침 햇살이 지영의 침대까지 밀려들었다. 영수네 식구들은 아침 10시쯤 느지막이 일어났다. 영수도 출근을 하지 않았고 일곱 살인 지호도 유치원에 갈 생각은 하지 않았다. 아마도 유치원을 다니지 않는 모양이었다.

대신 지호는 지영의 침대 옆에 딱 붙은 책상에 앉아 아침부터 수학 문제집을 풀었다. 문제집을 들여다보던 희진은 무슨 일곱 살짜리가 이렇게 어려운 문제를 풀까 의아해하다가 문제집이 초등 4학년 용이란 걸 알았다. 일곱 살의 지호는 4학년 문제를 딱히 막히는 법도 없이 술술 잘도 풀었다.

와아, 이 꼬마 천재네? 왜 이렇게 수학을 잘해?

그야말로 감탄사가 절로 나왔다. 글씨는 아직도 일곱 살짜리답게 삐뚤삐뚤 엉망이었지만 수학실력은 놀라웠다. 하긴 어제 영수가 싸움을 말리려 나가자마자 경찰에 신고한 것만 봐도 보통 똑똑한 꼬맹이가 아니란 생각이 들었다.

지호가 수학 문제를 푸는 동안 영수는 컴퓨터로 과외 모집 전단지를 뽑고 있었다. 전단지에는 이렇게 적혀 있었다.

중고등학생 수학 그룹 과외 합니다!
양심적으로 열심히 가르쳐 드립니다!
성적이 오르지 않으면 과외비 환불해 드립니다!

왠지 어설퍼 보이는 전단지 문구를 본 희진이 피식거리며 연신 웃음을 흘렸다.

아빠가 수학 과외 선생이라 아들도 수학을 잘하는 모양이네?

하지만 이내 곧 생각을 고쳐먹었다. 아무리 아빠가 수학 선생이라도 일곱 살짜리가 초등 4학년 문제집을 술술 푼다는 건 결코 흔한 일이 아니었던 것이다. 문제집을 풀던 지호가 고개를 들더니 열심히 전단지를 준비하는 영수를 물끄러미 바라봤다. 무슨 걱정이 있는지 아이의 얼굴엔 근심이 서려 있었다.

지호가 침대에 누워 있는 지영의 귀에 대고 무슨 얘기인가를 속삭였다. 희진은 지호가 무슨 말을 하는지 듣고 싶어서 얼른 지영의 침대로 이동해 귀를 기울였다. 지호도 어제 영수가 그랬던 것처럼 지영과 자주 대화를 주고받았다. 희진이 지영의 옆으로 얼굴을 갖다 대자 지영에게 말하는 지호의 소리가 마치 그녀의 귀에 속삭이는 것처럼 들렸다.

"과외 전단지 만드는 걸 보면 아빠가 어제 마귀할멈이 했던 말을 기억 못하는 것 같아. 만약 기억 못하는 거면 어떻게 하지? 우린 여기서 또 쫓겨나야 하잖아. 엄마는 어떻게 생각해? 내가 아빠한테 어제 일을 얘기하는 게 나을까? 뭐라고? 아빠가 그걸 잊어버릴 리가 없다고? 그렇긴 하겠지. 하지만 걱정이야. 아빠는 말주변이 없어서 마귀할멈한테 제대로 사정 얘기를 못 할 거라구. 뭐라고? 건물 주인 아줌마를 마귀할멈이라고 부르지 말라고? 건물에 있는 사람들이 다들 그렇게 부르던데 엄마는 그게 나쁜 말이라고 생각해? 아냐. 엄마가 그렇게 생각한다니깐 나도 별로 좋은 말인 것 같지 않아. 알았어. 앞으로는 그렇게 부르지 않을게. 아빠한테도 아무 말하지 않는 게 좋겠지? 아빠가 알아서 할 것 같지? 나도 그렇게 생각해. 하지만 자꾸 걱정이 되는 건 어쩔 수가 없어. 그전에 살던 지하방 같은 곳으론 정말 다시 돌아가고 싶지 않단 말야. 햇볕도 들지 않고 나가서 놀 수 있는 곳도 없잖아. 게다가 엄마는 하루 종일 방에만 갇혀 있어야 하고."

어느새 눈가가 촉촉해진 지호가 얼른 눈물을 훔치며 고개를 돌렸다. 행동도 그렇지만 말투나 생각하는 게 도무지 일곱 살짜리 아이라는 생각이 들지 않았다. 어느 때보면 영수보다 더 어른스러워 보일 때도 있었다. 희진은 지호의 말투나 행동에서 자연스럽게 지영이

건강할 때 가족을 어떻게 대했을지 짐작할 수가 있었다.

지호가 걱정을 하는 건 어제 건물 주인 김 씨가 옥탑방에 더 이상 세를 놓지 않겠다고 엄포를 놓은 일을 두고 하는 말이었다. 지호의 말처럼 영수가 그 일을 기억하고 있을지 희진도 궁금해졌다. 영수는 지금 어떤 생각을 하며 과외 전단지를 만들고 있는 것일까. 옥탑방을 비워야 한다면 저런 전단지도 소용이 없을 텐데.

영수가 다 만든 전단지를 옆구리에 끼고 일어나더니 지호에게 당부했다.

"이거 돌리고 올 테니까 집 잘 보고 있어."

"응."

지호의 대답을 듣고 영수는 옥탑방을 나섰다. 희진은 어떻게 할까 망설이다 영수를 따라나서기로 했다. 영수는 옥상 계단을 내려가며 김 씨에게 전화를 걸었다.

"안녕하세요, 옥탑방입니다. 잠깐 드릴 말씀이 있는데. 네. 지금 내려가겠습니다."

마침 김 씨는 1층 슈퍼 앞에서 아들 기철과 실랑이를 벌이고 있었다. 고등학교 2학년인 외아들이 날이 갈수록 성적이 떨어지니 요즘 신경이 부쩍 예민해진 그녀였다. 김 씨가 멀어지는 기철에게 버럭 소리를 질렀다.

"기철이 너 오늘도 학원 빼먹으면 컴퓨터 못하게 할 거야! 알았어, 몰랐어?"

하지만 기철은 대답도 하지 않고 냉큐 버스에 올라탔다

"안녕하세요?"

멀어지는 버스를 노려보던 김 씨가 짜증스런 표정으로 고개를 돌렸다. 영수를 본 그녀의 미간이 더욱 좁아졌다.

"아, 옥탑방! 그래, 이사 갈 집은 알아보고 있어요?"

머뭇거리던 영수가 어렵게 입을 열었다.

"그렇잖아도 그것 때문에 드릴 말씀이 있어서요. 죄송하지만 월세를 더 올려드릴 테니 그냥 살 수 있도록……."

영수가 말을 끝내기도 전에 김 씨가 완고하게 손사래를 쳤다.

"그 얘긴 끝난 거니까 더 이상 꺼내지 말고!"

김 씨가 매몰차게 말하자 영수가 애원하듯 말했다.

"제발 부탁드립니다. 애 엄마가 몸이 아파서 다른 곳으로 가면 바깥 공기 한번 제대로 쐬기가 어려워요. 여긴 옥상이 있어서 환자 침대로도 밖으로 나가 따스한 볕을 쬘 수가 있거든요. 어려운 사람 도와주시는 셈치고 부탁드리겠습니다. 그렇게만 해 주시면 제가 옥상 청소도 하고 어제처럼 시끄러운 일, 다시는 일어나지 않도록 하겠습니다. 꼭 좀 부탁드립니다!"

영수가 90도로 허리를 꺾어 인사했지만 김 씨는 아랑곳하지 않고 손을 내저었다.

"아직 모르나 본데 나 두말하는 사람 아니에요? 사람들이 괜히 날 마귀할멈이라 부르는 줄 알아? 아무리 뒤에서 수근 거려 봐. 내가 눈하나 깜빡하나? 난 한번 뱉은 말은 안 주워 담아. 괜히 피곤하게 여러 말하지 말고 이달 말까지 방 빼요, 알았지?"

그야말로 기계음처럼 억양 없는 김 씨의 목소리는 상대방의 말문을 탁 막히게 만들었다. 가만히 지켜보고 있던 희진은 너무 화가 나서 할 수만 있다면 직접 나서서 마귀할멈의 얼굴에 손톱자국이라도 내고 싶을 지경이었다. 이깟 허름한 건물 하나 소유했다고 온갖 생색은 다 내고 어려운 사람들한테 상처 주는 전형적인 악덕 건물주란 생각이 들었던 것이다. 희진은 김 씨에게 들리든 말든 그녀의 면전에 대고 소리를 질렀다.

정말 해도 해도 너무 하는 거 아냐? 어떻게 그렇게 인정머리가 없을 수가 있어? 정말 급살을 맞아 죽을 사람은 바로 당신 같은 사람이야! 죽으면 그깟 돈이니 건물이니 자식이니 다 소용없다고! 날 좀 봐! 제발 살아 있을 때 좋은 일 좀 하고 살아요!

하지만 희진의 악담은 돌발적인 영수의 행동 때문에 더 이상 이어지지 못했다. 잘못을 저질러 선생님한테 불려온 학생처럼 고개를 숙이고 있던 영수가 갑자기 바닥에 엎드려 애원을 하기 시작한 것이다. 마치 예전 고을 원님 앞에서 무조건 죽을죄를 지었다고 머리를 조아리는 힘없는 농민의 모습 같았다.

"제발 부탁드립니다! 사정을 좀 봐주세요! 정 안 된다면 단 몇 달만이라도 더 살 수 있게 해 주세요!"

희진이 자기도 모르게 소리쳤다.

아저씨 지금 뭐하는 거야? 그깟 옥탑방이 뭐가 그렇게 좋다고 이런 사람한테 무릎을 꿇고 사정을 해요? 차라리 그냥 다른 곳으로 이사 가 버리라구요! 아, 진짜 내가 예전에 알았으면 한 달 용돈만 모았어도 훨씬 나은 집으로 이사할 수 있게 해 주었을 텐데! 너무 속상하네!

희진은 생전에 왜 단 한 번도 어려운 사람들을 도울 생각을 해 보지 못했는지 후회스러웠다. 무감정에 가깝던 김 씨도 영수의 행동엔 당황한 듯 얼른 시선을 돌렸다. 희진이 김 씨에게 소리쳤다.

그냥 살게 해 줘요, 이렇게까지 하는데 정말 너무 하잖아! 지호 엄마도 아픈 거 알면서! 당신 정말 영원히 마귀할멈으로 살고 싶어요?

하지만 김 씨는 끝내 영수를 돌아보지도 않았고 옥상에서 살라고 허락해 주지도 않았다. 그때 1층 슈퍼의 아줌마가 밖을 내다보더니 놀라서 달려 나왔다. 그녀는 영수에게 과외를 받는 재준의 엄마였다. 그녀가 호들갑스럽게 영수의 팔을 붙들고 물었다.

"아이고, 선생님! 무슨 일인데 여기서 이러고 있어요?"

그제야 영수가 쑥스럽게 낯을 붉히며 자리에서 일어나서는 대답했다.

"아, 아무것도 아닙니다!"

재준 엄마가 이번엔 김 씨를 보고 말했다.

"무슨 일인지는 모르지만 잘 좀 봐줘요. 얼마나 참한 분인데."

"재준 엄마가 나설 자리 아니니깐 가서 일이나 봐요."

영수도 불편한 표정으로 얼른 바닥에 내려놓은 전단지를 주워서 가려고 허리를 굽히는데 마침 불어온 바람이 전단지 몇 장을 날렸다. 영수와 재준 엄마가 주섬주섬 전단지를 주웠다. 김 씨도 자기 발밑에 떨어진 전단지를 무심코 집어 들었다. 유심히 전단지를 보던 김 씨가 영수를 돌아보고 물었다.

"수학…… 과외를 해요?"

"네."

김 씨가 전단지를 건네주며 넌지시 물었다.

"잘 가르치나?"

재준 엄마가 기다렸다는 듯 얼른 끼어들었다.

"우리 재준이 과외 선생님인데 몰랐어요?"

김 씨가 놀라움을 드러내며 되물었다.

"재준이가 옥탑방 사람한테 과외를 한다고?"

김 씨의 얼굴에 의외라는 표정이 떠올랐다. 재준과 기철은 같은 고2인데 재준은 전교 1, 2등을 다투는 아이라 둘의 성적은 하늘과 땅 차이였던 것이다. 김 씨가 미심쩍은 표정으로 물었다.

"이사 온 지 얼마 되지도 않았는데 재준 엄마는 어떻게 알고 옥탑방에 재준일 맡겼어?"

"재준이가 모르는 문제가 있어서 끙끙대는데 마침 여기 선생님이 슈퍼에 들렀다가 보고는 속이 시원하게 문제를 풀어 주셨지 뭐예요? 그러면서 재준이한테 모르는 문제 있으면 옥상으로 올라와서 물어보라고 하시더라구요. 그래서 재준이가 몇 번 다녀오더니 너무 잘 가르치신다면서 과외 선생님 바꾸고 싶다고 지가 먼저 그러더라구요. 고2 정도 되면 선생이 잘 가르치는지 못 가르치는지 부모보다 지들이 먼저 알아보거든요."

영수를 보는 김 씨의 표정이 순식간에 변했다. 김 씨가 조심스럽게 물었다.

"어느 학교 나왔는데?"

이번에도 재준 엄마가 먼저 나서서 자랑스럽게 말했다.

"서울대학교 수학과 나오셨대요!"

김 씨의 표정에 확연한 변화가 나타났다. 그녀의 주름진 얼굴에 이전까지 한 번도 보지 못했던, 약간 어색하긴 하지만 분명 온화한 미소가 떠올랐다. 뜻밖에 그녀가 낯을 붉힌 채 주저하며 말했다.

"아이고 이거 미안해서 어쩌나? 난 그런 줄도 모르고. 그러면 진작 그렇다고 말을 하지 그랬어요? 난 돈 많은 사람도 안 아쉽고 잘난 사람도 필요 없는데 공부 잘하는 사람한테는 뭐 하나라도 더 주고 뭐 한 가지라도 잘해 주고 싶어서 애쓰는 사람인데."

영수가 갑자기 변한 김 씨의 태도에 영문을 몰라 얼떨떨해하는데 그녀는 더 나아가 영수의 손까지 덥석 잡고는 나긋나긋한 목소리로 말했다.

"얼마나 힘들어요? 혼자 아픈 애 엄마 간호하랴, 아들 키우랴. 쯧쯧쯧. 착하기도 하지. 요즘 세상에 멀쩡한 마누라도 버리고 도망가는 판국인데. 아무 걱정하지 말고 그냥 여기서 쭉 눌러 살아요. 우리 건물에 서울대 나온 양반이 옥상에 턱 버티고 있으면 좋은 기운이 아래로 쭉 내려오면서 뭐가 좋아도 건물에 좋은 일이 생기겠지."

어리둥절해하던 영수의 얼굴이 비로소 환하게 펴졌다.

"정말 그래주시겠습니까? 감사합니다! 정말로 감사합니다!"

"고맙긴 내가 고맙지. 앞으로 오래오래 우리 건물에 있었으면 좋겠네."

말을 마친 김 씨가 두 사람의 얘기를 귀를 쫑긋 세우고 듣고 있던 재준 엄마를 돌아보고는 말했다.

"아, 장사 안 해? 재준 엄마가 무슨 스파이도 아니고 언제까지 거기 서 있을 거야?"

재준 엄마가 슈퍼로 들어가며 윙크와 함께 파이팅 하라며 주먹까지 불끈 쥐어주자 영수가 고맙다는 표시로 목례를 했다. 재준 엄마가 들어가고 나자 김 씨가 은근한 음성으로 말했다.

"그래서 말인데 선생님!"

갑작스런 선생님이란 호칭에 영수가 당황해서 말했다.

"그러지 마시고 그냥 전에 부르시던 대로 옥탑방이라고 편하게 부르세요."

김 씨가 손을 내저으며 말했다.

"내가 비록 과부로 억척스럽게 아들 하나 보면서 돈도 제법 모으고 살았지만 늘 아쉬운 게 우리 기철이 공부 못하는 거거든. 부끄러운 얘기지만 난 중학교밖에 못 나왔어."

"아닙니다. 그게 왜 부끄러운 일입니까? 예전에는 집안들이 어려워서 그런 분들이 많았잖아요."

"선생님은 몰라요. 못 배운 설움이 어떤 건지. 난 비록 가방끈이 짧아도 돌아가신 우리 양반은 대학을 나온 분이라우. 내가 우리 기철이 키우면서 그 양반한테 부끄러운 거 하나 없었는데 딱 하나 걸리는 게 기철이가 공부를 못한다는 거야. 혹시라도 기철이가 똑똑한 저그 아부지 안 닮고 머리 나쁜 날 닮아서 저런 게 아닌가 하는 생각이 들면 미안하고 속이 상해서 밤새도록 잠 한숨을 못 잔다니깐."

김 씨가 "에휴……." 하고 한숨을 내쉬더니 옷깃으로 눈물을 찍어냈다. 김 씨가 이전보다 더욱 은근한 소리로 말했다.

"혹시 우리 기철이 좀 맡아 주면 안 돼요? 재준이하고 같은 학년인데 제 딴에는 한다고 노력은 하는 것 같은데 나쁜 내 머리를 닮아서 그런지 과외를 해도 그렇고 학원을 보내도 그렇고 도무지 성적이 오르질 않으니. 그래도 다른 과목은 그나마 지가 열심히 하면 쥐꼬

리만큼이라도 성적이 오르기도 하는데 그놈의 수학은 어떻게 된 게 요지부동이야. 어쩌다 찍어도 한 번쯤은 점수가 잘 나올 법도 한데 고등학교 들어가서는 50점 넘어 본 적이 단 한 번도 없으니 어쩌면 좋을까요? 선생님이 우리 기철이 수학 점수 50점만 넘겨 주면 내가 월세도 안 받을게요. 그리고 앞으로는 옥탑방뿐만 아니라 옥상 전체를 아예 그 집 거라 생각하고 마음대로 써요. 어떻게 안 될까?"

"50점이요?"

영수가 묻자 김 씨가 안타까운 표정으로 고개를 끄덕였다. 영수가 가만히 생각에 잠겨 있다가 물었다.

"이번 모의고사가 2주밖에 안 남았죠?"

"에이, 이번 모의고사에 그렇게 올려 달라는 소리는 아니고 내년 고3때라도 어떻게 좀 안 될까? 50점만 넘기도록!"

"예. 알겠습니다. 걱정 마시고 오늘 저녁부터 당장 올려 보내 주세요. 바로 위층이니까 기철이더러 다른 공부도 옥상에 올라와서 하라고 그러시고요."

김 씨가 눈물이라도 흘릴 것처럼 감동한 표정으로 말했다.

"정말 그렇게만 해 준다면, 우리 기철이 성적만 올려 준다면 내가 그 은혜는 어떻게든 갚을게요! 제발 부탁 좀 드릴게요, 선생님!"

영수는 여전히 어색한 표정으로 간신히 인사만 하고 전단지를 돌리는 대신 옥상 계단을 뛰어올라 갔다. 옆에서 그 모습을 지켜보고 있던 희진 역시 감정이 벅차올라 연신 웃음이 흘러나왔다. 그녀는 영수와 함께 옥상 계단을 뛰어올라 갔다. 지호, 지영과 함께 세 가족이 좋아서 펄쩍펄쩍 뛰는 모습을 놓치고 싶지 않았던 것이다. 더 나

아가 그 기쁨 속에 자신도 동참하고 싶은 마음을 참을 수가 없었던 것이다.

> 양희진, 귀신으로
> 돌아오다!

영수의 집에 머무는 동안 귀기가 회복되자 희진이 맨 먼저 떠올린 사람은 당연히 성우였다. 공간 이동을 할 정도로 충분한 기운이 생겼다는 확신이 들자 그녀는 바로 실행에 옮겼다.

성우가 보고 싶다는 생각을 하고 정신을 집중하자 그녀는 순식간에 방송국 주차장에 가 있었다. 주차장 맨 구석에 성우의 밴이 세워져 있는 게 보였다. 유리에 짙은 썬팅이 되어 있었지만 희진은 차 안의 모습을 훤하게 들여다볼 수 있었다.

희진은 기쁨과 슬픔, 안타까움이 소용돌이치는 감정을 억누르며 천천히 밴으로 다가갔다. 성우는 밴에 홀로 앉아 있었다. 희진은 밴 안으로 물처럼 스며들었다.

성우야. 내가 왔어.

희진이 속삭였지만 성우는 그녀의 소리를 듣지 못했다. 성우는 실내등을 켜놓고 슬픈 음색의 발라드를 들으며 뭔가를 보고 있었다. 희진은 성우 옆에 앉은 후 그립던 그의 얼굴을 손으로 쓰다듬었다. 희진이 안타깝게 중얼거렸다.

난 이렇게 널 바라볼 수 있는데 넌 영원히 내 얼굴을 볼 수도 목소리를 들을 수도 없다니 너무 마음이 아파. 앞으로 다시는 너의 따스한 체온을 느낄 수 없겠지? 서로의 몸을 껴안을 수도 없겠지?

희진은 울지 않으려고 안간힘을 썼다. 성우는 디카에 저장된 사진들을 보고 있었다. 디카 속엔 희진과 성우가 행복하게 보낸 지난 시간들이 고스란히 담겨 있었다. 성우가 사진을 보며 그녀를 추억하고 있다는 사실에 희진은 한 번 더 감격했고 그만큼 마음이 아팠다.

처음 사고가 났을 때 맨 먼저 성우를 찾지 못한 건 찬기와 함께 있다가 사고가 났기 때문이었다. 혹시라도 성우가 배신감을 느끼고 괴로워하지 않을까 두려워 즉시 달려갈 생각을 하지 못했던 것이다. 희진은 잘못을 고백하는 연인처럼 작은 소리로 속삭였다.

미안해, 성우야. 절대 널 두고 다른 마음을 품었던 게 아냐. 찬기 씨하고는 그렇게 심각한 사이는 아니었어. 솔직히 키스 정도는 했지만 그건 네가 앨범내고 날 너무 섭섭하게 대한 데다 자꾸만 아기를 지우라고 다그쳐서 홧김에 그랬던 거야. 물론 찬기 씨가 매력이 있는 남자긴 했지만 너하고 똑같이 저울에 올려 놓고 둘 중 누굴 선택할까 심각하게 재보거나 고민한 적은 절대 없어. 솔직히 내 마음에 뜨거운 기름을 부은 건 소라 그 기집애하고 네가 계속 스캔들 일으킨 것도 한몫했어. 그러니깐 내가 찬기 씨를 만난 건 너한테도 일정부분 책임이 있다는 걸 인정했으면 좋겠어. 날 너무 미워해서도 오해해서도 안 돼. 알았지?

스스로 말을 해 놓고도 희진은 허무한 기분을 느꼈다. 이제 와서 그런 얘기들이 다 무슨 소용이란 말인가. 아무리 얘기해 봐야 성우가 들을 수도 없고 설혹 성우가 듣는다고 해도 달라질 건 아무것도 없는데.

희진은 우울하고 절망적인 기분에 사로잡혀 성우가 보고 있는 사진들에 눈길을 돌렸다. 이번 컴백 앨범 작업을 하느라 녹음실에서 보낸 수많은 밤과 시간들을 떠올릴 수 있는 소중한 순간들이 사진 속에 고스란히 담겨 있었다. 녹음실 소파에서 지쳐 잠든 둘의 모습, 헤드폰을 끼고 함께 노래 부르던 모습. 녹음이 지루할 때 가끔 둘이 듀엣으로 노래를 부르곤 했는데 그때마다 희진의 마음속엔 접어 버린 가수의 꿈이 꿈틀대곤 했다.

마음에 드는 노래를 만들지 못해 성우가 힘들어할 때 기분을 풀어주려고 일본 여행을 가서 찍은 사진들도 보였다. 비록 2박 3일의 짧은 일정이었지만 홋카이도의 눈 축제며, 환상적인 스키장과 눈이 내리던 노천 온천은 지금 생각해도 결코 잊을 수 없는 행복한 순간들이었다.

희진은 자기도 모르게 성우의 귀에 대고 속삭였다.

이때로 다시 돌아갈 수만 있다면 무슨 짓이든 할 수 있을 것 같아. 정말 행복한 시간이었는데. 그치?

그때 디카를 보던 성우가 고개를 들고 꺼림칙한 표정으로 주변을 둘러봤다. 성우보다 더 놀란 건 오히려 희진이었다. 그녀의 목소리를 성우가 들은 것 같았던 것이다. 희신이 싱우를 항헤 소리쳤다.

너 방금, 내 말 들은 거야? 성우야, 내 목소리가 들리는 거야? 그래? 야,

박성우!

확실히 성우는 어떤 이상한 느낌을 받는 모양이었다. 그는 약간 겁먹은 표정으로 목을 움츠린 채 추운 것처럼 양팔을 감싸고 쓰다듬었다. 그런 성우의 모습이 희진을 더욱 안타깝게 만들었다. 성우는 이제 그녀를 사랑하는 여자 친구가 아닌 무서운 귀신으로 여길 것이기 때문이었다. 성우가 매니저인 태진에게 전화를 했다.

"형, 끝나려면 아직 멀었어? 끝났다고? 오는 중이야? 아니, 그냥 혼자 있기가 좀 그래서. 무섭기는. 그냥 예전에 희진이하고 찍은 사진 마지막으로 보고 있었어. 그래, 그렇게 할 거야. 알았어."

성우는 휴대폰을 끊은 뒤 잠시 생각에 잠겨 있다가 다시 디카를 집어 들었다. 희진이 성우에게 속삭였다.

사랑하는 사람끼리는 텔레파시가 통할지도 몰라. 다른 사람은 못 들어도 넌 내 목소리를 들을 수 있을 거라고. 그러니 소리가 들리면 아까처럼 놀라지 말고 귀를 기울여 봐. 나 희진이니까 제발 무서워하지 말고.

성우가 보고 있는 사진은 희진의 오피스텔에서 찍은 것이었다. 둘 다 알몸이나 다름없는 차림이었고 손에는 와인 잔이 들려 있었다. 성우가 앨범을 발표한 날이었다. 그날 너무 좋아서 정신없이 취한 상태로 불같은 사랑을 나눴던 기억이 났다. 임신을 한 것도 바로 그날이었다. 희진이 꿈결처럼 중얼거렸다.

전에는 몰랐는데 지금은 세상에 나오지도 못하고 없어진 우리 아기가 너무 보고 싶어. 분명히 널 닮았을 텐데.

그 사진을 한참 들여다보던 성우가 갑자기 이상한 행동을 했다. 디카의 삭제 버튼을 누른 후 확인 버튼을 눌러 사진을 지워 버린 것이다. 희진이 뭐라고 말할 틈도 없었다. 하긴 소리를 질렀어도 그에게 들리지도 않았겠지만. 그렇잖아도 창백한 희진의 표정이 더욱 창백하게 변했다. 그녀가 성우를 보며 신음처럼 소리쳤다.

왜 지워? 그 사진을 왜 지우는데?

성우는 대답하지 않았다. 성우는 대답 대신 다음 사진을 지웠고 또 그 다음 사진을 차례로 지워나갔다. 성우는 희진과 함께 찍은 사진들을 한 장씩 지워나가고 있었다.

너 미쳤어? 그 사진 백업 받아 놓은 것도 없단 말야! 그거 다 지우면 나하고의 추억도 모두 사라지는 거야! 성우야, 하지 마! 지우지 마!

희진이 악을 썼지만 성우는 점점 더 빠른 속도로 사진들을 지워나갔다. 몇 장의 사진을 지워나가던 성우는 급기야 디카에 저장된 모든 사진을 한꺼번에 선택해 미련 없이 삭제 버튼을 눌러 버렸다. 희진에게 가장 소중한 추억들이 방금 눈앞에서 모두 사라져 버렸다.

희진은 입을 반쯤 벌리고 신음 소리만 흘렸다. 성우는 아무것도 없는 디카를 희진이 앉아 있는 옆 좌석에 집어던진 후 의자에 머리를 기대고 눈을 감았다. 희진은 혼란스러웠다. 성우가 왜 디카의 사진을 지웠는지 이해할 수가 없었던 것이다. 사진을 보고 있으면 희진이 생각나 괴롭고 그래서 잊어버리려고 지운 것일까. 정말 그래서 그런 걸까.

하지만 뭔가 꺼림칙한 여운이 남는다. 처음부터 어딘지 모르게 불편한 느낌이 있었다. 바로 성우가 들고 있던 디카가 희진의 것이었기 때문이다. 기억이 틀리지 않다면 모든 내용물이 삭제되어 빈껍데기로 변해 버린 눈앞의 디카는 희진의 오피스텔 서랍 가장 깊숙한 곳에 보관되어 있어야만 했다. 그런 디카가 어떻게 성우의 손에 들려 있는 것일까. 그리고 왜 희진의 디카에 담긴 사진을 성우가 멋대로 지우는 것일까.

뭔가 이해가 되지 않는 일들이 눈앞에서 벌어지고 있었지만 누군가에게 물어볼 수도 확인해 볼 수도 없었다. 그녀는 이제 인간들만 사는 현실의 영역 바깥에 존재하는 이방인에 불과했던 것이다. 설혹 자세한 연유를 안다고 한들 그런 것들이 지금의 희진에게 무슨 의미가 있고 소용이 있단 말인가. 희진은 자기도 모르게 머리까지 흔들며 중얼거렸다.

양희진 너, 정신 차려! 다 소용없는 짓이야. 아무렴 어때. 내 것이 어딨어? 죽은 영혼이 사진이 무슨 소용이고 추억이 다 무슨 소용이야? 미련을 갖지 마! 모든 게 이제는 너하고 아무런 관련도 없는 일이란 말야!

희진은 다른 생각을 하려고 애쓰며 디카를 외면했지만 마음은 전혀 그렇지가 못했다. 자꾸만 의혹과 궁금증이 풍선처럼 부풀어 올라 견딜 수가 없었다. 결국 희진은 답답함을 참지 못하고 따지는 것처럼 성우에게 소리를 질렀다.

대체 왜 내 디카가 너한테 있는 거야? 그리고 무슨 권리로 내 디카에 있는 사진을 네가 멋대로 삭제해? 죽은 사람 물건은 아무렇게나 해도 된다는 거야? 그리고 내가 죽은 지 얼마나 됐다고 사진부터 지우니? 죽은 나하고 스캔들이라도 날까 봐 겁이 난 거야? 태진 오빠가 그렇게 하라고 시켰어? 말 좀 해 봐. 귀를 기울이고 집중하면 내말을 들을 수가 있을 거야! 넌 내 말을 들어야만 해! 아악!

희진이 참지 못하고 비명을 질렀다. 순간 성우도 비명을 질렀다.

성우가 하얗게 질린 얼굴로 주변을 둘러보며 소리쳤다.

"으악! 뭐, 뭐야? 하지 마! 나, 나한테 왜이래?"

희진이 성우의 얼굴에 바싹 다가가서 말했다.

정말 들리는구나. 내 말이 들리는 거야, 그렇지?

성우가 겁먹은 표정으로 허둥대더니 급기야 밴의 문을 열고 밖으로 뛰쳐나갔다. 희진도 성우의 뒤를 쫓아가며 계속 소리를 질러 댔다.

박성우! 그렇게 호들갑 떨지 말고 내 말에 귀 좀 기울여 봐! 제발 집중해서 내 말 좀 들어보란 말야! 제발!

불안하게 주변을 두리번거리며 걸어가던 성우 앞으로 누군가 쓱 나타났다. 성우가 갑자기 나타난 사람과 부딪히며 비명을 질렀다. 자리에 주저앉는 성우를 태진이 얼른 부축했다.

"무슨 일이야? 왜 그래?"

성우가 태진을 알아보고는 겁에 질린 얼굴로 말했다.

"모르겠어. 계속 옆에서 어떤 소리가 들리는 것 같았어."

"소리라니? 무슨 소리?"

성우가 미간을 찌푸린 채 불안한 목소리로 중얼거렸다.

"모르겠어. 희진이 디카에 들어 있던 사진들을 삭제하고 있는데 어디선가 감이 안 좋은 전화 통화를 할 때처럼 치직거리는 소리가 나더니 중간 중간에 사람 소리 같은 게 섞여 있지 뭐야."

"사람 소리?"

"응. 뭐라고 중얼거리는 소리 같았는데 그 중간에 꼭 내 이름을 부르는 것 같은 느낌이 들어서 오싹하더라구."

태진이 날카로운 눈매로 주변을 둘러보다가 말했다.

"니가 너무 예민해져서 그런 거야. 신경 쓰지 마."

태진이 말을 마치자마자 비상계단에서 경쾌한 하이힐 소리와 함께 무대 의상을 입은 소라가 나타났다. 그녀는 성우를 보더니 반갑게 달려와 두 팔로 허리를 끌어안으며 와락 가슴에 안겼다.

"미안해, 오빠. 나, 너무 늦게 끝났지?"

성우가 옷을 반쯤 벗은 것 같은 차림의 소라를 안으며 말했다.

"아냐. 덕분에 모처럼 푹 쉬었어."

태진이 주변을 살피며 조심스럽게 말했다.

"바깥에선 조심하라니깐. 또 스캔들 나면 어쩌려고 그래? 어서 차에 올라타!"

소라가 밴으로 걸어가면서 태진을 향해 입을 삐죽거리고 말했다.

"피이…… 그까짓 스캔들 내고 싶으면 내라지. 어차피 처음인 것도 아니고."

태진이 밴의 운전석에 올라탄 후 문을 닫고는 소라에게 주의를 주듯 말했다.

"큰일 날 소리! 당분간은 철저하게 비밀로 해야 해. 게다가 내일은 그동안 성우와 내가 힘겹게 이끌어온 누리 기획사가 국내 최대의 연예 기획사, 지니 엔터테인먼트로 다시 태어나는 날이라고. 지니의 최대 주주가 바로 소라 너희 아버님인데 회사 창립을 발표하는 날, 회사를 대표하는 소속 연예인인 성우의 스캔들이 터지면 어떻게 되겠냐?"

소라가 볼멘소리로 말했다.

"난 그런 건 관심 없어요. 아빠한테 누리 기획사에 투자하라고 부탁했던 것도 오빠한테 도움이 된다고 해서 그랬던 거지 다른 이유는 없었으니까. 근데 아빠가 돈을 많이 투자했어요?"

태진이 소라를 보다가 신중하게 말했다.

"꽤 많이! 그리고 올해 안에 추가 자금을 더 투자해서 기획사 2개 정도 더 합병하겠다고 하셨어."

"합병? 이왕이면 배우 조현식 있는 소속사하고 합병하라고 해야겠다. 나 요즘 그 사람 마음에 들던데."

태진은 혹시라도 성우가 기분 나빠지지 않을까 걱정이 되어 힐끔 돌아봤지만 그는 다른 생각에 빠져 있는 듯 얼굴에 어떠한 표정의 변화도 나타나지 않았다. 태진이 소라를 보고 은근히 물었다.

"성우보다 조현식이 더 좋아?"

"당연히 성우 오빠가 더 좋죠. 하지만 어떻게 한 사람만 좋아해요? 성우 오빠는 내 서방이고 나머지는 다 연애 상대예요! 헤헤."

태진이 어이없다는 표정으로 농담처럼 물었다.

"그럼 대놓고 양다리 걸치겠다는 거야, 지금? 말 잘해. 나 성우 친형이야!"

소라도 지지 않고 말했다.

"아저씨도 말 잘해요. 부사장이면 우리 아빠 밑에 있는 직원이잖아요. 피이……."

태진이 졌다는 표정으로 양손을 들어보이자 소라가 말했다.

"내 나이가 이제 스물하나걸랑요? 아무리 좋아해도 평생 동안 성우 오빠 한 사람만 만날 거라는 기대를 하는 건 아니겠죠? 난 내숭 떨면서 몰래 만나는 건 싫어요. 전부 다 얘기하고 당당하게 연애도 할 거예요."

"그럼 성우도 다른 여자 만나도 돼?"

"그건 아니죠. 오빠는 나이도 많은 사람이 그러면 안 되죠. 아무튼 나는 그래도 오빠가 그러는 건 싫어요! 내가 싫으면 싫은 거지 뭐."

태진이 씁쓸하게 웃으며 말했다.

"하긴 누가 말리겠니? 너야 대단한 부모님 만나서 선택받은 삶을 부여받았으니까 누리고 싶은 만큼 누려야겠지."

태진은 소라가 성우의 팔에 매달려 머리를 기대는 걸 룸미러로 보며 고개를 설레설레 흔들다 밴을 출발시켰다. 밴이 떠난 그 자리에 희진이 혼자 남았다. 주체할 수 없는 분노와 배신감이 그녀의 영혼을 두드렸다.

이럴 수는 없어. 박성우 네가 어떻게 나한테 이럴 수가 있어? 어떻게, 어떻게!

희진이 비명을 지르자 막 주차장에 들어서던 남자가 이상한 기운을 느낀 듯 겁을 먹고 뒷걸음질을 쳤다. 감정을 주체하지 못한 희진이 마구 소리를 질러 댔고 주위의 공기가 출렁이기 시작했다. 눈에 보이지 않지만 미세한 파동이 물결처럼 주변으로 번져나갔다.

그때 주차장 가장 어두운 안쪽에서 뭔가가 움직이는 것 같아 희진은 고개를 돌렸다. 그곳에서 정체를 알 수 없는 음산한 기운이 밀려오는 게 느껴졌다. 검은 연기가 뭉쳐진 것 같은 기운의 덩어리가 희진을 향해 서서히 다가왔다. 영인 희진조차 오싹한 전율이 일 정도로 강력한 귀기가 느껴졌다.

기운의 덩어리는 빠른 속도로 다가왔고 서서히 구체적인 형태로 변해갔다. 기운의 덩어리 안에서 악귀가 얼굴을 내밀었다. 바지만 입고 상반신은 아무것도 입지 않은 시커먼 악귀는 온몸에 조폭을 연상시키는 문신을 했고 가슴에는 선명한 칼자국이 셀 수도 없이 많이 나 있었다.

악귀가 덮치는 것처럼 희진에게 달려들며 소리쳤다.

널 먹어야겠다!

악귀의 기운이 영체를 옭아매는 순간 희진은 세상에서 가장 안전하다고 생각하는 공간을 떠올렸다. 악귀가 찢어진 아가리를 벌리고 바로 눈앞까지 다가왔을 때 희진의 몸은 아슬아슬하게 공간 이동 하며 빠져나갔다.

희진이 눈을 뜬 곳은 다름 아닌 그녀의 오피스텔이었다. 그녀는 방금 전의 공포가 사라질 때까지 한동안 웅크린 채 몸을 떨어야만했다. 공포와 불안이 사라지고 익숙한 공간의 모습이 시야에 들어오자 견딜 수 없는 슬픔과 그리움이 뭉클하게 심장을 흔들었다. 얼마 전까지만 해도 여기 보이는 모든 것들이 그녀의 것이었고 무한한 애정을 쏟던 물건이었다. 비록 실내엔 컴컴하게 불이 꺼져 있었지만 눈을 감고도 어디에 무엇이 있는지 알 수 있었다.

창밖을 내다보니 강남의 야경이 화려하게 시야에 들어왔다. 건너편 피트니스는 불이 꺼져 있었다. 클럽은 어떻게 되는 건지 이 소중한 공간의 운명은 어떻게 될지 이젠 그녀와 아무 상관도 없는 일임에도 지긋 마음에 걸리고 안타까운 마음을 떨칠 수가 없었다.

희진은 공중 부양하는 것처럼 날아올라 침대로 올라갔다. 그토록 좋아하던 낙타 순모 이불의 부드러운 감촉은 느낄 수가 없었지만 침대 위에 몸을 누이고 눈을 감으니 다시 집으로 돌아왔다는 안락함이 찾아들었다.

영은 아무리 오래 눈을 감고 있어도 잠을 잘 수가 없다. 부드러운 이불 속에서 잠들 수 있다는 게 얼마나 행복한 일인지 생전에는 몰랐다. 할 수만 있다면 이대로 영원히 잠들고 싶었다. 깨어나지 않아도 상관없을 것 같았다.

그렇게 얼마의 시간이 흘렀을까.

도어락의 비밀번호 누르는 소리가 들려왔다. 희진은 침대에서 벌떡 일어났다. 이런 늦은 시간에 여길 누가 찾아온단 말인가. 게다가 비밀번호까지 알고 있다니. 희진은 자신이 영이란 사실도 잊은 채 긴장으로 숨을 죽였다. 문이 열렸고 누군가 조심스럽게 안으로 들어섰다. 복도의 조명이 밝아 실루엣만 겨우 보였다. 오피스텔에 들어선 사람은 방문을 닫은 후 어둠 속에서도 능숙하게 불을 켰다.

희진은 눈을 휘둥그레 떴다. 미영이었다. 그랬다. 이 오피스텔 도어락의 비밀번호를 알고 있는 사람은 희진과 미영 두 사람뿐이었다. 미영이 왜 이런 늦은 시간에 여길 온 것인지 궁금했다. 혹시 부모님의 부탁으로 뭔가를 가지러 온 것일까.

희진은 오랜만에 보는 미영이 한없이 반가우면서도 그녀가 왜 오피스텔에 왔는지 호기심 어린 시선으로 가만히 지켜봤다. 뜻밖에도 미영은 가방을 내려놓더니 희진의 침대에 벌러덩 몸을 던졌다. 마치 그 침대의 주인이라도 된 것처럼.

미영이 이불을 둘둘 말며 즐겁게 소리쳤다.

"아…… 이 낙타 이불 감촉 너무 좋아!"

그때 미영의 가방에서 휴대폰이 울렸다. 발신 번호를 확인하고 휴대폰을 받는 미영의 얼굴이 환하게 밝아졌다.

"아, 성우 씨? 디카 잘 받았다구요? 찾던 거 맞죠? 네, 입금 확인했어요. 꼭 돈 때문에 한 일은 아닌데. 헤헤. 그냥 성우 씨 돕고 싶어서. 네? 그럼요, 걱정 마세요. 제가 입이 얼마나 무거운데. 저 열렬한 팬인 거 아시죠? 앞으로도 도움이 필요하면 언제든 연락하세요. 계속 좋은 노래도 많이 불러 주시고요! 네, 안녕히 계세요!"

휴대폰을 끊은 미영이 다시 환호성을 질렀다.

"내가 박성우와 두 번씩이나 직접 전화 통화를 하다니 믿기지가 않아! 게다가 큰돈까지 받고! 가만, 이렇게 좋은 일이 생겼는데 나 혼자 축하라도 해야지."

미영은 책과 사진, 와인이 함께 진열되어 있는 독특한 모양의 장식장 앞으로 다가갔다. 희진이 이태리에 여행 갔다가 가구점에서 보고는 마음에 들어 현지에서 직접 주문하고 공수해서 가져온 물건이었다. 장식장에서 와인을 꺼내던 미영은 작은 유리액자에 들어 있는 희진의 사진을 보곤 표정이 변했다. 얼굴에 웃음기가 사라졌고 금방이라도 눈물을 떨어트릴 것 같은 표정이었다.

"그렇게 잘난 체하더니 뭐냐? 정말 인생무상이란 말이 실감난다. 여기 봐 봐. 니가 가진 게 얼마나 많은지. 어떻게 이런 판타스틱한 인생을 두고 그렇게 쉽게 죽을 수가 있냐? 내가 너 죽었단 소리 듣고 얼마나 울었는지 알아? 미주하고 효정이 그 기집애들은 장례식장에서 눈물이 안 나와서 침 바르면서 억지로 우는 척하더라 난 진짜 눈물 펑펑 쏟았다고! 하긴 귀신이라도 돼서 장례식장에 와 봤으면 알겠지."

미영은 와인을 들고 냉장고로 가더니 평소 그녀가 너무나 탐내던 에멘탈 치즈를 꺼내 창가 티 테이블에 가서 앉았다. 꼭 고무지우개처럼 생긴 그 치즈는 만화 영화 톰과 제리에서 제리가 훔쳐서 달아나는 치즈로 등장하면서 유명세를 탔지만 맛도 아주 훌륭했다. 미영은 잔에 와인을 따른 후 한 모금 마시고는 치즈를 하나 집어서 입안에 넣었다.

희진이 그녀의 맞은 편 의자에 앉으며 말했다.

장례식장에 안 가서 네가 눈물을 펑펑 쏟았는지 말았는지는 모르겠고. 적어도 한 가지는 알겠다. 그 디카를 전해 준 게 누군가 했더니 다름 아닌 김미영, 너였다는 거. 거기다 불순하게 돈까지 주고받아? 박성우도 구역질 나지만 너도 못지않아! 어떻게 내가 죽자마자 내 디카를 몰래 성우한테 넘길 수가 있니? 그것도 돈까지 받고. 그게 우리의 10년 우정에 대한 보답이야? 내가 너한테 얼마나 잘해 줬는지 알지?

미영이 와인을 한 모금 넘기고는 센티멘털한 표정으로 창밖을 보며 중얼거렸다.

"그래, 이제야 말이지만 넌 10년 동안 나한테 무지 잘해 줬다고 생각하고 죽었을지 모르지만 난 달라. 학교 때 애들이 나한테 양희진 하녀라고 놀리던 거 너도 알고 있지? 물론 자존심도 없이 너한테 무조건 달라붙은 나한테도 문제가 있었지만 그만큼 니가 날 막 부려먹어서 그런 얘기가 돈 거야. 하긴 그렇게라도 하지 않았으면 내가 어떻게 청담동 4인방에 낄 수가 있었겠니? 빽도 없지. 돈도 없지. 얼굴도 못생겼지. 키 작고 뚱뚱하지. 어디 가면 항상 니가 내 회비나 입장료까지 같이 내 줬잖아. 그러니까 엄격하게 말하면 하녀라고 해도 할 말 없지. 그래. 맞아. 너도 알다시피 너 없으면 나 완전 쭉정이잖아. 당장 장례식 끝난 다음부터 미주하고 효정이 그 기집애들 태도가 싹 바뀌더라? 전화해도 퉁명스럽고 얼굴이나 보자고 물어보면 클럽에 들어갈 입장료 있냐고 먼저 묻고. 그래 맞아. 주인이 없는 하녀를 누가 끼워 주겠냐?"

미영은 다시 와인을 입안으로 흘러 넣었다. 미영의 눈가에 물기가 맺혔고 이내 볼을 타고 굵은 눈물이 흘러내렸다.

"난 너희들하고 청담동 4인방이라고 불리는 게 너무 좋았어. 물론 아는 사람들은 난 빼고 청담동 3인방이라고 했지만 그런 건 상관없어. 그냥 너희들의 화려한 삶 속에 끼어서 지켜보는 것만으로도 난 충분히 행복했거든. 너희들이 없는 내 삶은 그저 평범한 축에도 못 끼니까. 이제 내가 다시 그런 생활을 하려면 미주나 효정이 둘 중에 한 명의 하녀가 되어야 하는데 그러긴 싫어. 넌 뭐라고 할지 모르지만 지금 생각해 보면 다른 사람이 아닌 양희진이었기 때문에 내가 기꺼이 하녀가 될 수 있었던 것 같아. 넌 나한테 함부로 대하긴 했지만 그래도 친구로 대해 줬잖아. 마음에 있는 얘기도 솔직하게 하고 내 얘기 듣고 마음 아파하기도 하고. 나 정말로 너 좋아했단 말야."

어느새 미영은 눈물을 펑펑 쏟으며 훌쩍이고 있었다.

"그런데…… 그런데…… 이제 니가 없으면 난 어떡하란 말야…… 엉엉엉…….”

건너편에 앉아 있던 희진도 참지 못하고 흐느끼며 울었다.

하녀는 무슨 하녀야? 난 한 번도 널 그렇게 생각한 적 없어. 물론 내가 성질이 못된 계집애라서 너한테 함부로 대한 건 맞지만 그건 너한테 뿐만 아니라 다른 애들한테도 똑같이 그랬다고. 바보같이 왜 그런 생각을 하고 그래?

　미영이 팔뚝으로 눈물을 닦고는 말했다.

　"니가 갑자기 죽어 버려서 내가 얼마나 피해가 큰지 알겠지? 그러니까 디카 일은 그냥 한번 봐주라. 성우 씨가 워낙 부탁을 해서 어쩔 수 없이 들어준 거야. 어차피 넌 죽었는데 혹시라도 사진 같은 게 공개돼서 성우 씨 곤란해지면 너도 싫을 거 아냐. 그리고 돈 받은 거는…… 난 싫다고 했는데 성우 씨가 극구 받으라고 해서 어쩔 수 없이 받은 거야. 나 요즘 돈이 많이 궁하거든. 그리고 너 없으니까 떡고물 떨어질 일도 없을 거 아냐. 니가 심부름 시킬 때마다 남는 돈 쏙싹하고 그런 거 너 몰랐지? 말 안 하고 그런 거 미안하지만 나도 심부름 값 정도는 받아야지."

　모르긴 왜 몰라? 내가 아무리 돈에 무감각해도 10년 동안 삥땅치는 것도 모르겠니? 난 처음부터 거스름돈까지 가지라고 준 건데 왜 괜히 혼자 제발 저려서 그래?

　"그리고 한 가지 더 고백할게. 니꺼 루이비통 숄더백 있지? 그거 나 가질게. 어차피 니네 집에서 그거 쓸 사람도 없고. 니네 엄마 성격상 그거 중고로 팔아서 돈으로 바꿀 것도 아니잖아. 분명히 주위 사람들한테 공짜로 나눠주거나 바자회 같은 곳에 내놓을 텐데 그럴 거면 차라리 내가 가지는 게 너도 더 좋지 않아? 난 분명히 너도 그렇게 생각할 거라고 믿어. 대신 다른 건 손끝 하나 안 대고 그대로 니네 집에 인수인계 할게. 괜찮지?"

희진은 어이가 없다는 표정으로 웃다가 중얼거렸다.

쳇! 꿈보다 해몽이 좋네. 그래. 네 말이 맞아. 다른 사람 주느니 네가 가져갔으면 좋겠어. 다른 거 또 가지고 싶은 거 있으면 가져가도 돼.

미영이 갑자기 눈물을 닦으며 자리에서 일어났다.

"오피스텔에 짐 뺄 때까지만이라도 이렇게 호강 좀 하려고 그랬는데 도저히 안 되겠다. 여기 있으니까 왠지 모르게 기분이 자꾸만 이상해져. 나쁜 짓을 해서 그런지 꼭 이 방에 니가 와 있는 것 같고. 나 그만 갈래."

미영은 주섬주섬 일어났다. 작고 왜소해 보이는 미영의 뒷모습이 유난히 쓸쓸하게 느껴졌다. 방문을 닫고 사라지는 미영의 등에 대고 희진이 슬픈 음성으로 말했다.

잘 가. 미영아. 넌 그래도 좋은 친구였어.

희진은 먹다 남은 와인병과 잔만 남은 티 테이블에 앉아 창밖을 내다봤다. 이곳도 더 이상 그녀의 공간이 아니란 생각이 들었다. 변한 건 아무것도 없는데 그녀의 마음이 예전처럼 편하지가 않았다. 이제 어디로 가야 할지 막막한 기분에 빠져 있을 때 그녀를 부르는 소리가 들려왔다. 희진이 하늘로 올라가려 할 때 그녀를 붙잡았던 바로 그 목소리였다.

희진아, 여기야, 여기! 내 안으로 들어와!

희진이 소리가 나는 쪽으로 고개를 돌리자 허공에 작은 구멍 같은 창이 보였다. 희진이 다가가자 창이 점점 커졌다. 창을 들여다보자 그 안에서 지영이 웃고 있었다. 영수네 집 침대에 누운 건 이전과 다름없었지만 그녀는 분명 희진을 향해 웃고 있었다. 희진이 무슨 일인가 의아한 생각을 가지는 순간 갑자기 강한 힘이 희진을 끌어당겼다. 희진은 순식간에 그 작은 구멍 안으로 빨려 들어갔다.

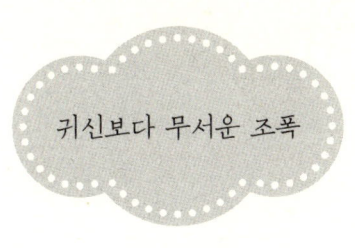

귀신보다 무서운 조폭

 퇴마를 의뢰한 고객이 검정색 고급 승용차를 보내왔을 때만 해도 선일은 이번에야말로 제대로 한몫 잡겠다는 생각에 한껏 들떠 있었다. 그는 뒷자리에 거만하게 앉아 진만에게 속삭였다.
 "쥐구멍에도 볕들 날이 있다더니 오늘 우리 머리 위에 서광이 쬐끔 비치는 것 같지 않냐?"
 선일의 말에 진만도 맞장구를 쳤다.
 "저도 돈 많은 사람한테 수고비 받는 거는 아무런 불만 없어요. 일 끝나면 고기는 원 없이 먹을 수 있겠네요."
 장밋빛 꿈에 부푼 두 사람을 태운 승용차가 으리으리한 저택 앞에서 멈췄다. 운전기사가 문을 열어주자 둘은 집 안으로 들어섰다. 집 안에서 기다리던 늘씬한 미녀가 두 사람을 공손히게 맞이했다. 입이 귀밑까지 찢어진 선일이 아담하게 잘 가꿔진 정원을 가로지르며 연신 감탄사를 연발했다.

"이야…… 죽이네, 죽여! 우린 언제 이런 집에 살아보냐?"

"전 이런 거 하나도 안 부러운데요? 솔직히 집은 생활하는데 불편이 없을 정도면 되는 거 아니에요? 이렇게 넓은 집은 관리하기도 힘들고 또 돈도 많이 들 거 아니에요. 이런 집 청소하고 관리하려면 다른 일은 아무 것도 못할 것 같은데요."

"니가 수준이 그거밖에 안 되니까 그런 식으로밖에 생각을 못하는 거야. 니가 왜 청소를 하고 관리를 하냐? 사람 사서 하지. 조기 앞장서서 가는 저런 기가 막힌 미인들이 청소해 줘, 밥해 줘, 어깨 주물러 줘, 전신 안마까지 다 해 줄 텐데. 생각만 해도 온몸이 배배 꼬인다. 헤헤."

게슴츠레하게 눈을 뜨고 공상에 젖은 선일과 달리 진만은 시큰둥하게 대꾸했다.

"전 다른 사람이 제 몸에 손만 대도 못 참아요. 워낙 간지럼을 많이 타서."

선일이 떨떠름한 표정으로 진만을 보더니 입맛을 쩝 다시고는 말했다.

"그래. 어련하겠냐? 돼지한테 진주 목걸이 걸어 주면 불편하다고 꽥꽥거리기나 하지. 아무튼 수준이 안 맞아서 서로의 꿈을 공유하기엔 무리가 있다. 젠장 맞을! 내가 또 괜한 얘길 했지."

그 사이 여자는 둘을 2층 맨 안쪽 골방으로 안내했다. 호화스러운 집안 분위기와 달리 그 방엔 어딘지 모르게 음침한 기운이 배어 있었다. 여자가 문을 열어 주는데 보니 방 안은 밖에서 보는 것과 딴판으로 상당히 널찍했다.

 방 안으로 들어서던 두 사람은 예상치 못한 방 안 풍경에 그 자리에 얼어붙었다. 부적으로 도배를 했다고 해도 과언이 아닐 정도로 엄청나게 많은 부적이 붙어 있는 방 안 인테리어는 둘째치고라도 시커먼 양복을 입은 건장한 체구의 사내들이 무릎을 꿇은 채 양쪽으로 도열해 있었던 것이다. 그들의 한가운데 웃통을 벗은, 온몸에 형태를 알 수 없는 현란한 형태의 문신을 한 남자가 이불 위에 비스듬히 누워 있었다. 일본 영화에서 가끔 본 적이 있는 야쿠자 소굴을 떠올리게 만드는 그런 분위기였다.

 방금 전까지 희희낙락하던 선일의 얼굴에서 웃음기가 가셨다. 좌우에 앉아 있는 험상궂은 사내들의 눈길을 받는 것만으로도 온몸이 따끔거릴 지경이었다. 그중 한 명이 입을 열었다. 그의 오른쪽 뺨에 나 있는 기다란 칼자국이 인상적이었다.

 "이미 전화로 얘기했듯이 저희 형님 상태가 이렇습니다."

 물론 남자는 전화 상으로 퇴마를 의뢰하는 이유에 대해 간단하게 설명했다. 사귀던 여자가 워낙 귀찮게 스토커처럼 쫓아다녀서 헤어지자고 했더니 분을 참지 못하고 자살을 했고 죽은 여자가 원귀가 되어 괴롭힌다는 내용이었다. 그때만 해도 그저 흔하디흔한 멜로드라마가 귀신 영화로 발전한 전형적인 케이스라 생각했고 큰 무리 없이 이 문제를 해결할 수 있으리라 생각했다.

 하지만 막상 눈으로 본 남자의 상태와 분위기를 보니 전화로 들은 내용을 곧이곧대로 믿기가 어려웠다. 아무리 무지하더라도 저런 남자를 짝사랑하고 스토커처럼 쫓아다닌다는 건 정신 나간 여자가 아니고서는 불가능한 일이란 생각이 들었기 때문이다. 칼자국이 은근하게 말했다.

"가까이 가서 살펴보시죠!"

선일은 솔직히 남자에게 다가가고 싶은 마음이 추호도 없었다. 선일은 누가 시키지도 않았는데 임금 앞에 머리를 조아린 내시처럼 무릎으로 기어 남자에게 다가갔다. 뒤쪽에 진만이 당당하게 성큼성큼 걸어간 것과 대조적인 모습이었다.

가까이서 남자를 마주한 선일은 자기도 모르게 마른 침을 꿀꺽 삼켰다. 한눈에 봐도 남자의 혈색이나 눈의 초점, 건강 상태 등이 정상에서 한참 벗어나 있었던 것이다. 눈은 퀭하게 들어가 좀비처럼 음산했고 눈동자엔 핏발이 서 있어 동공이 금방이라도 논바닥처럼 갈라질 것 같았다. 피골이 상접했다는 말이 딱 들어맞는 남자의 몰골에 선일은 섬뜩한 기분을 느꼈고 어떻게 해서든 이번 일은 그만두는 게 가늘고 길게 살겠다는 그의 인생 철학과 부합하는 길이라는 생각이 들었다.

귀신보다 더 무서운 얼굴로 노려보는 남자의 시선을 피하며 선일이 두어 번 헛기침을 한 후에 자못 근엄한 소리로 말했다.

"그러니까 헤어지자는 소리에 사귀던 여자가 자살을 했다. 그런데 그 여자의 원귀가 돼서 달라붙으며 밤낮으로 괴롭히고 떨어지지 않는다. 그런 말씀이시죠?"

남자 대신 칼자국이 대답했다.

"그렇습니다."

선일이 눈치를 살피더니 과장된 음성으로 너스레를 떨었다.

"허어…… 이거 보통 일이 아닐세. 자고로 여자가 죽어 귀신이 되는 경우는 대략 세 가지가 있습니다. 젖 아기 때 어머니의 슬픈 정을 안고 죽은 아기의 망명인 태자귀 또는 명도. 시집가서 죽은 여인의 만명(萬明). 그리고 마지막으로 시집을 못 가고 죽은 처녀 귀신인 '손각씨'가 그것이죠. 그런데 우리 귀신 가운데 가장 원한이 큰 여귀의 대명사가 바로 이 손각씨라는 겁니다. (한재규 저, 『귀신이여 대로를 활보하라』 참고.) 하물며 연정의 한을 품고 죽은 손각씨라니! 이건 제 수준에선 도저히 감당이 안 되는 일입니다."

선일이 슬쩍 쳐다봤지만 남자와 칼자국의 표정엔 별다른 반응이 보이지 않았다. 선일이 슬그머니 자리에서 일어나며 진만의 옆구리를 슬쩍 찌르고 눈짓을 했다. 오만상을 찡그리며 남자의 얼굴을 보고 있던 진만이 그제야 눈치를 채고 선일을 따라 일어났다. 선일이 뒤쪽에서 어두운 표정으로 지켜보는 무시무시한 얼굴들을 애써 외면하며 꾸벅 인사를 했다.

"죄송합니다! 제 능력 밖의 일입니다. 보통 퇴마사들이 돈에 눈이 어두워 능력도 안 되면서 허풍을 치는데 전 할 수 있는 건 할 수 있다, 할 수 없는 건 할 수 없다 분명하게 말하는 스타일이죠. 남들은 쿨하다고 얘기를 하기도 하더군요. 아무튼 다른 퇴마사를 찾아보시는 게 좋을 것 같습니다!"

칼자국이 굳은 목소리로 말했다.

"돈을 더 달라는 거라면 얼마든지 더 주겠소!"

"돈이 문제가 아니라 성발로 제 능력 밖의 일이라서요. 대단히 죄송합니다!"

선일은 간신히 말하고는 식은땀을 흘리면서 서둘러 방을 나섰다. 아래층으로 내려오며 진만이 물었다.

"돈을 달라는 대로 준다는데 웬일로 그냥 가세요?"

선일이 정원으로 나선 후에야 진만에게 말했다.

"야, 이놈아! 자고로 누울 자리를 보고 다리를 뻗으라고 그랬다! 딱 보면 모르냐? 쟤네들 조폭이야. 돈을 달라는 대로 준다고? 조폭들이 어떤 놈들인데 돈을 달라는 대로 줘? 그럴 리도 없겠지만 혹시 원귀를 쫓았다고 해도 지네들 조직의 비밀을 알았다는 이유만으로 쥐도 새도 모르게 끼익…… 할 수도 있는 거라고!"

그러면서 선일은 손으로 자신의 목을 자르는 흉내를 냈다.

"그리고 내가 아무리 짝퉁 퇴마사라지만 주위들은 걸로만 따지면 웬만한 퇴마사 뺨따구 때리고도 남는다 이거야. 너, 손각씨가 얼마나 무서운 귀신인지 모르지. 사람 몰골을 저 지경으로 만들어 놓는 손각씨라면 우린 상대도 안 돼. 예전에 내가 퇴마 좀 배워 보려고 따라다니던 퇴마사가 있었는데 손각씨 쫓아낸다고 설치다가 바로 비명횡사했잖아! 내가 그때 바로 옆에서 지켜봤는데 와아, 지금 생각해도 소름이 오싹오싹 끼치네."

선일이 정말로 목을 움츠리더니 눈을 부르르 떨며 말했다.

"글쎄 그 손각씨가 퇴마사 몸에 들어가서는 하늘에다 대고 온갖 저주의 말을 다 내뱉더니 그냥 퇴마사를 물속으로 끌고 들어 가 버렸다는 거 아니냐!"

"물속으로 끌고 들어가다니요?"

"인마, 척하면 척이지. 빙의 말야, 빙의! 겉으로 보기엔 그 퇴마사가 스스로 물속으로 걸어 들어가 자살하는 것처럼 보였지만 사실은 퇴마사 몸 안에 들어가 빙의 되어 있던 손각씨가 그렇게 만든 거라구. 그 퇴마사가 물속으로 들어가면서 날 보고 살짝 윙크를 하는데 진짜 심장이 얼어붙더라. 그때 얼마나 무섭던지 아직도 악몽을 꾸는 것은 물론이고 나한테 윙크하는 인간만 보면 치가 떨린다는 거 아니냐. 마치 그 윙크가 다음은 니 차례니까 기다리라고 말하는 것 같더라구. 아무튼 우리가 진짜 퇴마사도 아니고 적당히 흉내만 내야지 괜히 주제도 모르고 깝죽대다간 오래 못살아! 게다가 난 이 집에 머무는 것만으로도 속이 답답한 게 영 기분이 안 좋다. 얼른 나가자, 얼른!"

둘이 정원을 가로질러 막 대문을 나서려는데 앞에서 무전기를 들고 있던 건장한 남자가 앞을 가로막았다. 두 사람을 여기까지 데려온 바로 그 운전기사였다. 선일이 비굴하게 웃으며 말했다.

"볼 일이 다 끝났걸랑요. 갈 때는 그냥 저희가 알아서 갈 테니까 굳이 차로 안 데려다 주셔도 괜찮습니다. 헤헤."

말을 마친 선일이 지나가려하자 남자가 다시 앞을 가로막으며 말했다.

"우리 형님은 아직 볼 일이 남았다는데."

"예? 뭔 볼 일이?"

그때 등 뒤에서 남자의 목소리가 들려왔다.

"니들 지금 장난 하냐?"

선일과 진만이 돌아서자 갈사국이 손에 팔뚝만 한 사시미 칼을 들고 손톱을 다듬으며 두 사람을 노려봤다. 그의 뒤쪽으로는 건장한 체구의 조폭들이 무시무시한 눈빛으로 두 사람을 째려보고 있었다. 선일이 더욱 비굴하게 웃으며 말했다.

"아이고! 농담도 잘하시네. 장난이라니요. 이런 분들 앞에서 제가 어떻게 감히!"

칼자국이 선일을 보고 말했다.

"너 한복 한번 걷어 봐!"

"예?"

칼자국이 칼을 위협적으로 휘두르더니 선일의 팔을 가리키며 소리를 질렀다.

"한복 소매 좀 걷어 보라고 새꺄! 이 새끼가 꼭 말을 두 번씩 하게 만드네."

"예, 예. 알겠습니다!"

선일이 기겁을 하며 개량 한복을 둥둥 걷자 가녀린 팔에 새겨 놓은 초라한 뱀 문신이 모습을 드러냈다. 칼자국이 어이가 없다는 표정으로 다가오더니 들고 있던 칼등으로 선일의 팔을 툭툭 건드리며 말했다.

"뭐냐, 이건? 너 깡패냐?"

"아, 아닙니다. 그, 그냥 제 내면의 예술 세계의 표출…… 아니, 그, 그러니까 말하자면 일종의 몸에 새겨 넣은 부적이죠. 귀신들하고 대적을 해야 하기 때문에 아예 부적을 몸에 새겨 넣은 케이스라 할 수 있습니다. 이, 이 정도의 투철한 직업 의식은 있어야 진정한 프로죠."

칼자국이 자신의 양복 상의를 벗자 반팔 티셔츠 아래로 선일의 서너 배는 될 것 같은 굵은 팔뚝이 드러났다. 남자는 용 문신이 새겨진 팔을 선일의 팔뚝 옆으로 갖다 대고는 말했다.

"내가 보기엔 내 꺼나 니 꺼나 문양이 똑같은 것 같은데?"

선일이 침을 꼴깍 삼키며 변명을 했다.

"이게 보, 보기엔 같아 보여도 제 문신 속에는 퇴마의 숨겨진 비법이 들어 있걸랑요."

"그래? 그럼 너 이번 일 끝나고 내 몸에 문신 좀 새겨 봐. 귀신들도 한 방에 아작 낼 수 있는 확실한 걸로. 알았어?"

선일이 거의 우는 표정으로 고개를 끄덕이자 칼자국이 이번에는 옆에 어정쩡하게 서 있는 진만을 보고 물었다.

"너도 퇴마 문신 그런 거 했냐?"

"아뇨. 전 그냥 보조라서."

칼자국이 고개를 끄덕이곤 칼자루로 선일의 배를 쿡쿡 누르면서 말했다.

"어이, 퇴마사 선생! 무슨 일이 있어도 우리 형님한테 붙은 그 싸가지 없는 년 떼어 내! 알았지? 내 손에 걸리기만 하면 아주 그냥 아작을 내 버릴 텐데 뭐가 보여야 싸우지!"

선일이 곤혹스런 표정으로 말했다.

"근데, 저기 선생님. 아까도 말씀드렸다시피 제가 능력이 모자라서……."

칼자국이 눈을 부라리며 말했다.

"프로라며? 능력이 모자라면 그냥 우리 형님 옆에 같이 붙어 살어. 옛날에 그 뭐냐 왕이나 귀족 죽을 때 같이 파묻는 그거 뭐라고 그랬지? 야, 경희대! 너, 그거 뭐라고 그랬냐?"

그러자 뒤에 서 있던 조폭 중에서 비교적 희멀건 하게 생긴 사내가 대답했다.

"순장입니다, 형님!"

"그래, 순장! 니들 그 귀신 못 쫓으면 그대로 순장시켜 버릴 거야. 알았어?"

〈2권에서 계속〉

누구세요, 당신? vol. 1

1판 1쇄 찍음 2012년 2월 28일
1판 1쇄 펴냄 2012년 3월 9일

지은이 | 이종호
발행인 | 김세희
편집인 | 김준혁
책임편집 | 최고운
펴낸곳 | 황금가지

출판등록 | 2009. 10. 8 (제2009-000273호)
주소 | 135-887 서울 강남구 신사동 506 강남출판문화센터 5층
전화 | 영업부 515-2000 편집부 3446-8774 팩시밀리 515-2007
홈페이지 | www.goldenbough.co.kr

한국어판 ⓒ ㈜민음인, 2012. Printed in Seoul, Korea

ISBN 978-89-6017-281-4 04810 (1권)
    978-89-6017-203-8 04810 (set)

㈜민음인은 민음사 출판 그룹의 자회사입니다.
황금가지는 ㈜민음인의 픽션 전문 출간 브랜드입니다.

블랙 로맨스 클럽을 열며

로맨스 소설에도 흐름이 있다. 한참 인기를 지속하던 칙릿 이후 10대에서 출발해서 무서운 속도로 영역을 넓혔던 인터넷 소설 시장에 이어, 과히 광풍이라고 부를 수 있을 정도로 전 세계를 평정한 뱀파이어 소설이 최근의 주류를 이루고 있다. 하지만 한 작품이 인기를 끌고 나면 그 뒤로는 아류작이 쏟아져 나오는 시장의 특성상, 너무나 천편일률적인 작품들이 유행에 따라서 서점을 채우고 있다.

블랙 로맨스 클럽은 바로 이 획일화 되어 있는 로맨스 소설 시장에 대한 고민에서 출발했다. 사실 로맨스 소설은 다 비슷한 게 당연한 것 아니냐고? 천만의 말씀. 그냥저냥 잘생긴 남자랑 예쁜 여자가 만나서 악역 조연들에게 시달리며 오해를 겹겹이 쌓아가다가 어느 순간 너를 너무 사랑하니까 하고는 결혼에 골인하면 되는 거 아니냐고? 부디 블랙 로맨스 클럽을 통해 그 편견을 버려 주시길 바란다.

블랙 로맨스 클럽 편집부는 로맨스라면 흔히 떠올리는 소재나 플롯 등에서 벗어나 다양한 소재를 다룬 신선한 소설, 탄탄한 이야기 구조를 기반으로 재미와 감동을 전해 주는 소설만을 엄선하고자 한다. 시리즈의 작품들은 하나 같이 기존의 로맨스 소설의 공식을 깨는 개성 넘치는 작품들로, 시대를 초월한 재미를 추구하는 작품만을 선정했다. 추리, 호러, 스릴러, SF, 판타지, 역사, 좀비 등 소설에서 기대할 수 있는 모든 이야기에 로맨스라는 양념이 덧붙여진 종합 선물 세트와 같은 다양한 소설들로 독자들에게 색다른 재미를 드리고자 한다. 블랙 로맨스 클럽의 '블랙'은 하얀색, 분홍색, 빨강색 등의 색조로 흔히 표현되는 로맨스 소설을 뒤집어 개성 넘치는 로맨스 소설을 담고자 하는 출판사의 마음을 담고 있다.